琥珀の瞳は瑠璃を映す

カルジャスタン従神記

結城かおる

角川文庫
23903

目次

序 ―― 5
第一章　琥珀の瞳を持つ少年 ―― 6
第二章　東方の貴公子 ―― 66
第三章　黒い嵐 ―― 136
第四章　廃帝の庭 ―― 174
第五章　真実の心 ―― 224

おもな登場人物

◆カルジャスタン王国◆

ルスラン…第一王子。16歳。
アルダーヴァル…瑠璃竜。ルスランの神獣。
ハジャール・マジャール…国王。ルスランの父。
白銀竜オルラルネを従える。
ジャハン・ナーウェ…王弟。ルスランの叔父。巨鳥タウリスを従える。
スズダリ…継妃。カイラーンの実母。
カイラーン…第二王子。ルスランの異母弟。
ジャルデスティーニ…冷徹な宰相。

◆リーン帝国◆

シュエリー…鳳凰チェンシーを従える東方の従神者。

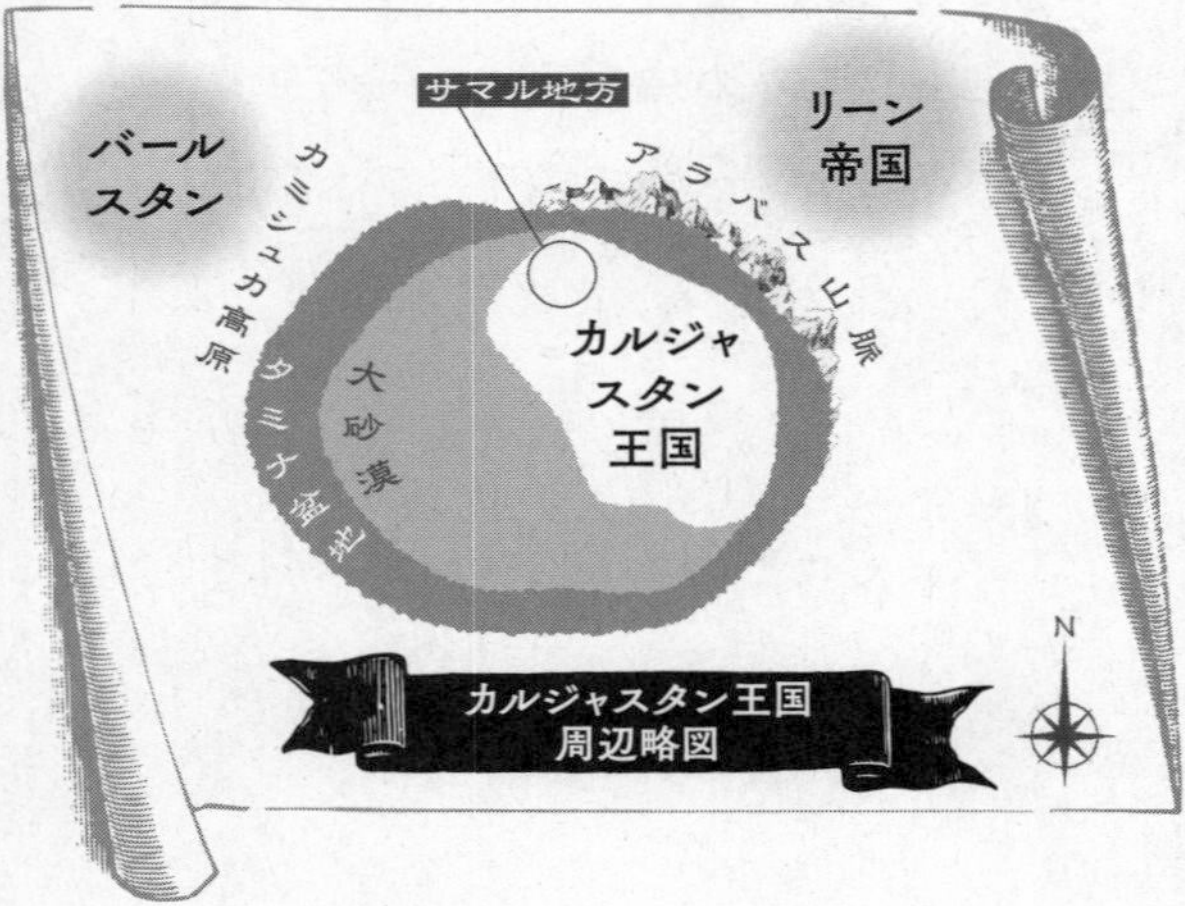

序

——さて、ご存じだろうか。

神は天と地とあまたの動物、そして人間をお造りになったあと、このか弱い人間たちを導き、守る存在が必要だとお考えになった。

そこで、「従神者」と呼ばれる特別な人間と、「神獣」という聖なる獣を生み出された。

神獣の種類は、竜、鳳凰《ほうおう》、有翼獅子《グリフィン》、麒麟《きりん》など多岐にわたる。

従神者はこの世に生まれ、成人すると自分と同じ「神紋」を持つ神獣を召喚して一対となる。彼らは神の定めた運命によって結ばれ、その絆《きずな》の強さは親子のようであり、伴《はん》侶《りょ》のようでもあり、生涯離れることはない。

従神者は時に王として時に英雄として、神獣とともに世界を守り、人々を助け導いてきた。

そして、今からお聞かせするのも、そんな一組の従神者と神獣の物語——。

第一章　琥珀の瞳を持つ少年

一

　アラバス山脈の南、タミナ盆地の大砂漠に位置するカルジャスタン王国は、光と善の神ミスレルの血を引くと称する王家によって支配されている。その王都ドルジュ・カジャールは豊かな水に恵まれたオアシス都市で、東西交易路の要衝にも数えられていた。王都は城壁で囲まれ、四方にはそれぞれ門が配されている。その西門近くの市場《バザール》では、ちょうど大騒動が持ち上がっているところだった。

「なんでえ、この野郎！　俺の売っている絨毯《じゅうたん》がルルカ族のものではなく、偽物だとほざきやがったな！」

　絨毯商人の店が集まっている一角。山と積まれた絨毯を前に怒声を飛ばしているのは巨体の商人。彼が憤りを向けているのは、一人の少年。頭には紺色のターバンを深めに巻き、ほっそりとした体格に長い手足を持つ。麦わら色の柔らかな髪の下には琥珀《こはく》の瞳《ひとみ》が煌《きら》めき、整った顔立ちのなかにも、頰に浮いたそばかすが愛嬌《あいきょう》を添える。歳は十五、六といったところであろう。右手に絨毯から取ったらしい繊維を握っている。

少年は、ふっと唇の両端を上げた。

「その絨毯はドラクマ銀貨五十枚の価値もない。ルルカ族の絨毯はもっと目が密で、毛足も揃っている。それに向きを変えればぬめりを帯びた光沢があるが、それは……」

「この絨毯とてめえに何の関係がある！」

「関係あるさ。お客を騙《だま》して売りつけたとあれば、『世界の半分の品々が集まるドルジュ・カジャール』の名に傷がつく……」

「うるせえ！　お前のご高説なんぞ要らねえんだ！」

顔を真っ赤にした商人が殴りかかってきたが、少年はひょいとかわし、身軽に商品の陳列台の上に飛び乗ると、品物を傷つけないように台から台へと軽やかに移動する。見守る人々からはやんやの喝采《かっさい》である。ついで、猿《ましら》のごとく幔幕《まんまく》の柱をよじ登ると、そこから都を囲む、自分の背丈の四倍ほどの高さがある城壁にとりついた。

「降りてこい！」

青筋を立て、拳《こぶし》を振り回して怒鳴る巨漢に、少年は舌を出して見せた。

「嫌だね」

そして、城壁の上を駆け出すと、あっという間に皆の前から姿を消す。虚を衝《つ》かれて見上げたままの悪徳商人に、他の商人たちが近づき追い立てにかかった。

「ふう……」

少年はしばらく城壁の上を走り、振り向いて追手が来ないことを確認して腰を下ろした。両脚をぶらぶらさせながら都の外を眺め渡す。

雲一つない蒼穹《そうきゅう》の下、遠くには陽炎《かげろう》に燃え立つようなアラバス山脈がそびえ、乾燥した大地に点在する緑が見える。近くに目を転じれば、城壁の外に畑が広がっており、果樹や穀物が栽培されていた。

「外の世界、か」

少年は呟《つぶや》いた。

――あと三日で全ての運命が決まるんだ。自分に神獣が召喚されたら、それに乗って世界中を見て回りたいな。

彼は後頭部に手をやると頭に巻いていたターバンを外し、額に触れた。そこには南方に生えるシュロの葉と星形をかたどった銀色の紋様が浮き出ていた。少年は嬉《うれ》しげに、何度も指でそれを撫《な》でていたが、ふと手を止めた。

――でも、国を出て旅をしたいなんて、父上がお許しになるだろうか。

彼の琥珀の瞳に憂いと陰りが落ちるとともに、小さなため息が口から洩《も》れた。

そこへ、城壁の下から声がかかる。見下ろすと、先ほどの市場の人たちが自分を探しに来てくれたらしかった。そのうちの一人で色鮮やかな絣《かすり》を着た若い女性が、碗《わん》に入れられた茶と葡萄《ぶどう》を盛った盆を差し出している。

「先ほどは、あいつの鼻をへし折ってくれてありがとう！　以前から、あいつの扱う商品は偽物が交ぜられているんじゃないかと疑っていたんです。お茶はいかがですか、これから私たちも休憩するところですが」

少年は「ありがとう」と頷《うなず》き、額の紋様を隠して壁を伝い降りると、葡萄と茶を受け取った。茶は薄荷《ミント》と糖蜜《とうみつ》を入れたさわやかな味わいで、葡萄はみずみずしく味も濃い。彼を取り囲むようにして、市場の人々は葡萄棚の下で車座になった。茶や菓子が回されていくうち、人がさらに集まってくる。

「それにしても、まだ若いのに目利きなうえに勇気もある。おまけに気品も……一体、どこの家の若さまで？　お名前は？」

「いや、そんな……人に知らせるような名前でも家でもなくて」

少年は照れた様子で、茶をすすった。葡萄棚を透かして、木漏れ日が心地よい。

「……おや、あの方のお出ましだ」

恰幅《かっぷく》の良い中年の婦人が、葡萄棚の下から出て空を見上げる。

「どうしたんだい？」

つられて、皆も出てきて蒼穹を仰ぐ。

「……おお」

「まあ」

彼らが指さす方向には、何かがゆっくりと舞っていた。

それは一頭の白銀竜。遠目からでも鱗《うろこ》は陽光に輝き、広げた翼の雄大さが分かる。

「……オルラルネ」

琥珀色の瞳の少年が、ごく小さな声で呟く。

「王さまだ、王宮にお帰りになるところかな？」

「神獣にお乗りなの？　初めて見るけど綺麗《きれい》だなあ」

子どもたちが讃嘆《さんたん》の声を上げると、その父親らしき男が葡萄の剪定《せんてい》用の鋏《はさみ》を鳴らしつつ、得意げな顔をした。

「そりゃそうだ。あれは神獣オルラルネ、諸国からも羨《うらや》まれる神獣のなかの神獣さ。カルジャスタンはいつも、白銀竜に乗る王さまの代にもっとも栄えるんだ。王さまとオルラルネさまを目にすることができたなんて、幸先《さいさき》がいいや。きっと明日は葡萄が高く売れるぞ」

葡萄の籠《かご》を抱えた若者が、その後を引き取る。

「綺麗なだけじゃないぜ。五年前、バールスタンの連中が攻めてきたときなぞ、王さまとオルラルネさまが先頭に立って追っ払ってくださったけど、強かったのなんの」

人々は白銀竜が遠く王宮の方角に消えるのを見送ると、「いいものを見た」という高揚した表情で、誰からともなく歌い出し、やがて踊りも始まった。

ルスタン・ベーの葡萄売りの娘
あの麗しい葡萄売りの娘
白い頰に赤い唇　黒い瞳に黄金の額

くるりくるりと踊るよ　くすりくすりと笑うよ
ルスタン・ベーの葡萄売りの娘
王に見初められた美しい娘
緑の服に黄色の帯　銀の冠に紫の石
さらりさらりと話すよ　しゃなりしゃなりと歩くよ

少年も麦わら色の髪を揺らし、皆と手を取り合って歌いながら足を踏み鳴らした。

やがて、街の東側にある神殿から、昼の祈禱《きとう》の声が流れてきた。少年は動きを止めて耳をそばだてる。

「いけない、早く戻らないと」

我に返った様子で踊りの輪から抜け、人々への挨拶《あいさつ》もそこそこに、雑踏に紛れて姿を消した。だが、彼は知らない。自分を見送る街の人たちが顔と顔を見かわし、微笑みを浮かべて語り合っていることを。

「ふふふ、私たちと同じような服を着て、上手にご身分をお隠しになっておられる」

先ほどオルラルネを発見した恰幅の良い女性が、にやりとした。

「御髪《おぐし》も目の色も、前のお妃《きさき》さまによく似ておいでだ」

「額を隠されていたが──あそこに神紋が浮き出ているんだね、きっと」

「もうすぐ神獣の召喚式だそうだよ。あの方はきっと立派な神獣を迎えて、いずれ父上の跡を継がれて王さまにおなりになるんだ」

「おお、我らがミスレル神よ！　どうかルスラン王子を守りたまえ」

二

「ルスラン王子」、すなわちハジャール・マジャール王の第一王子が着替えを済ませ、息せききって王宮の大テラスに駆けつけると、ちょうど閲兵式が始まるところだった。

大テラスの壇上では、四十歳ほどの男が辺りを睥睨《へいげい》している。彼はがっちりした体軀《たいく》に黒衣と黒マントをまとい、赤茶色の髪にいかめしい顔、人を射貫《いぬ》くような碧眼《へきがん》と太い眉《まゆ》を持つ壮年の美丈夫である。その額には、ザクロの実をかたどった神紋が浮き出ている。

王の背後には神獣たち――王の白銀竜オルラルネ、ならびに王弟ジャハン・ナーウェの巨鳥タウリスなどが控える。さらに王の御前には、身分や官の位階に合わせ、王族や武官たちがかしこまって起立していた。

武官たちの先頭に立つ、王弟かつ王族筆頭のジャハン・ナーウェが腰から剣を抜いた。彼は兄王と同じ赤茶色の髪と碧眼を持ち、体格や顔つきも良く似ていた。

「ミスレル神よ、光明の善神よ。我らカルジャスタンと偉大なる王を守り給え！」

「守り給え！　カルジャスタンに栄光を！」

武官たちはジャハン・ナーウェに呼応し、彼らが一斉に抜き放った剣はいずれも陽光を鋭く照らし返した。

ルスランは目立たぬように臣下たちの後ろを通り、オルラルネの陰に隠れるように立ったが、振り向いた父王と目が合ってしまい、思わず首をすくめた。父は一瞬だが顎《あご》ひげを震わせ、鷹《たか》のように鋭い目つきで息子を睨《にら》むと、再び前方へ視線を戻した。

――よりによって、閲兵式に遅刻しかけてしまった。後で父上から叱られるだろうな。

閲兵式が終わると、王は息子を連れて大広間に入った。奥の壇上には玉座が据えられ、二頭の獅子《しし》が向かい合わせに立つ国章の壁掛けが背後にかかる。玉座の父王の前で首《こう》を垂れ、伏し目となっても、父の視線が痛いほど自分に注がれているのが感じ取れた。

ルスランは左胸に右手を当て、床に片膝《かたひざ》をつき頭を下げる。

「父上、閲兵式へ刻限迫っての参上、深くお詫《わ》びいたします。今後はこのようなことがないよう、自覚をもってつとめます」

息子の謝罪に対し、ハジャール・マジャール王は両の口角を下げる。

「ルスラン、いよいよ三日後は神獣の召喚式と立太子礼だ。だが、それに至るまでの一日、一日をおろそかにしてはならん。そなたの神紋の出現が遅れたことで、宮中では噂する者もいる。立太子後も廃太子の危機がついて回るし、そなたの代わりもいるのだ」

父王は、暗にルスランとは腹違いの第二王子カイラーンを挙げてみせた。ルスランの肩口がわずかに強張《こわば》る。

従神者の血を色濃く引く者であれば、歳十五を数える頃には「神紋」が額に出現するのだが、ルスランの額には十五の誕生日から半年が過ぎても、なかなか神紋が現れなかった。歴代のカルジャスタン王はみな従神者であり、言い換えれば従神者であることが王となる必須《ひっす》の条件なのだ。したがって、第一王子になかなか神紋が現れないことは重大事で、本人はもとより周囲もやきもきするところだったのである。

そのうち、ルスランの後継者としての資格を疑問視する噂が宮廷のそこかしこで囁《ささや》かれるようになった。十六歳の誕生日も迫る頃にようやく額に神紋が現れ、以後は噂も下火になったが、彼の素質への疑念は、熾火《おきび》のように宮廷で燻《くすぶ》り続けている。

「学問と武術の修得、これらに怠りはないか？」

「はい。古代語や歴史の学習、神獣学の受講、剣術や乗馬の鍛錬などをしております」

「そうか、文武両道を目指せよ。もう行くがよい、タスマンがそなたを待っている」

父王は厳《いか》めしい表情を崩さず、振り払うような手つきで息子に退出を促した。

大広間を出たルスランがため息をつきながら回廊を歩いていると、遠くから臣下の一団が声高に話しながらやってくるのが見えたので、彼らと顔を合わさぬよう横の通路に入ってやり過ごすことにした。臣下たちは彼に気づかず、足音を立てて行き過ぎる。

「やれやれ、ルスラン王子に神紋が現れたといっても、ちと遅すぎではないか？」

「ただでさえ母親を早く亡くして後ろ盾もないのに、本人が頼りないのでは……」

「王もルスラン王子に期待しているようには見えんしのぅ」

通路の柱の陰で彼らの会話を聞いていたルスランは、身を固くした。

「その点、第二王子のカイラーンさまは継妃スズダリさまのお子で、スズダリさまご自身も西方のサマル地方の姫君、つまり立派な後ろ盾がある。つくとしたらルスランさまよりもカイラーンさまの方が良い。宰相さまはいかがお考えで？」

男たちの先頭を行く「宰相」と呼ばれた初老の男、ジャルデスティーニは振り返って太い眉を上げた。

「ふん。おおかたそなたたちはスズダリ妃に取り入って、サマル地方の富のおこぼれに与《あずか》りたいのだろう？」

図星を指されたのか、取り巻きの何人かはきまり悪そうな顔をした。

「まあ良い。聞かれたから答えるが、私の見たところ、ルスラン王子には王としての器量が足りぬ。迎える神獣がよほど優れていれば、また別だが」

冷徹な宰相のもの言いに、ルスランは唇をかみしめた。黒い衣に痩身《そうしん》を包み、ぎょろりとした眼と土気《つちけ》色の顔色が特徴的なジャルデスティーニは、能吏という評判ではあるが、何が気に入らないのか、以前から彼は自分に冷たい態度を取ってきたと感じていた。

ルスランは、よっぽど彼らの前に飛び出して反論してやろうと考えたが、我慢して両の掌《てのひら》を握りこむ。

――ああ、いつもこうだ。

いくら勉学に励んでも、剣術の稽古《けいこ》をしても、宮中の人々のどことなく冷たい目、自分をもてあます態度がついて回る。

――母上を亡くして後ろ盾がないだの、神紋の出現が遅かっただの、僕に対する父上の態度が冷たいだの。でも、神獣を迎えて王太子になれば、状況も変わるだろうか。

ルスランは男たちを見送ると、西の大塔の方角に向かい、大股《おおまた》で歩き出した。

三

西の大塔の最上階にあるルスランの私室では、召喚式の衣裳《いしょう》合わせが行われていた。

「ルスランさま、召喚式の日においたは駄目ですよ。おとなしくなさって、儀式を無事にお済ませにならないと」

老いた従僕のタスマンが苦笑を浮かべつつ、ルスランに儀礼用の軍服を着せていた。

「爺《じい》、そんなにいつもふざけているわけではないよ。召喚式の大切さも分かっているし」

「でも、つい先ほどまで市場にいらしたのでは？　王宮に戻った『王の影』が申しておりましたよ。絨毯《じゅうたん》商人と喧嘩《けんか》をなさったとか。それで閲兵式に遅刻しかけたのですね」

「喧嘩ではない、ニセモノを摘発しただけだ。まったく『王の影』たちは、何かとすぐ父上に告げ口して……」

「それが彼らの任務です。あまねく国内を探り、上に立つ者たちの行状を王に報告する役目を負っているのですから。それに、閲兵式に遅刻などなさってはなりません」

「確かに。一番先に参上すべき僕が最後に来たのだから、父上がお怒りになるのも無理はない」

軍服は、表地に東方のリーン帝国からもたらされた最高級の白い絹を用い、金糸や銀糸の精緻《せいち》な刺繡《ししゅう》が施されている。ぴかぴかに磨かれた墨色の長靴《ちょうか》を合わせ、首からは金剛石《ダイヤモンド》や紅玉《ルビー》が連なる首飾り。腰には王太子の証《あかし》である宝剣、その柄《つか》にはまった大きな翠玉《エメラルド》が窓から差し込む陽光に映える。

だが、その美々しい出《い》で立ち以上に人目を惹《ひ》くのは、額に浮かぶ銀色の紋章だろう。シュロの葉と星形が組み合わさった紋様は、まさしく「従神者」の証であった。

服を着せられるままになっていたルスランは、ぎゅっと眉を寄せた。

「帯がきつい」

「我慢なさいませ、王子。腹に力を入れねば、召喚された神獣を乗りこなすことができません。まんいち神獣から振り落とされでもすれば、末代までの恥になりますぞ」

「俺がそんなへまをやらかすとでも？」

「『俺』ではなく『私』、せめて『僕』とおっしゃいませ。『へまをやらかす』も駄目です。お忍び歩きも困りますが、下々の話し方まで真似をされてはもっと困りますぞ」

ルスランは「うん」と素直な調子で答え、また視線を上げる。正面に掲げられているのは、亡き母であるアルマ王妃の掌《てのひら》ほどの大きさの細密画《ミニアチュール》。

それは精巧な筆致で描かれた傑作で、自分と同じく麦わら色の髪に琥珀色《こはくいろ》の瞳《ひとみ》を持った美しい女性が、微笑を浮かべてこちらを見ている。朝に晩に眺めてきたが、今日はいつも以上に、母が自分に語りかけて来るかのようだった。

前王妃のアルマは一介の貿易商の娘だったが、「ドルジュ・カジャールの薔薇《ばら》」と謳《うた》われたように、美貌《びぼう》と優しさを兼ね備えた女性として評判が高かった。それを、ハジャール・マジャール王が街で見初めて妃《きさき》に迎えたのである。しかしもともと病弱で、玉のような王子を産み落としてからはしばしば病床に臥《ふ》すようになり、ルスランが五歳のときに世を去った。

ただ、アルマ妃は愛息に遺品を残していってくれた。それは、王子の居室に飾られている上質な工芸品や美術品で、妃の洗練された鑑識眼で収集されたものだった。象嵌《ぞうがん》細工も美しい書見台、遥《はる》か東方から運ばれた陶磁器、獅子が織り出された目の詰まった絨毯……。ルスランもまた母に似て美しいものを愛し、亡き母を偲《しの》ぶよすがにもしていた。

「ご覧なさいませ、母上さまも王子のご成長をお慶《よろこ》びでいらっしゃいましょう。早くに身まかられたので、さぞかしお心残りであったろうと。ご崩御の際、『我が子の成人のあかつきには良き神獣に恵まれ、立派な王になって欲しい』と言い残されたのですから」

「爺、泣くな」

そう言うルスランも、鼻の奥がつんとなった。

――母上、僕の召喚式を喜んでくださっているかな。

「母上がもしお元気でいらしたら、父上も僕に対して少しは態度が違ったのかも……」

うつむくルスランに、タスマンは愛情深い眼差《まなざ》しを向けた。

「きっと、王さまはアルマさまを愛されたあまり、瓜二《うりふた》つのあなたさまをご覧になるのがお辛《つら》いのでしょう」

「父上が？　そんな理由で僕を避けていると？」

釈然としない様子のルスランをよそに、着付けを終わらせたタスマンは数歩下がり、王子の衣裳映えに目を細めた。

「よくお似合いです、非の打ちどころもない。さあさあ、衣裳合わせの次はファイエル導師さまの講義が待っていますよ」

ルスランは急き立《せ》てられるように軍服を脱ぎ、今度は王子としての普段着に着替えた。儀礼用ほどの豪華さはないものの、城下で着ていた庶民の服とは異なり、一目で上質なものだと分かる。紺色の上着の裾《すそ》にはザクロを模した紋様が刺繍され、朱色の帯も色鮮やかだ。彼は支度を終えると、小走りに自室を出て行った。


王宮内の図書室では、三人が向かい合わせに座っていた。高齢でいささか曲がった背と白く長い眉毛《まゆげ》を持つファイエル導師、ルスラン、そして赤茶色の髪と碧《あお》い瞳を持つ十二歳ほどの少年――すなわちルスランの異母弟で第二王子のカイラーンである。

石板と滑石を手にした王子二人が受けているのは、「従神者」と「神獣」について学ぶ特別な講義で、カルジャスタンの王族は神紋が発現する前から学習を始める。内容は、この世界および従神者と神獣の関わりから始まり、従神者の心構え、各種の儀式など多岐にわたる。まんいち自分に神紋が出現しなくても、従神者と神獣を深く理解しておくことこそ、王族としての務めと見なされていた。

ルスランの学習は既に終わりの方まで進んでいたが、カイラーンへの講義が始まると、復習のため改めて一緒に出席するよう、父王から命令を受けたのだった。

また、ファイエル導師は、ミスレル神を祀《まつ》る「西の神殿」の神官で、かつて成人前の父王にも講義をした経験を持つ。

「……さて、王子がたよ。『創世記』にある通り、我らの大陸には『従神者』が生まれる。君主の家に生まれつく者が多いが、平民でも従神者となる者が現れる。従神者は召喚された神獣を駆って人々を支配するが、どの神獣に騎乗するかは生まれ落ちたときにすでに神の御手により定まっているという。すなわち、十五歳くらいには額の『神紋』が浮かび、召喚式を行う。すると、自分と同じ神紋を持つ神獣がこの世に出現する」

「導師、彼らはどんな世界から召喚されてくるのですか?」

カイラーンの素朴な問いに、巻物を手にした導師は微笑んだ。

「我ら人間の行くことのできない世界から呼ばれてくると申します。竜、鳳凰《ほうおう》、有翼獅子《グリフィン》など……従神者にどの神獣が配されるかは、神のみぞ知る。そうして結び合わされた従神者と神獣は、生死を共にして生涯離れることはないのです」

カイラーンは初めて耳にする話に興味津々の様子で、再聴講のルスランも召喚式を目前としていささか高揚した面持ちで、ファイエル導師の講義を聴いていた。

「……神獣に初めて乗る儀式を経て、最後は従神者と神獣が互いに誓いを立てる儀式。以上が召喚式の内容となる。さあ、この話の続きは神獣舎でいたしましょう」

ファイエル導師は席を立ち、王子たちを促して王宮の一角に足を向けた。しばらく歩くと、厚い壁に小さな窓がいくつか開いている高い建物が見えた。王家の神獣が住まう「神獣舎」である。ルスランも今まで滅多に足を踏み入れたことはない。

神獣は人型も取れるが獣の姿の方が楽なので、普段はこの建物で寝起きしているのだ。

「通常は講義の最後に訪れますが、ルスランさまの召喚式を控えた今のほうが良いかと」

三人は神獣舎の入り口で、人の姿をした白銀竜オルラルネと行き合わせた。彼は気品のある青年の姿で、銀髪に薄青色の瞳を持ち、王と同じ神紋を額に光らせ、青色の長衣《ローブ》をまとっている。

「導師に神のご加護がありますように。これから、王《わがきみ》とともに祈禱《きとう》します」

「あなたにも神のご加護を、敬虔《けいけん》なオルラルネどの」

オルラルネは、導師には一礼して自分から挨拶《あいさつ》したが、傍らの二人の王子にはちらりと視線をやっただけで言葉もかけず、悠然と歩み去った。父の神獣であり、かつ気位の高いオルラルネは、ルスランと顔を合わせてもいつもこのような調子で、距離を感じた。

舎内は広々としていて、王家の神獣が六頭ほど住めるようになっていたが、神獣の住まいとあって牛馬の畜舎とは異なり、宮殿に引けを取らない豪華な内装だった。腰壁《こしかべ》には白と青が基調となった美しいタイルが張られ、石の床には高価な絨毯が惜しげもなく敷かれていた。神獣の食用にはとびきり質の良い香草が用意され、その芳香が舎内に漂う。

「王子がた、ご覧なされよ」

ファイエルが、東側の壁を指さす。天井に近い窓から差し込む光に、壁に刻まれた古代語と歴代の王および神獣をかたどった浮彫が、くっきりと見える。

「カルジャスタンの『王名表』でございます。ルスラン王子、一番左端の方は？」

「はい。我らが祖先にしてこのカルジャスタンを開いた初代王アフル・マジャール、そして神獣は『砂漠の閃光《せんこう》』と称された白銀竜のランバスです」

淀《よど》みのない答えに、ファイエルは満足そうに頷《うなず》く。

「兄上もいつか王さまになれば、ここの壁に刻まれるんですね？　神獣と一緒に」

「カイラーン、お前もいずれ神獣を迎えて、僕と一緒にこの神獣舎を使うんだ。二人で大空を飛ぶ日も来る」

カイラーンの尊敬の眼差しにルスランは微笑みで応《こた》え、誇らしげに壁一面の王名表を眺め回した。

――そうだ。いずれ、僕も自分の神獣と一緒にこの王名表に刻まれるんだ。

「あれ？　ここの王さまの文字と浮彫、ありませんよ？」

カイラーンが指さす先には、明らかに文字と浮彫の一部が削り取られた跡があった。

見回せば浮彫の欠落はそこだけでなく、全部で三か所ほどあった。

「導師さま、この削られた部分は何ですか？」

ルスランの問いに、ファイエル導師の顔が曇った。

「……残念ながら、それは王と神獣に関し、大変不名誉なことが起こった事実を意味します。彼らは王名表からも記録からも抹殺され、人々の記憶から永遠に忘れ去られる運命です」

——王と神獣なのに、記録から消されて忘れ去られる？　そんなことが本当に？

ルスランはぞっとして、寒くもないのに胸の前で腕を組み合わせた。カイラーンも不安に思ったのか、兄の袖口《そでぐち》をぎゅっと摑《つか》んだ。

「……詳しく教えてください、どんな王と神獣だったのですか？」

「ルスラン王子、国に災厄をもたらした神獣がいたのです。しかし、これ以上詳しくお教えすることはできません。それを口にすることすら、災いを呼ぶとされておりますゆえ。歴代の王、導師そして宰相のみがその秘密を知ることができるのです」

深刻な話に二人とも青ざめた顔をしていたからだろう、導師は明るい声を出した。

「王子がたよ、そのようにご心配なさいますな。滅多なことでは起こりませんし、もう何百年も前の例でもあります。堕落した従神者と神獣は稀《まれ》に存在しますが、お二人はそのようなことにならないでしょうから、どうかご安心を……」

四

翌日、朝の学習を終えたルスランは父王に命ぜられ、後宮に足を運んだ。召喚式ならびに立太子礼を二日後に控え、一連の儀式の最初として、王太子の資格を王族に認証してもらうためである。複数の有力な王族の同意を得ることで、王太子の地位を確実にし、ひいては将来の王位を安定に導く大切な手続きだった。

後宮の建物はいくつもの中庭を介して繋《つな》がれている。侍女たちは涼をとるため、机や椅子を中庭の泉水のそばまで持ち出し、繕いものや刺繍《ししゅう》に勤《いそ》しんでいる。

ルスランは羊皮紙と筆記用具が載せられた盆を捧《ささ》げ持ち、薬草園の脇を通り過ぎ、白い石材で造られた八角形の建物の前に立った。後宮でもっとも美しいと称される場所である。彼は扉の前で首《こうべ》をたれ、招じ入れられるのを待った。

「スズダリ王妃さま。私、第一王子ルスランがご挨拶に参りました」

格子窓からは明るい陽射しが差し込み、葡萄《ぶどう》やつる草の紋様を規則正しく配した絨毯《じゅうたん》を照らし出す。胡桃《くるみ》材に螺鈿《らでん》細工の調度品、止まり木の鸚鵡《おうむ》、宝座の天井から下がる金剛石《ダイヤモンド》と藍宝石《サファイア》の吊《つ》るし飾り。これら全てが、部屋の女主人の高い地位を示している。

薬草園とこの八角形の建物の女主人、すなわちスズダリ王妃は宝座にゆったりと座していた。卵形の顔に灰色の瞳《ひとみ》、ほっそりした体軀《たいく》の持ち主である。レースのふんだんに使われたヴェールを頭から被《かぶ》り、同じくレースの白い上着と長短合わせて三本の真珠の首飾りを身につけ、黒に金糸で刺繍された長いスカートをはいている。

彼女の宝座の背後には棚がしつらえられ、出身地から採掘された赤や緑、青色といったさまざまな色の鉱石が飾られていた。

スズダリ妃は何の表情も浮かべず、義理の息子の挨拶を受けた。

「あなたの召喚式が行われることとなり、義母《はは》としても安心しています。これからも文武両道に精励し、神獣と一体となってこの国のため力を尽くすように」

ルスランは「ありがたいお言葉」と答えて一礼し、盆を差し出した。

「もし私を王太子とお認めくださるのであれば、ご署名を賜りたく」

スズダリは優雅な手つきで葦《あし》製の筆《ペン》を取ったが、自署の途中で動きを止めた。

「良き神獣を迎え、この国を治める自信はおありですか？」

ルスランは思わず息を止めた。自分の見間違いか、いつも無表情で淡々としている義母が、一瞬笑みを見せたようだった。だが、それが純然な笑いなのか、もしくは嘲《あざけ》りが含まれてのことか、にわかに判別もできかねた。

「はあ」

ルスランは、いささか歯切れの悪い返事をしてしまった。スズダリは視線を落とし、署名を完成させる。ぽつっと末尾に墨《インク》の小さな染みが出来て広がり、見守っていたルスランは胸騒ぎがしたが、継母は何も言わず羊皮紙を返してよこした。

──義母上はいつも、何をお考えなのかよく分からない。

スズダリは息子カイラーンの世話のほかは、薬草園の手入れか、書物を紐解《ひもと》くかの静かな生活を送っている。ルスランは彼女から冷遇された覚えもないが、さりとて可愛がられた記憶もない。何となく、形式的な親子関係が今日まで続いてきたのである。

居心地の悪さを覚え、早々に暇《いとま》を告げようとしたルスランは、辺りを見回した。

「カイラーンはどこに？　義母上《ははうえ》とご一緒ではないのでしょうか？」

スズダリの表情がわずかに硬くなった。

「あの子はまたジャハン・ナーウェの邸《やしき》に行っています、朝早くから」

スズダリは、かねて王弟ジャハン・ナーウェとは折り合いが悪いという噂であった。それというのも、カルジャスタンが西方の有力なオアシス諸都市、すなわちサマル地方を支配下に置いたとき、手に入れたのはその豊かな猟場と鉱山資源だけではなかった。サマル首長の忠誠の証《あかし》として、その娘であるスズダリをハジャール・マジャール王の継妃として迎えたのである。

現在のサマル地方は、ジャハン・ナーウェが王の代理として統治を任されているが、その支配のあり方を巡ってスズダリと摩擦を起こしているらしい。だが、息子のカイラーン自身は叔父《おじ》によく懐いているので、スズダリも内心穏やかでないのだろう。

「他の認証者は、ジャハン・ナーウェなのでは？」

「はい。これから叔父上の邸に行きますので、カイラーンを連れ帰ってきましょう」

ルスランは義母の意を察してそう約束し、退出すると後宮の門の外で深呼吸した。

　王宮に隣接するジャハン・ナーウェの邸はハジャール・マジャール王から下賜されたもので、華麗な建物と広大な庭を持ち、兄王の弟に対する信頼の厚さを物語ってもいた。

「兄上！　ルスラン兄上！」

　従者を連れてルスランが邸の門をくぐると、召使がせわしなく往来する中庭を突っ切って、カイラーンが駆けてきた。その後から、がっちりした体格の男が姿を現す。

「カイラーン、叔父上」

　ルスランはにっこり微笑む。

「叔父上に、認証の署名を頂きに上がりました」

「ああ、二日後にはお前もついに召喚式と立太子礼か。良かったな」

　嬉《うれ》しそうなジャハン・ナーウェとは対照的に、カイラーンが不満げに頬を膨らませる。

「せっかく僕が来たのに、叔父上はこれから狩りに出かけるんですって。兄上」

「狩り？　この間は、サマル地方に出かけられて虎を仕留めたばかりですよね」

「うむ。サマルにばかり行っていたので、今回は反対の東方まで足を延ばそうかと」

　ルスランの心配そうな顔つきに、叔父は苦笑した。

「なに、召喚式までには帰るから心配するな。現地で一泊するだけだよ。だが、お前たちを置いていくお詫《わ》びに、取っておきのものを見せようか？　『禁断の庭』を」

「お前たちを今まで入れたことがないくらい危険な庭、という意味さ」

ジャハン・ナーウェは甥《おい》たちを連れ、中庭から門一つを隔てた広大な庭に足を踏み入れた。ルスランはもとより、この邸に入り浸り気味のカイラーンにとっても、初めての場所だった。

「禁断の庭？」

「ここが禁断の庭？」

二人の王子は、揃って歓声を上げた。庭に設置された頑丈な柵《さく》や檻《おり》のなかで、虎や豹《ひょう》など数多くの猛獣や珍獣が飼われている。

「すごいや、世界中の獣がみんないる！」

「いや、それは違うぞカイラーン。たとえば、ここにいない猛獣もいる。何だと思う？」

はしゃぐカイラーンは周囲をぐるりと見回し、首を傾ける。

「えっと……何だろう。あ、獅子《ライオン》！」

「そうだ、ご名答」

「どうしていないのですか？　叔父上。狩ったことくらいはあるでしょう？」

「いや、獅子だけは私も狩ることができない。獅子は王者の象徴ゆえ、王にしか狩ることを許されていないのだよ。つまり、そなたたちの父上だけが持つ特権だ」

「でも狩りたいのでは？　僕、叔父上のために父上にお願いしてあげます！」

「ははは、じゃあカイラーンに兄王へのおねだりを頼もうか」

ジャハン・ナーウェは、空を向いて朗らかに笑った。叔父は面差しこそ父に似ていたが、より快活で親しみやすい雰囲気を持ち、ルスランも昔から好感を持っていた。

――父上も、叔父上みたいにもう少し話しやすかったら、いいのにな。

三人が中庭に戻ると、狩りの荷を持った随行者たちが集合していた。ちょうど召使がチーターを馬に載せているところで、馬上のチーターはぽかんとした顔つきをして、いっぽう馬は迷惑そうに鼻を鳴らす。その珍奇な光景に、カイラーンは目を丸くした。

「チーターのこんな恰好《かっこう》は初めてだったか？　チーターは脚が速く狩りに役立つが、すぐに疲れてしまうので、狩場まで馬に載せて行くんだよ」

「面白いですねえ、叔父上。今度、兄上や僕も狩りに連れて行ってください」

「ああ、必ず。ほら、チーターに近づいてごらん。大丈夫だよ、温和で人に馴《な》れやすいから」

「いいんですか？」

ジャハン・ナーウェは自分の召使に言いつけてカイラーンを連れて行かせると、残ったルスランを一階の自分の書斎に通し、机の前に座った。彼は差し出された羊皮紙に署名を終えたあと、スズダリの署名をじっと見てから、顔を上げた。

「ルスラン。俺にとってはお前もカイラーンも大事な甥っ子だ。だが、王位につくべきなのは、あくまでお前だと思っている」

叔父はルスランを見つめる濃い青の眼に、懸念の色を宿していた。

「立太子の後も用心するがいい。王《あにうえ》のお気持ちはともかく、臣下たちはお前に必ずしも好意的な者ばかりではない。知ってもいようが、ジャルデスティーニが以前からお前を快く思っていないのは明白だし、それからスズダリには気をつけろ。あいつは日がな一日薬草をいじっているが、毒を作る『魔女』だという噂もある」

ジャハン・ナーウェの忠告はルスランの心と表情を暗くした。叔父は甥を勇気づけるように、その背を軽く叩《たた》いた。

五

そして、ついに召喚式の日がきた。

間もなく日が暮れようとする時刻、侍従や侍女たちを従え、白い軍服姿のルスランは胸を高鳴らせながら、式場の大テラスに現れた。

すでにここには、黒いマントに身を包んだハジャール・マジャール王やスズダリ妃、カイラーン王子をはじめ、王弟ジャハン・ナーウェや宰相ジャルデスティーニ、ファイエル導師や廷臣たち、オルラルネなど十頭ばかりの神獣たちが揃っていた。

大テラスの中央には石造りの祭壇が据えられており、その前には、ミスレル神に仕える「西の神殿」の大神官が他の神官たちを従え、右手に水宝玉《アクアマリン》をはめ込んだ銀の杖《つえ》を持って陣取る。彼はまず王と王妃に深々と一礼し、歩み寄るルスランに頷《うなず》いてみせた。

ルスランは祭壇に王太子の証である翠玉《エメラルド》の宝剣を置き、その柄《つか》に接吻《せっぷん》して再び腰に挿す。ついで後ずさり、床に彫り込まれた魔方陣の中央に跪《ひざまず》く。それと同時に、大神官が祭壇にともされた聖なる火に向かい、祝詞《のりと》を唱えて背後の神官たちも唱和する。

「……大いなる翼を持つ我らの神よ、全ての世界の創造主よ。カルジャスタン王国の第一王子ルスラン・アジール・カルジャーニー、このいとも高貴なる血を継ぐ従神者に、ふさわしき神獣を召喚させたまえ！」

――どんな神獣と運命をともにするのだろう？

ルスランは片膝《かたひざ》をついたまま、息をのんで天上を見つめていた。夕陽が地平線に落ち切るまさにその瞬間に祝詞が終わり、テラスには松明《たいまつ》が時折はぜる音が響くほかは、誰も動かず誰も言葉を発しない。ぴりぴりした沈黙が周囲を覆う。

――あ。

彼の眼が見開かれた。大テラスのはるか上で黒雲がにわかに湧き上がり、四方からつむじ風が起こったのだ。ついで雷鳴がとどろき渡り、テラスの四隅に太い閃光《せんこう》が落ちた。

「わあっ……！」

神獣の召喚につきものとはいえ、その場の人々は空間に生じた強い歪《ゆが》みに耐えがたく、めいめい頭を覆い、体を伏せる者さえいる。ただ、ハジャール・マジャール王だけが微動だにせず、上空を睨《にら》みつけていた。傍らのスズダリ妃は息子の頭を右手で抱え、左手で夫の腰にすがっている。

激しい雷が黒雲をつんざき、一瞬のちにはこの世ならぬ雄たけびが黒雲の中央から上がり、何か大きな生き物が姿を現す。

「逃げろ……！」

それは祭壇めがけて真っ逆さまに降下してくる。ルスランはとっさに祭壇の前から退避し、大神官や神官たちも蜘蛛《くも》の子を散らすように逃げた。

すさまじい音を立てて、それは祭壇にめり込んだ。祭壇が割れて崩れ落ちる。その生き物は炎と煙を発し、やがて持ち上がった頭には、銀色に輝く一本の角と赤く燃える二つの瞳《ひとみ》が見えた。全身は、青紫色に反射する鱗《うろこ》に覆われている。

「よう、俺を召喚したのはお前らか？　ずいぶん下手くそな祝詞をかましてくれるじゃないか、てっきりヤクが食あたりで唸《うな》ってんのかと思った」

堂々とした体軀《たいく》を持つ瑠璃色《るりいろ》の竜が、祭壇を押しつぶしてうずくまっていた。

「さっきまで俺たち神獣の吹き溜《だ》まり、そう、『シュロの葉茂る光の谷《パルフアーブル》』で呑気《のんき》に寝てたってのによ、いまいましい奴隷契約の祝詞に呼び出されてこのざまだ。まあ、あの谷にも飽き飽きしていたから、召喚してくれてありがてえが。ところで、ここはどこだ？」

「な、何だ……」

竜は身体をぶるっと震わせ、石の欠片《かけら》を払い落としながらそう宣《のたま》った。

「……瑠璃の竜、ルスラン王子の神獣は瑠璃《ラピスラズリ》の体色の竜！」

「世にも珍しい瑠璃色の竜だ！」

居合わせた宮廷人たちがどよめき、神獣たちも一様に警戒心を露《あら》わにした。ルスランは周囲の動揺も目に入らず、ただ茫然《ぼうぜん》と召喚された瑠璃竜を見つめていた。彼の眼は瑠璃竜の額にくぎ付けで、震える手が自身の額に触れる。

——お前が、僕と生涯を共にする神獣？　生死をともにするという……。

シュロの葉に星の紋様——。自分のものと寸分たがわぬ瑠璃竜の神紋。

「瑠璃竜とな！　瑠璃竜は災いを呼ぶ神獣だ！　いにしえの伝説の通りだ！」

そこに、大声が響き渡った。瑠璃竜を指してそう叫んだのはジャルデスティーニだ。

——何だって？　災いを呼ぶ神獣？　宰相は何を言って……。

ルスランはとっさにジャルデスティーニ、ついでファイエル導師を見やったが、導師は色を失い棒立ちになっている。

「瑠璃竜は初めて見るが、それが災厄を呼ぶとはどういうことだ？」

「宰相の言っていることは果たして本当なのか？　そんな話は初耳だ」

騒ぎ出す参集者を、ジャルデスティーニがじろりと睨んだ。

「皆が知らぬのも道理、だが、今こそその秘密を明らかにすべき時なのだ！　そうですな、王よ」

「皆の者、うろたえるな！　静粛にせよ！」

そこに、大音声が響きわたった。父王ハジャール・マジャールが自分のマントをさっと払い、瑠璃竜の前に進み出る。

「そなたの問いに私が答えよう。ここはカルジャスタン王国、光明を司《つかさど》るミスレル神の末裔《まつえい》たる我が王家が治めておる。そなたは確かに第一王子ルスラン・アジール・カルジャーニーに召喚された神獣か？　名は何という？」

竜は半眼になり、ルスランを見下ろした。

「そこのガキの額に俺のと同じ紋様があるな。あ、こいつがルスランか」

「ガキ？　こいつ？」

「こいつ」呼ばわりされた高貴な王子《ルスラン》は、ぎゅっと眉《まゆ》を寄せた。

「で、俺の名前はアルダーヴァル、別名『パルファーブルの厄介者』ともいうが」

「アルダーヴァル……」

王は目を細めた。

「その名は古代語で、『稲妻を従える者』の意だな」

「そうらしいな、以後よろしく。さあ、俺はお疲れなんだ。ねぐらはどこだ？」

瑠璃竜は辺りを見回した。

「待て！」

ハジャール・マジャールは剣を抜き放ち、アルダーヴァルの前に立ちはだかった。いつもは冷静で感情を表さぬ王が、動揺と怒りで顔を朱に染めている。

「王国を継ぐ者の神獣が、よりによって災いを呼ぶ瑠璃竜であるなど許さん！」

「ふうん？　俺が災いを呼ぶって？」

瑠璃竜は興味がなさそうに返事をし、壊れた祭壇を抱きかかえるように寝そべった。

「そんな話は初耳だな。それに『許さん』って、どういうつもりだ？　見たところお前さんも従神者なのに、神の定めた運命に文句を言うのかよ。それともそのひょろひょろした鉄の針で俺を斬り殺そうってか？　やれるもんならやってみな」

王の前にずいっと割り込んできたジャルデスティーニが、声を張り上げた。

「カルジャスタンでは瑠璃竜は災厄の象徴！　今までここに降臨した瑠璃竜は三頭、みな王国を破滅の危機に導いたと伝えられている。ゆえに瑠璃竜は認められぬ！」

――瑠璃竜は災厄の象徴？　そんな話は聞いていない！

ルスランは寝耳に水の話で驚愕《きょうがく》したが、ファイエル導師も苦渋の形相で、頷きながら宰相の話に耳を傾けているのがさらに追い打ちをかけた。

――あっ。

ルスランは思い出した。神獣舎の王名表。削り取られた箇所はたしか三か所だった。ファイエル導師は、災厄をもたらした神獣にまつわるもので、災いを呼ぶとされるゆえに秘密を知る者は王と宰相、そして導師に限られると。

――まさかその災厄をもたらした神獣とは瑠璃竜のこと？

召喚式に列席した者たちは浮足立ち、論争する人の輪があちこちに出来ていた。兄のほうに向かって駆け出しかけたカイラーンは、スズダリに後ろから引き戻された。

「静まれ！」

ハジャール・マジャールが大喝すると、大テラスは水を打ったように静まり返った。

「瑠璃竜、人型になれ。逆らえば、我がオルラルネをはじめ神獣たちが黙っておらぬ」

「そうかい？　神獣の十四や二十四、束になっても別に怖くねえがな」

アルダーヴァルの赤い瞳が狂暴な閃光を発する。一方、オルラルネが白銀の翼を広げて身を低くし、威嚇の姿勢を取った。それを合図に、居並ぶ他の神獣たちも同じ姿勢となり、唸りを上げたり牙《きば》を剥《む》いたりした。

「まあいいや……ほらよ」

さすがに不利な状況と悟ったのだろう、瑠璃竜が人型に変身すると、赤い瞳と黒に近い濃い瑠璃色の短髪を持ち、黒衣をまとう二十歳ほどの青年が現れた。神獣の中でもまれにみる美しい容姿だが、鋭い目つきと皮肉っぽい笑みを浮かべた唇の端が、一筋縄ではいかぬ剣呑《けんのん》な雰囲気を醸し出している。

「ルスラン王子、神獣アルダーヴァルの隣に」

父王の重々しい言葉に従い、ルスランはアルダーヴァルの隣に並んだ。長身で体格の良いアルダーヴァルと、やや小柄で線の細いルスランとの取り合わせは、好一対だった。

王は息子と神獣を見据え、低くゆっくりした声を発した。

「余はカルジャスタンの王として、第一王子ルスランおよび瑠璃竜アルダーヴァルに命じる。我が王国の伝承に従えば、災厄をもたらす神獣は一日たりともとどめておけぬ」

「故に、ルスランから王子の称号を剝奪《はくだつ》し、アルダーヴァルとともにカルジャスタンより追放する！」

——えっ！

ルスランは頭が真っ白になった。

六

王命の衝撃に、大テラスに集った宮廷の人々や神獣は、彫像のように微動だにしなかった。ただ一人、ルスランだけが口もとを手で押さえ、激しく身を震わせている。

——王子でなくなる？　国を追放される？

誇りと名誉に満ちた召喚式から一転、地獄の底に突き落とされた気がした。

「ち、父上……」

ルスランは二歩、三歩とよろめき進むと両膝《りょうひざ》をついた。息子の動きを冷徹な眼差《まなざ》しで追っていたハジャール・マジャールだが、一瞬その瞳を揺らめかせた。

「息子よ、悪く思うな。これはカルジャスタン王国の掟《おきて》だ、余にも覆すことはできぬ。瑠璃《るり》竜を召喚した従神者は、たとえ王族であっても神獣もろとも追放されるのだ」

とりつくしまもないが、それまでわななくだけだったルスランは立ち上がった。

「お、お言葉ですが父上！」

その強い調子の声に、ルスランを知る宮廷人たちは固唾《かたず》をのんだ。今まで父に従順だったルスランが抗議するなど、初めてだったからだ。

「このアルダーヴァルは確かに瑠璃竜ではありますが、本当に災厄をもたらす存在かどうかは分かりません。いくら過去に例があったとはいっても、それは偶然なのでは？」

だが、父王は苦虫を嚙み潰《つぶ》したような表情で答えない。

「兄上、これは将来の王位に関わる問題ですが、いささか性急に過ぎませんか？」

ジャハン・ナーウェも穏やかな口調で取りなしたが、兄王の耳には届かぬ様子である。

一方、ジャルデスティーニが長い顎《あご》ひげを撫《な》でながら、ルスランに対して目をぎょろつかせてみせた。

「ルスラン王子、往生際が悪いですぞ。瑠璃竜が災いをもたらす存在であることは厳然たる事実、そしてあなたと神紋を同じくするその瑠璃竜は……」

「こらこら。俺を置き去りにして、勝手に盛り上がっているみたいだがよ」

ルスランの傍らのアルダーヴァルが、物騒な笑みを浮かべた。

「お前たち、本当に昔の伝承とやらを根拠にして、俺とこのガキを追放するつもりなのか？　俺を追い出したら、お前ら絶対に後悔するぜ？」

アルダーヴァルの低く、不吉さを滲《にじ》ませた声に、大テラスの空気が凍りつく。

「ふん、ほざけ瑠璃竜。そのやさぐれた態度に不遜《ふそん》なもの言い、瑠璃竜であることを抜きにしても、王の神獣には相応《ふさわ》しくない！」

ジャルデスティーニとアルダーヴァルが火花を散らしている間、ルスランは助けを求めて宮廷の人たちを見回した。だが、ある者は硬い表情で、またある者は彼の苦境を愉快そうな目つきで眺めるだけで、自分の味方になってくれそうな者は、叔父《おじ》のジャハン・ナーウェ以外に見当たらない。一瞬、ファイエル導師とも目が合ったが、導師は沈痛な面持ちで言葉を発しようともせず、師の沈黙がルスランには一層こたえた。

「ルスラン・アジール・カルジャーニーに、改めて命じる！　アルダーヴァルを連れ、明日の夜明けには王都を出よ。二度とカルジャスタンに足を踏み入れてはならぬ」

ハジャール・マジャールは再度命令を発すると、最後に何とも言えない表情で息子を見つめ、マントを翻して大テラスを後にした。

ルスランはタスマン以外の者との接触を禁じられ、一晩じゅう居室に監禁されて過ごす羽目になった。晴れの軍服も脱がされ、王太子の宝剣も取り上げられ、寝台に横になってはみたものの、自分の運命の過酷さに怯《おび》え、一睡もすることができなかった。

聞けばアルダーヴァルは神獣舎で、やはりオルラルネたち神獣の監視下にあるという。

——どうしよう、追放だなんて。召喚されたばかりの神獣と一緒にどこに行けと？

だが、父も臣下たちも、叔父でさえも、誰もその答えを教えてはくれない。

飾り窓からは月光が差し込み、室内をぼんやり浮かび上がらせている。王子としての生活を彩っていた数々の品、たとえば枕元に置かれた銀の水差しや透明な瑠璃碗《わん》、いま自分がくるまっている暖かな寝具も、全て今宵限りとなってしまうのだ。

夜明け前に起床したタスマンは、涙ながらにルスランの旅装を調え、着せてくれた。

「召喚式と立太子礼のご衣裳《いしょう》、そしていずれは王の即位式のご衣裳をこの手でお着せ申し上げることこそ、爺《じい》の夢でございましたが……」

シュロと星の神紋はターバンで隠した。「追放の身となっても従神者という素性を隠せ」と、父王に命じられたためである。ありふれた丈の長い上着に、革靴。身支度の仕上げとして、以前から使っていた長剣と短剣を帯に挿す。

「ルスランさま、些少《さしょう》ではございますがこれを……」

タスマンがルスランの手に握らせてくれたのは、小さな革袋。見かけに反し、手にずっしりとした重さが伝わる。中からは、金属が触れ合う音がした。

「タスマン、いけないよ。こんなに沢山のお金……お前が一生懸命貯めたものだろう？」

「いいえ、きっとお役に立つはず。ああ、せめて私もご一緒できたら……」

袖口《そでぐち》で涙をぬぐう老いた侍従を見ていたら、自分まで泣きたくなってしまった。情けない表情を見られたくないと顔を背けた拍子に、壁にかけられた細密画の母と目が合った。手を伸ばして壁から絵を外し、じっと見つめる。

――母上、ごめんなさい。僕は良き神獣を迎えられず、王太子にもなれませんでした。

ルスランは絵を壁に戻そうとして手をとめ、再び目を凝らした。信心深かった母は、神殿らしき建物を背景に微笑みを浮かべている。

――あれ？　この建物……そうか、もしかして。

その瞬間、彼にはある考えがひらめいた。彼は細密画を旅用の荷袋にしまいこんだ。

太陽が昇ろうとする頃、旅の荷物を肩から掛けたルスランは王城の裏門にいた。表門から出ていくのは許されないのだ。罪人としての扱いに彼は心が痛んだが、人型のアルダーヴァルを見て、「こいつのせいで」と思う一方、召喚されてすぐさま追放の身となってしまったこの瑠璃竜に、複雑な思いがわいてきた。

旅人の見送りに来たのは、叔父のジャハン・ナーウェと異母弟のカイラーン、そして侍従タスマンの三人だけだった。それとは別に、遠くからオルラルネが見守っている。

――やっぱり来ないよな、父上は。

ルスランの琥珀《こはくいろ》色の瞳《ひとみ》が沈んだ色合いになる。オルラルネがここにいるのは、父が自分の代理として見送りに遣わしたためか、彼自身の意思なのか、それともアルダーヴァルが暴れたときの見張り役としてか。ルスランには窺《うかが》い知ることができなかった。

人型のアルダーヴァルは、やたらにあくびをしていて不機嫌そうだった。彼はルスランと同じく、深めにターバンを巻いて神紋を隠している。

「ふあぁ……やっと召喚されたと思いきや、とんだ貧乏くじだぜ。何が悲しくてお坊ちゃんと一緒に追放になんぞ」

「それはこっちの台詞《せりふ》だ、アルダーヴァル。お前が瑠璃竜のせいで僕は……」

「ふん、瑠璃竜に生まれついたのは俺のせいじゃねえ。恨むなら、俺を創造してお前と運命を結び合わせた神に文句を言えよな」

「神を恨む？　文句を言う？　何て罰当《ばちあ》たりな瑠璃竜だ！　神に不敬《ミスレル》だろう」

いきり立つルスランだったが、ふと我に返って声を落とした。

「……でもこんな神獣とでも、僕は離れられない。従神者と神獣は、あまり遠く離れては『生きてはいられない』んだから」

従神者と神獣は、物理的に長時間離れていたり死別したりすると、残った方も衰弱して死に至ってしまうのだ。

ジャハン・ナーウェはアルダーヴァルを一睨《にら》みし、甥《おい》の気を引き立てるように大きな声を出した。

「兄上はあのように仰《おつしや》ったが、帰れる手段も見つかるさ。ところで、行く当ては？」

ルスランは荷袋から母の細密画を取り出し、叔父に見せた。

「いろいろ迷ったのですが、まず『東の神殿』に行ってみようと思います」

「『東の神殿』？　アルマ妃さまの細密画と何か関係が？」

「この背景に描かれているのは東の神殿ですよね？　母は神への敬虔《けいけん》さを示すため、あの神殿に多額の寄進をしていたと聞いています。僕も母の没後に何回か行ったことがあるので、古参の神官たちは僕を覚えてくれているかもしれません」

「東の神殿」とは、カルジャスタンの東方に位置する権威ある神殿で、王に服従する

「西の神殿」とは対照的に、王権からは独立勢力のような地位を保っている。その権威の源泉はよく的中するという神託で、各オアシス都市から寄せられる信仰も厚い。

「要するに、東の神殿の助けを借りたいんだな。意外だが、いい考えかもしれん」

頷《うなず》くジャハン・ナーウェに、ルスランも安堵《あんど》の表情を見せた。

「ご賛成ありがとうございます、叔父上。独立した神殿なので味方になってもらえるかは分かりませんが、もしご神託だけでもいただけるのなら、今後の指針になると思って」

「うむ。何といってもお前たちは従神者と神獣、神に関することは神に伺うのが一番だ。それに、東の神殿も王子の来訪を無下にはできないだろう。上手《うま》くいけば知恵を貸してくれて、兄上への取り成しも叶《かな》うかもしれない」

そして、ジャハン・ナーウェはルスランを強く抱きしめてくれた。

「我が甥に、あらん限りの愛と神のご加護を！」

「ありがとうございます、叔父上にも神のご加護を」

両目に涙を浮かべたカイラーンも進み出て、兄にぎゅっと抱きついた。

「兄上、兄上。きっと帰ってこられます。僕、ずっと待っていますから……」

「カイラーン……何とか帰ってくるよ。心配するな」

ルスランはじんとして、弟を抱きしめ返した。

「さあ、義母上《ははうえ》に内緒で寝床を抜け出してきたんだろう？　早く帰れ」

やや離れたところで見送っていたタスマンがとうとう泣き崩れてしまった様子を、ルスランは痛ましい思いで見守っていたが、彼の心情を思うとあまりに辛《つら》くて、駆け寄ることも声をかけることもできなかった。

――でも、とにかく行ってみよう、東の神殿へ。

人間たちの別れの挨拶《あいさつ》を退屈そうに眺めていたアルダーヴァルが、のっそりと近づいて来た。

「さあ、そろそろ行こうぜ。ぐずぐずしていると日が暮れちまう」

「分かっている」

ルスランは悲しみと名残惜しさを振り払うように三人に手を振ってみせ、深呼吸して遥《はる》か前方を見据えると、アルダーヴァルとともに城門をくぐった。

七

ドルジュ・カジャールを出て、アラバス山脈を遠くに望みながらしばらく行くとオアシスの緑は少なくなり、行く手には広大な砂漠が広がっている。ところどころに生えているのは、イラクサとラクダ草。

東の神殿があるイトナ山に向けて進むルスランは、心細くなってときどき都の方角を振り返る。

「ふう、ここまで来れば人間はいないな。人型は疲れるし面倒くさい、元の姿に戻るぜ」

瑠璃竜《るり》の姿に戻ったアルダーヴァルを、ルスランは眩《まぶ》しげに見上げた。

「そうだ、お前の背にまだ乗せてもらってなかったな」

本来、召喚式の後半では、従神者が初めて神獣に乗る儀式があるのだが、例の騒ぎで行われずじまいとなっていた。アルダーヴァルは、にやりとしてルスランを見下ろす。

「じゃあ、儀式の続きとして乗ってみるか？　俺が怖くないなら」

「怖いものか！」

挑発されたルスランの琥珀色の瞳が燃え、素早くアルダーヴァルの背中によじ登る。

「我、ルスラン・アジール・カルジャーニーが初めて神獣アルダーヴァルに命ず、東の神殿に向かって飛べ！」

従神者が、自分のものとなった神獣に向かって発する最初の命令。そして、「乗りこなす」という最初の試練。せっかく神獣が召喚されても、乗りこなすことができなければ墜落し、運が悪ければ従神者は死に至る。

ルスランはアルダーヴァルのたてがみに掴《つか》まり、振り落とされぬよう必死だったが、瑠璃竜は宙返りをしたり揺さぶるように飛んだり、とにかく上空を縦横無尽に舞う。一方、ルスランといえば腹に力をこめて背中にしがみつくのが精一杯だ。

「はっ！　坊や、お目々を開けて外の世界を見てみろよ、いい眺めだ」

ルスランがうっすら目を開けた瞬間、瑠璃竜は錐《きり》もみ状態で頭から急降下する。

――落ちる！

地面すれすれで衝突は回避され、またアルダーヴァルは急上昇する。

「……止まれ！」

その命令に、意外にも相手は素直に従った。だが――

「わあー！」

当然ながら、竜が「止まれ」ば浮力を失い、落ちるのである。再び降下したアルダーヴァルは、地面近くで身をひるがえす。彼はある程度高くまで再上昇すると、翼をばさばさと言わせながら空中をゆるく旋回した。

「坊や、神獣に乗るなら命令は正確に出せよ。こっちはその通りにしてやるんだから」

「う、うるさい。屁理屈《へりくつ》ばかりこねて……！」

やっと反撃できるほどの余裕が持てたのか、ルスランが怒鳴り返す。

「ほう、そんな口をきいていいのか？　それとも振り落とされてえのか？　ここから地面は遠い、落ちたら粉々になっちまうぞ」

「………………」

ルスランは黙り込んだ。アルダーヴァルの哄笑《こうしょう》が辺りに響き渡る。

「まあ、思ったより根性はあるんだな。王子さま！」

瑠璃竜は大きく宙で一回転すると、ひらりと地上に舞い降りて背中をひと揺すりした。

ルスランは振り落とされ、ぶざまな姿勢で地面に転がる。

「何でこんな乱暴を、一体どういうつもりだ……」

人型に戻ったアルダーヴァルは相手を見下ろし、「ふん」と鼻を鳴らした。

「お前の乗り方が下手クソ過ぎて、背中が痛くてたまらねえからだよ。これから先も乗りたければ有料だな。一日あたりドラクマ銀貨二十枚ってところか」

「銀貨二十枚？」

ルスランは開いた口がふさがらなかった。一日あたり銀貨二十枚も支払っていたら、タスマンが持たせてくれた銀貨など三日も持たずに底をついてしまう。

「文句あるのか？　未熟者には当然の相場だが」

アルダーヴァルは、遠く地平線の一点を指さした。

「まあ、支払いに不安があるなら、さっき上空から見えたあのオアシスの村で、ラクダなりロバなり、何か乗り物を調達するんだな。俺に支払うよりは安上がりだぜ」

「…………」

背に乗せる、乗せないだけで彼とこれだけ揉《も》めるならば、召喚式の最後に位置付けられている、従神者と神獣が互いに永遠の絆《きずな》を誓うことなど、夢のまた夢だろう。

——僕を馬鹿にして！　どうしてこの瑠璃竜は反抗的なんだ。

ルスランの苛《いら》立《だ》ちは最高潮に達したが、これ以上侮られまいと虚勢を張った。

「ふ、ふん。飛び方の下手な駄竜より、人を乗せ慣れた家畜のほうがずっとましだね」

そして、砂埃《すなぼこり》まみれの膝《ひざ》を払って立ち上がると、オアシスを目指して歩みを速めた。

アルダーヴァルの言葉通り、オアシスのほとりには村が発達し、小さいながらも市場があった。幸い、今日は家畜の定期市が立っているようで、羊、山羊《やぎ》、馬、ラクダなどが市場の一角に集められ、人々が品定めに忙しい。

アルダーヴァルを村はずれで待たせて、ルスランはラクダを見繕おうとした。だが、たとえ絨毯《じゅうたん》や工芸品の目利きは出来ても、どのラクダを選ぶべきなのかは見当もつかず、値切り交渉もしたことがない。カルジャスタンの市場で見かけた光景を思い出し、実践してはみたものの――。

「カルジャスタンのドラクマ銀貨二十枚？　駄目だめ、それじゃ売れないよ」

抜け目のない売り手に翻弄《ほんろう》されて、なかなか値段が折り合わない。

「うっ……じゃあ、二十五枚で」

――こっちの足元を見られているような気がする。よそ者だしまだ若いからか？

ルスランは疑念を覚えつつも、ついに折れてタスマンの革袋をじゃらつかせながら、銀貨を取り出した。

「えっと、一、二、三……二十四、二十五。これでいいかな？」

「お前さん、若いのに金を持っているんだな」

銀貨を受け取る売り手の目が一瞬光ったことにルスランは気づかず、そそくさと礼を言うと買ったラクダの手綱《たづな》を取った。

――手持ちのお金だと一頭しか買えなかったけど、仕方がない。他にも買い物があるし、今後の宿代も取っておかなきゃ。あいつの乗り物は、まあ何とかなるだろう。だって、彼には翼があって飛べるんだから。

ついで、彼はラクダ用の鞍《くら》と塩の詰まった袋を買い、村はずれに足を向けた。

ナツメヤシの木の元にいるアルダーヴァルの周囲が何やら賑《にぎ》やかだが、それもそのはず、村の女性たちに囲まれ、茶やら果物やらを振舞われている。女性たちは、幼女から老女まで幅広い年齢層だ。目立つ容姿のアルダーヴァルは、異性を惹《ひ》きつける魅力に満ちているらしい。彼自身は女性たちには関心がないようだが、受け取るものは受け取っている。さらに、村の男たちの一団が遠巻きにして、アルダーヴァルを睨《にら》みつけていた。

――ああもう、素性を隠さなくてはいけないのに、あんなに目立って。

「おう、坊や。乗り物は買えたのか」

差し入れのイチジクの実をかじりながら、アルダーヴァルはラクダに目をやった。彼が話すだけで、取り囲んだ女性たちは「きゃあ」と歓声を上げる。

「ぼったくられていないだろうな？　それに俺のラクダはどうした？　お前だけが乗れて、俺は歩けってか」

ルスランは有無を言わさずアルダーヴァルを人の輪から引っ張り出すと、彼の尖《とが》った耳に自分の口を近づけた。

「お前は自分で飛べるだろ？　なぜわざわざラクダが必要なんだ？」

アルダーヴァルは肩をすくめた。

「あのな、お前の親父さんが『素性を隠せ』と命じたのはなぜだと思う？　ゴタゴタから身を守るためだろ？　従神者と神獣というのがばれたら色々面倒になるってんで。それに、俺たち神獣は人型を保つのは疲れるんだよ、でもゴタゴタよりマシだからな」

「ゴタゴタが嫌なら、お前こそ目立つな。村の男たちが変な目でお前を見ているぞ」

アルダーヴァルは、まだこちらを窺《うかが》っている男たちを一瞥《いちべつ》した。

「俺が女たちに『居てくれ』と頼んだわけじゃねえぞ。まあいいや、お前の進みたいほうに進んで、やりたいようにやんな」

「……そうさせてもらうさ、言われなくても」

ルスランは言い返し、空を見上げた。そろそろ太陽も高みに差し掛かるところだった。

二人は最も暑い時間帯を灌木《かんぼく》の木陰でやり過ごし、日が傾くころに東の神殿を指して出発することにした。村人に訊《たず》ねてみたところ、幸いなことに目的地はこの村からさほど遠くもなく、日没後の気温が急激に下がる前には、たどり着ける見込みである。

西に真っ赤な太陽が没していくのを眺めながら、ルスランたちは神殿への道をたどる。それとともに、宵の明星《みようじよう》が輝き始めた。

「あれ、明星の近くにあんな星があったかな？　動いているから、星じゃないか」

ラクダの上で首を傾げるルスランに、人型のアルダーヴァルも空を仰いだ。

「神獣か、大型の鳥だな。きっとねぐらに帰るんだろ」

広大な天に、ぽつんと浮かぶ鳥の影。それはいかにも、孤独で寂しげに見えた。

――向こうが僕たちを見つけたら、寂しい旅人たちだと思うんだろうな。

日暮れとともに、今までの疲労がどっと押し寄せてきて、ルスランは無言となる。

しばらくして、ラクダの前を黙々と歩いていたアルダーヴァルが、不意に立ち止まった。それに合わせてラクダも急に止まったので、暑さと疲れで半ば居眠りしていたルスランは、危うく振り落とされそうになった。

「な、何だ？」

アルダーヴァルは相手の問いに答えず、来た方角を見据えている。

「やっぱりな。来やがった」

「来やがった？　何が？」

振り向いたルスランには何も見えなかったが、やがて黒い点状のものが幾つも急接近してくるのが分かった。

「な、何だあれは？」

耳をすましていたアルダーヴァルは、軽いため息をついた。

「複数の足音だ。全速力で走る、何頭かのラクダ……盗賊のご一行さまだ」

「なぜ盗賊だと分かる？　村の男たちが、お前が女性たちをたぶらかしたと誤解して襲ってきたのかもしれない」

「男としての名誉を守るためなら、その場で襲ってくるさ。ルスラン、お前まさか、銀貨の袋を村の連中に見せるなんて真似はしてねえよな？」

「あっ……」

ルスランは自分のうかつさに青くなった。村人たちの一部が盗賊だったに違いない。

「まったく、世間知らずのお坊ちゃんだよ。世話が焼けるといったら」

アルダーヴァルは舌打ちし、もんどり打って空中で瑠璃《るり》竜に変身した。

「とりあえず、あばよ王子さま。何でも、古の東方の賢者は『三十六計逃げるにしかず』って宣ったらしいぜ。一生懸命その大事な『おラクダさま』で逃げな」

「お、おい！　乗せてくれないのか？　この凶竜《きょうりゅう》！」

焦るルスランに、瑠璃竜の哄笑《こうしょう》が追い打ちをかける。

「あはは、お前、大金をはたいてせっかく買ったおラクダさまをもう手放すのか？　勿体《もったい》ねえからそれで逃げ切ってみせな。ラクダを買ってもらえなかった哀れな俺は、自前の翼で逃げるぜ。お互い命があったら、東の神殿で落ち合おう。じゃあな、幸運を！」

アルダーヴァルは見せつけるように旋回し、東をめがけて飛び去った。

——くそっ！　何が「幸運を」だ！

後方からひゅっと頬をかすめて、矢が飛んでいく。

ルスランは背後に迫る盗賊たちを気にしながら、懸命にラクダを操り駆け続けた。

八

「東の神殿」は、アラバス山脈の一角を形成するイトナ山の山中にある。

何とか盗賊たちを振り切ったルスランは、疲労困憊《こんぱい》の態《てい》でイトナ山にたどり着いた。

人型のアルダーヴァルは神殿の参道口、獅子《しし》の石像に腰掛けて待っており、ひらひらと右手を振ってみせる。その飄々《ひょうひょう》とした物腰がルスランの心を逆なでした。

「よお、上手《うま》く盗賊から逃げられて良かったな」

「お前がその御名《みな》を称《とな》えない神《ミスレル》のご加護のおかげさ」

ルスランは横目で言い返し、ラクダを引きつつ黙々と参道を登っていった。

——そうだ。僕がアルダーヴァルに苛々《いらいら》するのは、神の造りたもうた神獣のくせに、彼が神に祈りもせず、その御名さえも口にしないからだ。

その点でも彼は神獣として、父王とともに神に祈りを捧《ささ》げる敬虔《けいけん》で模範的なオルラルネとは対照的だった。

見えて来た神殿の表門の上には、ミスレル神が悪神を打ち倒す浮彫《レリーフ》が施されている。

ルスランは開門を待つ間、奥にある神殿の建物が母の細密画の背景通りであることを確認してほっとした。一方、アルダーヴァルは胡散臭《うさんくさ》げに周囲を見回している。

訪問客の名を知った取次の若い神官は慌てて引っ込み、やがて別の神官が出て来た。

「おお、ルスラン王子でいらっしゃいますか？　東の神殿にはるばるようこそ」

その神官に水場まで案内された二人は、そこで旅の埃《ほこり》を落とした。ついで客間に通され、腰を落ち着ける。すぐに茶と果物類が供された。

待つことしばし、神官たちに先導されて、高位の神官服に身を包んだ壮年男性が姿を現した。アルダーヴァルは座ったままだったが、ルスランは起立して一礼した。

「ごきげんよう、ルスラン王子。ミスレル神のご加護がありますように」

「あなたにも神のご加護と平安を、東の大神官さま」

「しばらくお目にかからぬうちに、ずいぶん大きく立派になられましたな」

目を細める相手に、ルスランは照れた。大神官は改めてルスランに席を勧めて自分も腰を下ろし、ルスランが話す王宮での顚末《てんまつ》に耳を傾けてくれた。

「……そういう事情で、私と神獣アルダーヴァルはこの神殿に参上しました。あなた方が国の政治に関わらぬことは知っています。ですが、せめて神のご神託をいただいて、今後の指針とさせていただきたいと」

大神官は穏やかな表情で「なるほど」と頷《うなず》き、ついでデーツを食べているアルダーヴァルをじっと見つめた。

「彼が、その災いを招く瑠璃竜というわけですな」

アルダーヴァルは口を動かすのをやめ、大神官を鋭い目つきで見返した。

「ああ。で、神託やお前さんたちのご助力で、こいつと俺は王都に戻れるのか？」

「アルダーヴァル……！」

ルスランは連れの不躾《ぶしつけ》な物言いに慌て、足先でそっと相手の脛《すね》を蹴《け》った。

「申し訳ありません、行儀をわきまえない神獣で」

「おいおい、勝手に謝るなよ」

むっとした表情の瑠璃竜をよそに、大神官は「かまいません」と笑った。

「それで、王子のお話に戻りますが、確かに伝承が人々に与える影響や支配力は強く、覆すのは簡単ではありません」

「覆すのは簡単ではない……ええ、そうですよね」

ルスランはうなだれた。

「ですが、諦《あきら》めてはいけません。王子のことは、きっとミスレル神が守ってくださいますよ。それに、私たち東の神殿には、神託というものがあります。神託の結果によっては、伝承が神託に譲る場合もあるのです」

アルダーヴァルは眦《まなじり》をぴくりとさせたが、ルスランは彼の様子に気が付かなかった。

「アルマ王妃さまにはご生前、多額の援助を頂戴《ちょうだい》しました。いささかなりともご子息に向けて、ご恩返しをさせてください。神託はその第一歩とお考えくだされば。我が神殿が、微力ながら王子をお助けしましょう」

「本当ですか、ありがとうございます！」

神殿を味方につけ、時間をかければ何とか問題が解決できそうな予感に、ルスランは

所もご用意いたしますゆえ」

喜色を浮かべた。

「どうか私どもを信じてお待ちください。今夜はごゆっくり休息なさいませ。夕餉《ゆうげ》も寝所もご用意いたしますゆえ」

――良かった！　さんざんひどい目に遭ったが、東の神殿が解決の糸口になるかも。

だが、アルダーヴァルは黙然として、手の中のデーツをころころ弄《もてあそ》ぶだけだった。

ルスランが案内された二階の客室は、小さいうえにアルダーヴァルとは相部屋だが、二つの寝台が並んだ室内は清潔に整えられていた。

実は、神殿付きの神獣も複数いるということで、アルダーヴァルには神獣舎を提供する申し出もあったのだが、彼自身が「何だか嫌な予感がする」と誰にともなく呟《つぶや》き、人型でいるのは疲れるはずなのに、人間の寝室を選択したのである。ルスランとしては、アルダーヴァルには神獣舎に行って欲しかったが、本人が拒否をしたので仕方がない。

夕食の前に、ルスランは祭壇の間で、神官たちとともに晩の祈りを捧げることになった。さすがに今度ばかりはアルダーヴァルも神殿に配慮し、祈禱《きとう》に参加するだろうと思ったが、ルスランが誘っても、当の本人は寝台に転がったまま目を閉じて動こうとしない。

「神獣なのに何で神に祈らないんだ？　神官たちにも変に思われるじゃないか」

アルダーヴァルは面倒くさそうに片目だけを開き、じろりと睨《にら》んできた。

「変に思われたら困るのはお前だけだろ？　俺は何とも思わないね。神は俺をお造りになられたが、祈れとは別に仰《おっしゃ》らなかったな。祈るかどうかは俺が自分で決める。他人の指図は受けない」

そう言うと寝返りを打って壁際を向いてしまったので、ルスランも諦めた。だが、祭壇の前で神への賛歌を唱和しつつも、彼の態度にどこか釈然としない。

──あいつ、神さまが造りかたをお間違えになったのでは？

夕食を兼ねた歓迎の宴《うたげ》は広間で催され、床に敷かれた絨毯《じゅうたん》の上には、香辛料をたっぷり使った羊肉料理や、煮込み料理、サフランで風味と色を付けた米、ナンが並べられた。ルスランは大神官たち高位の神官と料理を分かち合い、しばし歓談の時を過ごした。

「うーん、この香草はうめえ。菜っ葉も柔らかくて、爽《さわ》やかな風味でたまらねえな」

別の絨毯に陣取ったアルダーヴァルは、意外にも肉には見向きもせず、給仕の者に持って来させた山盛りの生野菜を、批評を加えながら次から次へと平らげている。これにはルスランも驚かされるとともに、鋭利な美貌《びぼう》の青年がひたすら野菜だけを食べている図が何ともちぐはぐに見えた。

「明日にでも神託を伺い、私から書簡を王都に送る。この段取りでいかがですか？」

大神官の言葉に、ルスランはますます安心して厚く礼を述べた。そして勧められるまま、葡萄《ぶどう》酒の杯を重ねていく。すっかりほろ酔い気分となり、席を立つ頃にはふらつくほどになっていた。

「お前、かなり酔っぱらっているじゃないか、しっかり歩けよ」

アルダーヴァルは、ルスランを客室のある二階まで半ば引っぱり上げるように連れて行った。彼は優しくない付添人で、手荒にルスランを扱い、部屋に放り込む。

寝台に転がされたルスランは相手の乱暴さに顔をしかめたが、次の瞬間笑い出した。

「ふふふ、痛いよ。もっと優しく扱ってくれないわけ？」

「あのなあ……お前、何にも考えないのか？」

酔ったルスランは仰向《あおむ》けになったまま、呆《あき》れ顔の相手を見上げる。

「何が？　だって、泊まるところも確保できたし、上手くいけば都に帰れるかも……お前は何が気に入らないんだ？」

アルダーヴァルは両の口角を下げた。

「何もかも、気に入らないね。『神託の結果によっては、伝承が神託に譲る』云々《うんぬん》とあいつらが言っただろ？　何だか持って回った言い方だったぜ。あと『アルマ王妃さまには多額の援助を』ってのも、言葉に含みがあったしな」

「別におかしくはないだろ？　母上がこの神殿に寄進をしていたのは事実だよ」

「神託云々は、『もらうものをもらえば神託を枉《ま》げてもいい』とも聞こえたし、妙に金《かね》にこだわっているように思えたがな。親切そうに見えて、いけ好かねえ連中だ」

「それは邪推だよ。第一、自分が神に祈らないのに、神官たちのことをあれこれ言えるか？　上手《うま》くことが運ぶかもしれないんだ、余計な水は差さないでくれ……」

ルスランはアルダーヴァルに釘《くぎ》を刺したが、次第にその目がとろんとし、焦点が合わなくなっていく。考えるのも、何もかもが面倒くさくなってきた。

それ以上言葉が続かず、彼は寝息を立て始めた。

九

夜半。

一連の騒動の疲れと酒のせいか、ルスランはぐっすりと眠り込んでいた。少し離れた寝台では、アルダーヴァルがやはり寝息を立てている。

――あれ、僕、目が覚めているのか？　それとも寝ているのか？

横たわったままのルスランは、眠りと覚醒《かくせい》の間を漂い始めた。身体は動かないが意識は覚めていて、自分の額が温かくなっているのを感じる。

――神紋、光っている？　なぜ？

いつのまにか自分の魂が遊離し、寝台の肉体を見下ろしていた。額の神紋が光り、そこから出た細い光がアルダーヴァルの神紋とつながっている。

ルスランの眼は、部屋の隅にうずくまる何かを捉《とら》えた。

――何だろう？　神獣？

よく目を凝らすと、それは血を流して倒れている有翼獅子《グリフィン》だった。神獣は絶命しているのかぴくりともせず、身体のそこかしこが切り裂かれて血塗《まみ》れになっていた。そして、それを見守っている誰かがいた。

——アルダーヴァル？

人型となった瑠璃《るり》竜が、有翼獅子の骸《むくろ》を前にして、涙を流している。

——泣いているのか？　なぜ？

ルスランは身動きしようとしたが、何かに縛られているように身体が動かない。自分がしきりに叫んでいても、アルダーヴァルの耳には届かない。瑠璃竜の頬を伝った涙が、後から後から足元に落ちて、水たまりを作る——。

「起きろ！」

押し殺した声とともに揺さぶられ、ルスランははっと目を覚ました。さきほどの夢とも現実ともつかぬ不思議な体験が身体にまだ残っていたが、眼前にはアルダーヴァルの切羽詰まった顔が迫っていた。

「……どうした？　つっ！」

ルスランは頭を押さえた。慣れない酒を過ごしたためか、頭が割れるように痛い。

「お前、いい加減に鈍すぎだな」

アルダーヴァルが顎《あご》をしゃくって窓の外を示す。満月の夜で、冷ややかな月光が床にまで差し込んできている。

「外を見てみろよ。気づかれるヘマをするんじゃねえぞ」

ルスランが用心しつつ窓の陰から見下ろすと、中庭に人と神獣らしき者たちの影が集まっている。不穏な空気を察知した彼は、そっと窓から離れた。

「神官と神獣たち？　何でこんな真夜中に……」

「何で？　あれが『さあこれから結婚式、花と新婦を飾り立てましょう、招待客が中庭から溢《あふ》れんばかり』という風に見えるか？　で、今度は反対側だ」

アルダーヴァルの親指が向けられた扉に耳をつけてみると、階下から金属音と荒っぽい足音が複数聞こえてくる。ルスランは眠気も吹っ飛び、顔を強張《こわば》らせた。

「分かったか？　これから階下の連中が襲ってきて、万が一俺たちを取り逃がしても庭の連中が葬る算段だな」

アルダーヴァルはにやりと笑い、手刀でしゅっと首を横に斬ってみせる。

「面白くなってきやがった。連中、お前には酒をしこたま飲ませ、俺には食事に毒草を盛ってどうにかしようと思ったんだな。俺は行儀がいいから毒草はよけて食ったが」

「ど、毒草？」

ルスランは叫び声を抑えるのに苦労した。

「ああ、裏切って俺たちの命をどうにかしようってことだろ？　ひょっとしたら、ドルジュ・カジャールの誰かと通じていて罠《わな》を張ったのかもな」

「ドルジュ・カジャールの？　ま、まさか……」

ルスランは足元が崩れ、底なしの闇に飲み込まれていく心地がした。信じたくはない、だが、アルダーヴァルの指摘通りかもしれないとも思った。

——追放だけでなく、命まで奪おうと？　こんなことをしようとする王都の人間がいるとしたら、それは一体誰？

宰相ジャルデスティーニ、継妃スズダリ……ルスランの脳裏に、疑わしい人物の像が浮かんでくる。そして、もっとも考えたくない可能性——赤茶色の髪と碧眼《へきがん》を持ち、白銀竜を従えた人物の姿を、無理やり心の底にしまい込んだ。

アルダーヴァルは、動揺するルスランを憐《あわ》れむような、楽しむような目つきになった。

「お前に毒を盛らなかったのは、手心でも加えるつもりだったのかな？　まあどちらにせよ、最終的に俺たちを殺しちまうことには変わりないが」

そうこうしているうちに、階段を駆け上ってくる足音が聞こえてきた。

「に、逃げないと……」

ルスランは周囲を見回したが、逃げ道が見つからない。

「だったら、お前がまず窓から飛びな。この部屋は小さすぎて俺が変身できない」

「おい、窓から飛んでどうするんだ？　もし墜落でもしたら……」

彼の脳裏に、瑠璃竜の背中から振り落とされそうになった記憶が蘇《よみがえ》る。彼の逡巡《しゅんじゅん》に、アルダーヴァルはうんざりした顔を見せた。

「俺が空中で変身してお前を拾ってやる。それとも、神に祈らない俺は信用できねえか？」

ルスランはなおも迷ったが、窮地とあっては相手を信じるしかない。「絶対だな」と念押すると思い切って窓際に足をかけ、はずみをつけると一気に虚空に飛び出した。

「王子だ！　逃すな！」

中庭で声が上がるのと、続けて飛んだアルダーヴァルが変身し、落ちようとするルスランを背中で受け止めるのが同時だった。庭から二頭の神獣に騎乗した神官たちが飛び立ち、襲ってくる。ルスランたちをめがけて矢が幾本も放たれるが、瑠璃竜はすれすれのところで身をひねってかわした。

「しっかり摑《つか》まっていろよ、王子さま！」

「今度は振り落とそうとするなよ、瑠璃竜！」

アルダーヴァルはふんと鼻で笑い、追いかけてくる神獣たちをからかうかのように、神殿の上空を大きく旋回してから一気に上昇した。

「で、どの方角へ？　追手が来るから早く決めろ」

問われたところで、当ての外れたルスランには行き場所がない。進退窮まった彼を案ずるように、ちょうど流れ星が二筋、東の空を流れた。彼はそれに天啓を感じた。

「う、うーん……とりあえず、東の方角へ」

アルダーヴァルの翼は力強く、その速さに追手の神獣たちもやがて見えなくなった。

——綺麗《きれい》だな。

初めて瑠璃竜の背に乗ったときは振り回されてばかりで、風景を楽しむ余裕などなかったが、今は敵に追われる身にもかかわらず、現実逃避のためか、星の降り注ぐ濃紺色の空につい心を奪われてしまった。天がもたらす芸術の妙というべきだろうか。

さらに、瑠璃竜の体色が月光に映えて輝き、鱗《うろこ》の一枚いちまいが星のように光る。

「お前、ずいぶん呑気《のんき》そうにしているが、そろそろ腰を据えて考えろ。お前は俺のこと『駄竜』だの『凶竜』だの言いたい放題言ってくれたが、自分はどうなんだよ?」

「……だって、まさかこんなことになるなんて」

神官たちの裏切り自体もこたえたが、摑みかけた光明が手からすり抜けてしまった絶望と徒労感のほうが、今は大きかった。

――これから、どこに行けばいいんだろう?

ルスランが黙り込んだままなので、アルダーヴァルは苛立《いらだ》たしげに頭を振った。

「仕方ねえ、今回は俺の特別奉仕で、夜明けまでは無賃で飛んでやるから、早く行き先を決めろよ。ただしこれはあくまで貸しだ、後でたっぷりふんだくってやる」

ルスランは赤面した。この瑠璃竜は自分を苛立たせもするが、結局は彼に窮地を救ってもらった形になる。

――彼に好き勝手言われないように、しっかりしないと。借りも作ってしまったし。

そう決心するとともに、ふと気になっていたことを思い出して訊《き》いてみた。

「アルダーヴァル……さっき、泣いていなかったか? 僕を起こす前に」

瑠璃竜の真紅の両眼がぎらりと光る。

「あ？　俺が泣いていただと？　まだ寝ぼけてんのか？　地面に落としてやれば目が覚めるのか？」

「…………」

言下に否定されたルスランは再び沈黙したが、それにしては、寝ていた時に見たあの夢は生々しすぎて、瑠璃竜の涙の温度まで伝わってきたように思えた。

第二章　東方の貴公子

一

数日後、大きな夕陽に照らされて、旅人ふたりが礫地《れきち》をとぼとぼと歩いていた。

「それにしても腹が減ったなあ、お前のせいだぞ。宿に泊まるのに、一番いい部屋と食事を希望していたら、あっという間に銀貨とおさらばするのは当たり前だろ？」

「仕方ないだろ。一度安い部屋に泊まったら、体中かゆくなって寝られなくなったんだ」

言い返すルスランに、アルダーヴァルは鼻を鳴らして応《こた》えた。

「とにかくお前、今夜の宿泊で金がすっからかんになるだろう？　明日以降のことをよく考えるんだな。どうにかして金を稼ぐか、野宿か」

ルスランは野宿と聞いて、憂鬱《ゆううつ》な顔になった。王宮育ちの彼にとって、ただでさえ旅の生活は厳しいものなのに、どうやったら野宿の旅が続けられるのか見当もつかない。

――ああ、王宮での生活が懐かしい。毎日のように水浴びができて、食事はたっぷりと。夜は柔らかい布団で眠るんだ。

だが、風と砂埃《すなぼこり》にさらされる今の旅で、それらは望むべくもない。流星の天啓にすがって東に向かってはみたものの、状況が好転している感触は今のところ得られない。

「ほら、だんだん脚が遅くなっているぞ。お前」

「うるさいな。気を遣ってくれるなら、背中に乗せて飛んでくれればいいのに」

「は？　言っただろ？　俺の翼は、未熟者のためのお飾りじゃねえんだ。お前への貸しもそのまんまだし、どうしても乗りたきゃ金を出しな」

「僕に金がないのを知っていて……！」

むっとするルスランを尻目《しりめ》に、アルダーヴァルはもんどり打っと瑠璃《るり》竜に変身した。

「おい、いい眺めだぞ」

アルダーヴァルはひらひらと相手を馬鹿にしたように飛び、時に急降下してその翼を相手の鼻先にかすめさせる。

「危ないな！　飛ぶなら、せめて人の迷惑にならないように飛べよ」

苛立ったルスランは、上空に向かって怒鳴る。

「これは失礼、哀れな人間さまは、地べたを這《は》うように歩かなくてはならねえんだったな、すっかり忘れていたよ……おっと」

連れをからかうのをやめたアルダーヴァルは、高度を上げて遠くに視線をやった。

「街が見える。良かったな、日没前にたどり着けて。宿もあるだろ、きっと」

彼の言葉通りで、行く手には大きなオアシス都市があり、二人は中心部に建てられた隊商宿《キャラヴァンサライ》に投宿することができた。

宿は一階が食堂や大広間、二階が客室となっており、食堂は客たちですでに賑《にぎ》わっていた。ルスランとアルダーヴァルが席につくと、給仕が羊肉の炊き込み飯や、ヒラ豆のスープ、葡萄《ぶどう》などを大きな盆に載せて持ってくる。アルダーヴァルは肉には見向きもしないが、スープと葡萄には手を伸ばす。一方、ルスランは炊き込み飯を夢中で平らげたが、ふと自分の懐事情を思い出した。

——路銀はほぼ尽きたし、明日からどうしよう。お金をどこかで稼げるだろうか？

ルスランは頭を振って憂鬱の種を追い払い、羊肉のおかわりを頼もうとしたが、近寄って来た給仕はこんなことを言い出した。

「お客さま方、混み合ってきましたので、相席でもよろしいでしょうか？」

彼の横には、十代後半らしき男女が立っていた。恐らくきょうだいか夫婦者だろう。二人は食事よりも沐浴《もくよく》を先に済ませたのか、きりりと結い上げた黒髪はまだ湿っている。男性は色白で、臙脂色《えんじいろ》の額当ての下に凛々《りり》しい眉《まゆ》と、黒く大きな瞳《ひとみ》がきらめいていた。細身の身体にまとっているものは前で襟を交叉《こうさ》させた灰色の上着で、焦げ茶色の帯には剣を挿す。一方、女性のほうは男性とほぼ同じ背丈で体格も似ていたが、細い眉と長いまつ毛に縁どられた薄い茶色の瞳、やや尖《とが》った顎《あご》が特徴的だった。そして男性の悠々とした態度とは対照的に、女性は辺りを警戒する姿勢があからさまだった。

ルスランが頷《うなず》いて二人の同席を許すと、凛々しい男性は口を開いた。

「お心遣いかたじけない」

良く通る高めの声で話すのは、この辺りでの共通語としても使われるカルジャスタンのカルージャ語だったが、東方語らしき訛《なま》りがわずかに混じっていた。

若き東方人たちは一礼して向かいの席に腰を下ろすと、優雅な手つきで麦酒《ビール》の注がれた杯を手にした。二人はこちらに遠慮しているのか会話をせず、運ばれてきた料理を黙々と口にしている。アルダーヴァルは彼らを一瞥《いちべつ》したきり、関心もない様子だった。

ルスランは葡萄を食べながら、ちらちらと向かいの若者に目をやった。

――リーン帝国か、その周辺から来たのかな。歳は、僕と同じくらいか。二人とも育ちが良さそうな雰囲気だが。

好奇心から話を聞いてはみたいものの、その貴公子はゆったりと構えているようで一分の隙もなく、何とも話しかけにくい。

ルスランは二人の観察にかまけて、周囲の不穏な空気に気がつくのが遅れた。自分たちの卓の近くからは人がいなくなり、食堂に満ちていた話し声もやんでしまっている。

その代わり、見るからに「ならず者」の風体をした男どもが十人ほど近寄ってきて、中には武器を持つ者もいる。思わずルスランは立ち上がったが、二人の男女は動じず、食事を続けている。アルダーヴァルも男たちに視線を向けたが、動こうとはしなかった。

「な、何なんだお前たち……食事時だというのに、ずいぶん物騒じゃないか」

ルスランは男たちを非難したが、効き目はなかった。そのうちの一人は、たどたどしいカルージャ語を話した。

「坊や、怪我したくなければどいてな。俺たちはこのお客さんに大事な用があるんでな」

取り囲む男たちが、じりじりとその輪をちぢめてくる。

――ただのならず者を装っているが、この身のこなしと間合いの詰め方……こいつら、もしかして刺客か何かでは？

ルスランは呼吸を整え、ゆっくり自分の剣の柄《つか》に手をやった。そのとき。

「やめておけ、相席の御仁《ごじん》」

決して大きくはないが、凛《りん》とした声が彼に向かって飛んだ。両眼に鋭さを宿した東方の貴公子が、手巾《しゅきん》で口を拭《ふ》きながらゆっくり立ち上がるところだった。

「何も巻き込まれることはない、下がっていよ」

「お言葉はありがたいが、あなたの身の安全と宿の平穏を乱す連中を放ってはおけない」

ルスランは男たちから目を離さぬまま、貴公子に答えた。

「下がれというのに」

貴公子は面倒くさそうに言い放つと、懐から平たく短い棒のような物を出して半分広げた。それはルスランも知っている、東方で使われる「扇子《シャンツ》」と呼ばれるものだった。

「我が君……」

連れの女性が、小声で貴公子を呼んだ。こちらは鈴を転がすような美しい声だ。

「チェンシー、私が命じるまで何もするな」

貴公子は手振りで女性を下がらせる。一団の頭目らしき頰に傷をもつ大柄の中年男が、にやけながら声をかけた。

「よう、扇子を持った粋《いき》な若さま。お探しのものは見つかったかな？」

だが、「若さま」は水のように静かに、半眼となってたたずんでいるだけだ。

「ちっ、お高くとまりやがって。その素っ首を叩《たた》き落として土産にしてやる！」

言うなりその巨漢は飛びかかったが、貴公子は表情も変えず、ひらりと身をかわした。

次の瞬間、巨漢の額から鮮血が吹き出し、見守るルスランの顔にも降りかかってくる。

「わっ……」

思わずのけぞる彼を「邪魔だ！」と貴公子が突き飛ばし、血に染まった扇子をしゃっと全開にすれば、どういう仕掛けが施されているのか、別の男が首筋を押さえ、絶叫して転がる。遠巻きに見ていた客や店の者たちからも悲鳴が上がった。

貴公子は卓の上に立ち、すらりと剣を抜いて男たちを見下ろす。

「あいにくだが、私はそなたたちの相手をする暇はない」

彼はかかってきた男二人ばかりをあっというまになぎ倒し、卓から卓へと飛び移り、連れの女性の手をとってともに玄関に向かう。ルスランは思わず後を追った。

「来るな！」

貴公子に制止されたが、構わずに追いかける。

「チェンシー！」

中庭に出た貴公子が額から額当てをむしり取って叫ぶと、その瞬間、連れの女性の身体から炎が上がって姿が消え、代わりに長い尾を持つ一羽の大きな鳥、すなわち鳳凰《ほうおう》が出現した。さらに、こちらを振り向いた貴公子の額には、黄金色の神紋——翼を広げた鳥の紋様が浮かび上がっていた。

チェンシーと呼ばれた鳳凰は貴公子を乗せ、翼をばさりと言わせて上昇した。残っていた六人のならず者のうち、三人は神獣に化け、各々自分の主人を乗せて鳳凰を追う。

——貴公子も、男たちも従神者だったのか！　でもなぜ同じ従神者を襲うんだ？

ルスランは眼前の状況をよく理解できなかったが、はっとして食堂に駆け戻る。

「アルダーヴァル、外へ！　彼らを助けないと！」

だが、瑠璃竜はデーツの種をぺっと吐き出しただけで、動こうとはしない。

「おい、お前は何で他人の面倒ごとにわざわざ首を突っ込んでいくんだ？　自分自身の世話もろくに出来ねえくせに」

「アル、相席の客たちは従神者と神獣だったんだ！　いや、従神者でもそうでなくとも、襲われている者がいたら助けるのが当然……」

「当然？　何で？　別に相手が誰であっても助ける義理はねえな。そんなに助けたきゃお一人でどうぞ。それに俺の名前を勝手に縮めて呼ぶな」

「だから、そんなこと言っている場合じゃないだろ？」

アルダーヴァルは顔をしかめたままルスランを見上げていたが、やがて「仕方ねえな、食後の腹ごなしでもするか」と呟《つぶや》くなり、椅子を蹴《け》って立ち上がった。

二人が戸外に出て外を見上げると、鳳凰が空中を旋回し、その周りを三頭の神獣が取り囲んで戦っている。二頭は東方でよく見られる龍《りゅう》という神獣で、体色はそれぞれ赤と黒、残る一頭は水蛇だった。

黒龍は鳳凰が発するいくつもの火球に当たり、目がくらんだ拍子に蹴落とされ、従神者もろともルスランたちのすぐ近くに墜落した。そのまま起き上がれずに悶《もだ》えている。

「ふうん。あの鳳凰と相棒、かなり強いな」

腕を組んだまま批評するアルダーヴァルの袖《そで》を、ルスランは苛立《いらだ》たしげに引っ張る。

「呑気《のんき》なことを言っていないで、早く変身してくれ！」

「半人前のくせに、気安く俺に命令するな！」

アルダーヴァルは毒づきながらも瑠璃《るり》竜に変身し、ルスランが乗ると舞い上がった。

「今日は特別に乗せてやるが、先日の借りにたっぷり加算だぞ。そういえばお前、神獣で戦うのは初めてだよな、王子さまの初陣ってところか。せいぜい頑張りな」

彼がにやりとするそばから、従神者を乗せた赤龍が躍りかかってくる。剣で打ちかかってきた従神者をルスランは無我夢中で薙《な》ぎ払ったが、手の甲を相手の剣先がかすめ、思わず自分の剣を取り落としそうになった。

「そらそら坊ちゃん、しっかり戦え！」

そうは言っても、ルスランはアルダーヴァルの激しい動きに対し、背にしがみつくのがやっとだった。王宮で剣の稽古《けいこ》を積んでは来たものの、実戦の場で、しかも神獣に乗っての戦いは勝手が違い過ぎて上手《うま》く動けない。

アルダーヴァルは赤龍の喉元《のどもと》に噛《か》みつき、脚の鋭い爪を腹に突き立てる。赤龍と従神者は「ぎゃっ……！」と絶叫し、地面に真っ逆さまに落ちていった。

「あと一頭……！」

ルスランが振り向くと、鳳凰と水蛇が睨《にら》みあっていた。

「あいつか、とっとと片付けちまおうぜ」

瑠璃竜は背後から水蛇に飛びかかろうとしたが、逆に素早く反転した水蛇に左肩に嚙みつかれたばかりか、胴体で腹部を後ろ脚もろとも締め上げられた。

「ぐっ……！」

「アルダーヴァル！」

骨がひしぐほどの力で絞られ、苦悶《くもん》の声を上げる瑠璃竜にルスランは動転したが、水蛇の従神者が振り下ろす剣を何とか跳ね返すことはできた。

「ふざけんな……この野郎！」

瑠璃竜の両眼が赤く燃え、左の後ろ脚を渾身《こんしん》の力で振りほどくと、その爪を相手に突き立てて平衡を崩させ、右の翼で思い切り薙ぎ払う。

「地獄へ落ちやがれ！」

アルダーヴァルの罵倒《ばとう》に重なって、水蛇と従神者が悲鳴を上げて墜落していった。ルスランは上空からそれを半ば呆然《ぼうぜん》と眺めていたが、手にぬるりとしたものが付いたので我に返った。見れば、アルダーヴァルの背中から血が流れている。

「おい、大丈夫か？」

返答は苛立たしげな唸《うな》り声だった。

「ルスラン、大事な初陣なのに、お前は俺の背中に乗って遊覧飛行していただけかよ？」

「なっ……そういう言い方はないだろ！　僕も戦ったよ」

だが確かに、自分はこの初陣で敵を倒すどころか、攻撃を防ぐので精一杯だった。

アルダーヴァルの声が次第に途切れがちになっていく。

「おい、今すぐ背中から降りろ。俺は……」

「今すぐ？　無茶言うな、地面がどれだけ下だと思っているんだ！」

「いいから言うとおりに……」

語尾が消え、彼の頭がぐらりと傾いたかと思うと、翼が浮力を失った。

「うわ――！」

ルスランを乗せたまま落下した瑠璃竜は、地面すれすれで最後の力を振り絞ったのだろう、翼を二度はばたかせ、どうにか軟着陸した。

チェンシーはひらりと舞い降りて人型に戻り、自分の主人と一緒に駆け寄ってくる。

「大丈夫か？」

貴公子は、砂地に投げ出されたルスランに手を差し伸べて立ち上がらせた。

「そなたたちも従神者と神獣だったのだな、結局は巻き込む形になってすまない。だが、一緒に戦ってくれてありがとう、助かった」

「そんな、すまないだなんて……」

ルスランはしどろもどろになったが、それは礼を言われた照れだけではなく、充分に戦えなかった自分を恥じたからでもあった。

「そなたの瑠璃竜は強いな、しかし……」

貴公子は眉《まゆ》を顰《ひそ》めると、地面にうずくまるアルダーヴァルのもとに行き、彼の様子を検分するチェンシーに話しかけた。

「どうだ？　瑠璃竜の傷は深いか？」

「ええ、我が君。あばら骨が二、三本折れているようですし、あちこちに嚙み傷、あと両の翼も傷ついています」

呻吟《しんぎん》するアルダーヴァルは、薄目を開けた。

「耳元でごちゃごちゃ言うな。多少はやられたようだが、一日や二日もすれば治る」

だが、威勢の良さはそこまでで、彼は大量に血を吐いたかと思うと目を閉じてしまった。東方の貴公子は厳しい顔つきで、青ざめるルスランを見やった。

「毒を持つ水蛇に嚙まれた傷は、放置すると大変なことになる」

「大変なことって、まさか死んでしまうかもしれないと？」

「その可能性もあるな。間に合わせの治療では駄目だ……」

彼は首を傾けて考えていたが、やがて眼を上げた。

「どうだろう？　助けてもらった礼に、我が母国で瑠璃竜を治療させてもらえないか？　国には腕利きの医者も揃っている。そなたたちもいろいろと事情はあろうが」

「いや、とてもありがたいよ。だが君の国とは？　東方の人だとお見受けするが……」

「その通り、私たちはリーン帝国から来た。私の名はシュエリーといい、鳳凰チェンシーを駆り、皇帝陛下のお側にお仕えする者だ」

二

「リーン帝国の従神者なのか、君は。はるか遠方の……」

ルスランは驚き、シュエリーと名乗る貴公子を見つめた。

リーン帝国は「皇帝」と呼ばれる君主を戴《いただ》く東方の大国で、カルジャスタンをも含むオアシス諸都市とも、古くから交易品を取引している。

「では、僕も名乗ろう。名はルスラン、実はカルジャスタンの従神者で、神獣の名は瑠璃竜アルダーヴァルだ」

「カルジャスタン？　交易路沿いの有力な国家だな」

シュエリーは頷《うなず》いたが、それ以上尋ねてはこなかったし、自分のことも言わなかった。

――なぜ皇帝の側近がこんなところを旅しているんだろう、何か訳ありのようだが。

だが、「訳あり」はお互いさまではある。シュエリーは瑠璃竜のほうを振り返った。

「そなたの神獣を、何とかリーンに運ばなければ」

彼は屈《かが》みこみ、ぐったりしたアルダーヴァルに話しかけた。

「瑠璃竜《るり》アルダーヴァル、そなたの働きで我らは救われた。礼を申す。大変だろうが人型になる力は残されているか？　人型が体力を消耗させるのは分かっているが。そなたとルスランを私のチェンシーに乗せて、リーンまで運んでいきたいのだ」

「我が君、その下品な瑠璃竜を、本当に私の背に乗せるおつもりで？」

汚いものを見るような目つきの鳳凰《ほうおう》に、シュエリーは鋭い視線をぶつけた。

「恩知らずなことを申すな。彼が助けてくれたのだから」

アルダーヴァルも、ぎろりとチェンシーを睨んだ。

「俺こそお断りだ。その高慢ちきなお鳥さまになんぞ、死んでも乗りたくねえ」

主君の叱責《しっせき》と瑠璃竜の罵《のの》りにも動じず、チェンシーはつんとしたままである。

「彼女の無礼は許せ。だが瑠璃竜よ、私の頼みを聞いて欲しい、そなたを助けたいのだ」

「…………」

シュエリーの誠意が通じたのか、アルダーヴァルは大きく身震いして人型に戻ったが、また喀血《かっけつ》して動かなくなった。

「アルダーヴァル……」

ルスランは自分のターバンを頭から外し、瑠璃竜の口元から流れる血を拭《ふ》き取った。

「シュエリー、三人もチェンシーに乗って大丈夫なのかい？」

「ああ、休憩を挟みながら行けば何とかなる、リーンまでは二、三日で着くはずだ」

ルスランとシュエリーは、二人がかりでチェンシーの背にアルダーヴァルを引っ張り上げて乗せた。鳳凰を操るシュエリーの肩にルスランは右手で摑《つか》まって横座りとなり、左手はうつ伏せに横たわるアルダーヴァルの背に置いた。

「しっかり摑まっていてくれ。チェンシー、頼むぞ」

チェンシーは主君の命に応《こた》え、翼を広げてゆっくり上昇する。

——何だかんだ言いながらも戦ってくれた彼。もしここで死んでしまったら……。

神獣と人だけではなくルスランの不安をも乗せて、鳳凰は夜風を切って飛び続けた。


夜半、さすがにチェンシーも疲れたのか、空《くう》を切る翼も鈍さを増したようだった。

だが、砂漠に地下水路《カナート》の横穴が点々と走るのが見え、やがてその先に塀とまばらな樹々に囲まれた大きな建造物が、月明かりに照らされて姿を現した。

「降りてみよう。急がば回れだ、休息して体力を回復させたほうがいい」

ルスランの言葉にシュエリーも賛成し、降下する。神獣たちを残して二人が建物に近づいてみると、そこは廃墟《はいきょ》となった神殿だった。門の上部には、水がめを持ったハーマ神の像が彫られている。西方で信仰されているミスレル神の娘で、水を司《つかさど》る女神である。

「神は我らを見捨て給わず！　ここで休憩できそうだね」

外側こそ廃墟同然だが、中庭と建物はさほど崩れていない。玄関に敷かれたタイルの床は破損しているが精緻《せいち》な紋様が施されたもので、往時の神殿の繁栄を想い起こさせた。

「水は、ないのかな……」

当面の危機が去って、ルスランは猛烈な喉《のど》の渇きを覚えて辺りを見回した。空から見たカナートが涸《か》れたり埋もれたりせずまだ生きていれば、この神殿のどこかに水があるはずだった。一縷《いちる》の望みをかけて二人が周辺を探索すると、かつて神殿の参拝者が使ったと思われる水場を発見できた。地下水が地上に導かれ、石造りの水槽に溜《た》まっている。

「ルスラン、これでアルダーヴァルの傷の手当もできる。あくまで応急処置だが」

シュエリーが指笛を吹くと、チェンシーがアルダーヴァルを乗せたまま飛んできて、水場の隣に着地した。彼は既に意識を取り戻していて、這《は》うように鳳凰の背を滑り降りたが、起き上がることはできなかった。

シュエリーは自分の上着の袖《そで》を破き、それを水に浸してアルダーヴァルの傷を丁寧にぬぐった。その間アルダーヴァルはずっと顔をしかめていたが、声は上げなかった。

「応急の手当はこれでいい。次はそなたの怪我だな。かすり傷と侮らぬほうがいいぞ」

ルスランはシュエリーに手伝ってもらいながら、手の甲に出来た傷を手当して、終わった後に水を飲んで一息つく。

アルダーヴァルは身体の楽な神獣の姿に戻り、チェンシーから離れた場所でうつらうつらしていた。夜間は急激に気温が下がり、肌寒い。

ルスランとシュエリーは枯れたタマリスクの枝や草を集めて中庭で火を起こし、まずは身体を温めてから神殿に入った。中は埃《ほこり》っぽかったが、奥に据えられたハーマ神の像は女神の威厳を感じさせた。二人は石造りの台の埃を払って座った。

「シュエリー。さっきの話の続きだけど……」

「ああ、私が旅をしている理由か。実は、これなんだ」

そう言って、シュエリーは肩にかけていた袋から、丁重な手つきで小さな箱を取り出した。中を見ると、きのこのようなものが入っている。

「これは？」

「薬草というか……名前は『レイシ』といって、特別な植物だ。アラバス山脈の山中に生えていて、普段は茶色をしているが、満月と新月の時にだけ銀色に光る」

「何のために必要なのかい？」

「皇帝陛下のご健康に良いというので、側近で従神者の私が探しに来たのだ。無事に見つかって良かった」

「でも、帰り道は無事じゃなかったね？　隊商宿《キャラヴァンサライ》で君を襲った連中は一体何者だ？」

「…………」

シュエリーは箱をしまってルスランに向き直ったが、その表情は硬かった。

「皇帝陛下は名君であられるが、ご即位に反対し、今も陛下に逆らう者たちがいる。宿で襲ったのは、おそらく連中の放った刺客だ。陛下がお元気では困るのだろう」

「でも、刺客たちの中には従神者が三人もいた。まさか、同じ従神者を襲うだなんて」

ルスランは信じられないという面持ちで頭を横に振り、シュエリーはため息をついた。

「あれは、従神者でありながら天帝《かみ》に背き、堕落して国や都市を追放された者たちだ。そなたも聞いたことはあるだろう？」

ルスランも、堕落した従神者については、ファイエル導師の講義で耳にしたことはあった。しかし、堕落者は稀《まれ》にしか存在しないはずでは――。

「従神者と神獣は神に服従し、仕える存在だ。だが、堕落した従神者と神獣は神の命令を忘れ、人々を守る義務も放棄し、ああやって神獣や人を襲って命や金品を奪う。従神者と神獣は互いに離れられない運命ゆえ、栄光も堕落もともにするほかはない」

――追放され、互いに離れることもできず、人や従神者を襲う。僕とアルダーヴァルもこのままさすらいの果てに、もし堕落してしまったらどうしよう？

ルスランの背を冷たいものが伝う。そのただならぬ様子に気が付いたのかシュエリーは彼の瞳《ひとみ》を覗《のぞ》き込んだ。

「大丈夫か？　顔色が悪いぞ」

「いや、何でもないよ。そうだ、僕たちのことをまだ話していなかったね」

ルスランは自分が王子であることは伏せたまま、旅をしている事情、すなわち瑠璃竜を召喚したために故国を追放されたことを話したが、相手は首を傾げた。

「瑠璃竜が災厄の象徴？　リーンではそのような話を聞いたことがないが」

「本当？」

シュエリーは頷き、何かを思いついたらしく両の手のひらを打ち合わせた。

「ああ。そうだ、リーンでアルダーヴァルの治療を行っている間、瑠璃竜のことも調べられるかもしれない」

「えっ、そんなこともしていただけるのか？　もし実現すれば、とてもありがたいけど」

思ってもみない提案に、ルスランは黒い雲の切れ目から光明が差し込んで来るような心地になった。

「うん、きっと出来る。宮中には学者たちもいるし、私も伝承の真偽は気になるから」

「ありがとう、シュエリー」

「なに、そなたたちは我らの命の恩人。これくらいはさせて欲しい」

シュエリーはそう言って立ち上がった。

「さて、神にご神殿を宿としてお借りすることをお願いして、今日はもう休もう」

神への礼拝を済ませたルスランは、寝る前にアルダーヴァルの様子を見に行った。

すでにチェンシーは自分の羽毛に首を差し入れて眠っていたが、瑠璃竜は横たわってはいてもまだ起きており、片目だけを開けてルスランをじろりと見た。

「傷の具合はどうだい？」

「ふん、目の前が神々しい光に満ち溢《あふ》れ、俺の魂を天国にいざなう天使たちがまだ現れないくらいには大丈夫だな」

ということは、瑠璃竜の具合はかなり良くないのだろう。見れば、口元に新しい血がにじんで、身動き一つするのも大儀そうだ。

「とにかく休んでくれ。明日もまたチェンシーに乗せてもらって飛び続けなきゃ。あと、リーンに着いたら、シュエリーが瑠璃《るり》竜について調べてくれるって」

「ふーん？　それで何か状況が変わればいいけどな」

言葉とはうらはらに、アルダーヴァルはそのことに全く期待していないようだったが、ルスランはわずかな可能性でも信じたかった。

――状況が変わるのではなく、状況を変えていかないと、流されていくばかりだ。

「お休み、アルダーヴァル」

彼は目を閉じた瑠璃竜から離れ、こうこうと照る月をしばらく見上げていた。

翌日の早朝、ルスランたちは起き上がるとまず手と口を清め、ハーマ神の石像に祈りを捧《ささ》げてから、神域の隅にたわわに実るスモモと水で朝食を済ませた。

ルスランは、中庭で目覚めたアルダーヴァルとチェンシーにもスモモを持って行った。チェンシーが一山をあっという間に平らげてしまう一方、アルダーヴァルは三つ食べるのが精一杯の様子だったが、とにかく食べられるだけでも安心だった。

一行を乗せたチェンシーは、太陽が高く差し昇るまで東を指して飛び、オアシスや木陰を見つけては休憩して、また飛ぶ。二日目の夜は岩陰での野宿だった。

アルダーヴァルはその間ずっと口を利かなかったが、次第に弱っていくのがルスランの目にも明らかだった。彼はやきもきしたが、見守ることしかできない。

——明日にはリーンに着くはず。それまで、彼の身体が持つといいけど。

そして翌朝の飛行中、シュエリーは遥《はる》か前方の山脈を指さした。

「ほら、あの山脈を越えればもうリーンだ」

風に乗り、山脈を渡る鶴たちを眼下に眺めながら、一行はとうとうリーン帝国に入った。山脈のさらに東側は乾燥した大地が広がっていたが、次第に緑が増え、大きな川も見えてきた。ルスランは湿り気を帯びた風を頬に感じながら、初めて見る光景に興奮を禁じえなかった。やがて、城壁に囲まれた大きな街が姿を現す。

「シュエリー、あれが都？」

指さして問うルスランに、シュエリーは微笑んで首を横に振った。

「いや、辺境の街だ」

「辺境の？　あんなに大きくて、ドルジュ・カジャールと規模が変わらないのに……」

——これが辺境の街ならば、これから僕たちが行く都はどれだけ大きいのだろう？

丈の短い草の生えた大地を見下ろし、いくつもの集落、数々の都市を越えてチェンシーは飛び続ける。

「噂に聞く以上にリーンは広いんだな」

「カルジャスタンよりも、か？」

「うん、ずっと広い。それに緑も多いし。豊かそうに見える」

　さまざまな種類の農作物を植えた畑が川沿いに連なり、川が集まって大河となり、大地の緑もいよいよ潤いを帯びてきた。大きな都市が増え、街を行きから人々も多い。

　ルスランは視線を前方に移して、息を呑《の》んだ。地平線の辺りがきらきら光っている。

「あれが、我がリーンの都だ」

　シュエリーの声が、心なしか誇らしげだ。やがて、鳥が翼を広げたような形をした巨大な城門と、高い城壁が見えて来る。城門の建物からは槍《やり》を持った兵士たちが出て来てこちらを見上げたが、シュエリーが手を挙げて合図すると、彼らは一斉に敬礼した。

　城壁を飛び越えた瞬間、ルスランは思わず感歎《かんたん》の声をもらした。

「すごい……」

　城壁の中は縦横に走る大きな路《みち》によって区切られた四角形の区画が並び、その様は将棋《チャトランガ》の盤を思わせた。四角形の中には建物や庭が並んでいる。また、都の中央にはひときわ大きな路が南北方向を貫き、彼方《かなた》には大きな門が見えた。その門の向こう側には、黄色い屋根が波のように連なり、陽の光を受けて輝いている。

「あの黄色い屋根の密集しているところが、我が皇帝のおわす皇宮だ」

「皇帝の宮殿？　何て大きい、それに建物の数も……」

　ルスランはその壮大さに圧倒されていた。カルジャスタンの王宮も壮麗だが、リーンの皇宮は規模が全く違っていた。

　それ自体が邸宅のような宮門の先には広大な中庭と、三重に築かれた基壇の上にはひときわ大きな建造物。宮殿群のそこかしこから人々が出てきて、こちらを見上げている。

チェンシーは皇宮の中庭の一つに降り立った。シュエリーは駆け寄ってきた人々に対してアルダーヴァルを指さしながら、何事かを伝える。緑色の服を着た三人の男性がアルダーヴァルを降ろし、輿《こし》に乗せて神獣舎に収容した。

ルスランは自分たちを運んでくれたチェンシーに礼を言い、シュエリーのあとを追って神獣舎に入った。すでに医者らしき者たちが、神獣の姿で横たわるアルダーヴァルに慎重な手つきで触れたり、撫《な》でたりしている。大きな水桶《みずおけ》には、さまざまな薬草が浸されて芳香を放ち、天井から吊《つ》るされた香炉からも煙が漂う。その薬草水で傷を洗い、長く大きな包帯を巻く。大変な作業だが、医者たちは皆てきぱきと進めていた。

やがて一通りの手当が終わったようで、医者たちは一人を残してみな下がった。シュエリーは、ルスランに向き直る。

「彼らが言うには、命は助かるが、快復まで時間が必要だと」

アルダーヴァルは目を閉じたままだったが、呼吸は以前よりも深く、容態も落ち着いてきたかのように見えた。

──良かった。命が助かりそうで……。

ルスランは旅の疲れも忘れ、ほっと息をついた。そこへ男とも女ともつかぬ若い役人が入って来た。明るい栗色の髪と碧《みどり》色の目を持つその役人は、シュエリーにひそひそと何事かを伝えた。

「うん、分かった。……ルスラン、見守り役の医者もいることだし、そなたも少し休憩するがいい。客間まで案内させよう。後ほど皇帝陛下がそなたをご引見なさるそうだ」

三

シュエリーと別れたルスランは碧眼《へきがん》の役人の案内で、長い壁に囲まれた通路を歩き、角をいくつも曲がり、ようやく建物の一つに案内された。彼はリーンの建物を初めて間近に見て驚きの声をもらした。建材が、西方で見られるような石材や日干しレンガではないのだ。

——柱が木で出来ている！　窓は紙？　面白いなあ。強い風でも飛ばないのかな。

室内に入ると、精緻《せいち》な細工が施された黒光りする机の上には、洗顔道具が一式並べられている。驚いたことに、ルスランがこの皇宮に到着したのはつい先ほどなのに、すでに新しい西方風の服も一式用意されていた。

ほどなく控え目に扉が叩《たた》かれ、碧眼の役人が湯の盥《たらい》を持って入って来た。ヒンドゥーラと名乗り、流暢《りゅうちょう》なカルージャ語を話す彼は「宦官《かんがん》」と呼ばれる去勢された男性の役人で、西方人の血を引く縁でルスランの世話を命じられたのだという。

洗顔と更衣を済ませ、宦官に先導されて外に出ると、輿が用意されていた。

「えっ、輿に乗れって？　僕は大丈夫だよ。歩いていけば……」

一度はそう断ったのだが、ヒンドゥーラがぜひにと勧めるので、ルスランは根負けして輿に乗った。だがやがて、輿に乗せられたのは正しいと思い知らされた。何しろ皇宮は広すぎて、なかなか目的地にはたどり着かないのだ。

輿はいくつもの門を通り過ぎ、やがて大きな建物の庭に入った。高い基壇には昇降用の階段が据えられ、黄色い屋根の先には獣や人の像がいくつも連なっている。

「こちらの宮殿で、皇帝陛下があなたとお会いになります」

ルスランは緊張の面持ちで長い階段を上り、大きな扉から中に入って息を呑んだ。つるつるの床に、左右に並ぶ多数の人々。巻き付く龍《りゅう》が彫刻された太い柱の群れ。最も奥まったところには基壇が築かれ、その階段上の黄金の玉座には、誰かが座していた。

「カルジャスタンのルスランどの、聖上の御前へお進みあれ！」

玉座に至る階段の下からカルージャ語が聞こえ、ルスランは前進して、階段の近くに立った。辺りを窺《うかが》ったがシュエリーの姿はどこにも見えず、不安になってきた。

「ルスランどのに、西方式の礼を許すとの陛下のお言葉です」

階下の通訳らしき役人がそう伝えるとともに、身振りで「敬礼せよ」と言ってくる。

そこで、ルスランは西方の作法で右手を左胸に当て、片膝《かたひざ》をついた。

「カルジャスタンのルスランが、皇帝陛下につつしんでご挨拶《あいさつ》いたします」

明るい黄色の衣裳《いしょう》をまとった玉座の人物は皇帝陛下のはずだが、基壇の高さに加え、皇帝の冠の前には玉飾りがいくつも下がっており、その容貌《ようぼう》を窺い知ることはできない。

しかも、陛下は沈黙したきり一言も発しないのだ。

——僕たち、歓迎されていないのかな？

段々ルスランは不安になって来たが、通訳の役人がまた叫んだ。

「皇帝陛下は、リーンの民を救助したルスランどのに厚く感謝の意を表し、宮廷での滞在を特別にお許しになりました！　ルスランどのは謝恩のご挨拶を」

一方的な指示にもやもやしつつも、丁重に礼を述べたのち御前を退出する。

——あの方が皇帝陛下か、随分遠くにいらっしゃる感じだったな。シュエリーはいなかったけど、どうしてだろう？　それに、瑠璃《るり》竜の調査の件も言い出せなかったし。

やれやれという気持ちで輿に乗ったルスランは、このまま客舎に戻されるのかと思ったが、輿は見たことのない建物の一角で止まった。

「ルスランさま、今度はこの建物でお待ちください。ご面会の方がいらっしゃいます」

——ということは、今度こそシュエリーかな？

ヒンドゥーラは建物の階段を上りきると、「この先はルスランさまお一人で」と言い残し、自分は降りて行ってしまった。残されたルスランは心細くなり、胸をどきどきさせながら正面の建物の中に入る。

——あれ？

予想に反し、室内には誰もいなかった。正面の壁には紙に描かれた花と鳥の絵がかけられ、螺鈿《らでん》細工の机と椅子が置かれている。そして見たこともないほど大きな焼き物の壺《つぼ》が一対。翡翠《ひすい》の香炉。貴石がはめ込まれた衝立《ついたて》。ルスランは鑑定眼がうずき、しげしげと工芸品を眺めていたが、それよりもどこか不穏な空気が引っかかった。

「……西方からのお客人、そして瑠璃竜アルダーヴァルを駆る従神者」

いきなり何処からか流暢なカルージャ語が聞こえてきたので、ルスランは飛び上がって辺りを見回した。だが、誰もいない。

「ど、どなたですか？」

答えはなく辺りは静まり返ったままで、薄気味悪くなった彼は、襟元を手で押さえた。

「ふふ、驚かせて申し訳ない、カルジャスタンのルスランどの」

背後からの声に振り返ると、すぐ後ろに若い男性がたたずんでこちらを見ている。

「い、いつからそこに……」

「あなたが来る前から、ここに」

その男性は柔和な顔立ちで、涼しげな目元と通った鼻筋を持つ白皙《はくせき》の青年だった。長髪を頭頂でまとめ上げて髷《まげ》を作り、龍が刺繡《ししゅう》された明るい黄色の絹の衣裳を身にまとう。帯からいくつも吊るされた玉飾りは、彼の動きにつれ触れ合って澄んだ音を立てた。

――この黄色のご衣裳。先ほど、お顔は良く見えなかったけれども……。

「あなたを驚かせたのは、これです」

彼は壁際の書架を押した。すると、書架はくるりと半回転して、裏側が表に来た。

「ああ、からくり部屋なんですね、驚いた」

「先ほどお目にかかりましたが、改めてシュエリーを助けてくれた礼を申し上げる。そしてかように狭苦しい場所にご案内したお詫《わ》びも。しかし謁見の礼では、お話も満足に出来ませんでしたので」

いたずらっぽく笑ってそう告げた皇帝に、ルスランはぎこちなく礼を返す。

「いえ、お詫びだなんてそんな……こちらこそ、皇宮にお招きいただきましてまことにありがとうございます、陛下」

「さあ、続きの間に食膳《しょくぜん》を用意しておりますので、どうかご一緒に」

皇帝に案内された部屋には、皿のずらっと並んだ卓が三つと椅子が三つ置かれていた。

「それにしても、陛下の西方語はとてもお上手ですね。学ばれたのですか？」

「ええ、私の乳母はあなた付きのヒンドゥーラの母で、彼女から教えられたのですよ」

そのような話をしていると、部屋に控えていた役人が何事かを甲高い声で呼ばわった。少し間をおいて戸口にかけられた帳《とばり》がめくりあげられ、若い女性が入ってきた。

彼女のいで立ちはというと、薄く白粉《おしろい》を塗り紅をさし、豊かな黒髪を高く結い上げて銀の簪《かんざし》を左右に挿し、額には花びらのような小さな紋様が描かれている。首には水晶製の首飾りをかけ、金と銀の細い腕輪を数本つけている。臙脂色《えんじいろ》の衣に飛ぶ蝶《ちょう》を刺繍した薄緑の上着を身にまとっているが、彼女自身のたたずまいが花と戯れる蝶のようだった。

「あ、あれ……？」

ルスランは自身の無礼にも気づかずしげしげと若い貴婦人を眺め、ついで口をあんぐりさせた。

「き、君は……」

「皆まで言うな。言いたいことは山ほどあるだろうが、何も言うな」

自分を睨《にら》む女性はあでやかな容姿とは裏腹に、聞きなれた声を赤い唇から発した。

「シュ、シュエリー？　本当に君なの？　なぜそんな恰好《かっこう》を……女性だったのか？」

「言うなってば！」

道中では冷静沈着だったシュエリーが珍しく大声を出し、頰も赤く染まっていく。

扇子を鮮やかにさばいて敵を倒し、鳳凰《ほうおう》を操る颯爽《さっそう》とした東方の貴公子。しかしいま目の前にいるのは、同じ顔立ちの高貴な姫君である。だが思い出してみれば、シュエリーは男性にしては体つきが華奢《きゃしゃ》で、声も高めだった。

皇帝が、恥じらうシュエリーを自分の隣に立たせた。

「シュエリーは先帝の第六皇女、つまり私の妹です。またの名を『悍馬《じゃじゃうま》公主《おひめさま》』、さらに私の側近にして、『帝国第一の従神者』でもある」

――シュエリーは女性で、しかも皇帝の妹、リーン帝国の姫君だったとは！

ルスランは呆然《ぼうぜん》と二人を見比べた。確かに彼らは互いに顔立ちが似ている。ただ、皇帝は瘦軀《そうく》のせいか、シュエリーよりもはかなげな印象を与えた。さらに兄妹《きょうだい》の容貌で最も異なる点は、妹の額には神紋が浮き出ているが、兄はそれを持たないことだった。

「シュエリーは女子ゆえに、先ほどの謁見の場には出られないのですが、ここでならあなたに会えるので」

皇帝は説明すると、二人を促して着席した。

「……ルスラン。あの、いや、騙《だま》すつもりはなかったのだが、すまない。余計なもめごとを避けるために、外出や旅の際には男装するのだ……」

シュエリーの口調はいつもの明快さを失い、途切れがちでいかにも自信なげである。

「ううん、騙されたなんて思ってないよ。ちょっとびっくりしただけ」

「そうか、ならば良かった」

シュエリーは愁眉《しゅうび》を開き、微笑を浮かべた。簪の飾りが、喜ぶようにちりちら鳴る。

「それにしても、兄上——いや、聖上がこの忌々《いまいま》しい恰好をお命じになるから」

妹の愚痴に、兄は苦笑を浮かべた。

「この場に男装というわけにはいくまい。さあルスランどの、匙《さじ》を取っていただきたい、料理の冷めぬうちに。すでに毒見も済ませてある」

皇帝が何気なく発した最後の一言に、ルスランは背筋がひやりとした。

——そういえば、シュエリーの話によると、陛下は命を狙われているとか。からくりが仕掛けられたこの宮殿も、身の危険を避けるためなのかもしれないな。

ここで、ルスランは初めてリーンの料理を食べた。魚肉や野菜の料理が数々並び、皇帝とシュエリーは「箸《はし》」と呼ばれる長い二本の棒を器用に操るが、ルスランは匙だけを使った。料理は初めて知る風味もあれば、どこか懐かしい味付けもあり、宮廷料理とあって選《え》りすぐりの食材と調理技術が使われているのだろう。

「どうだろう、お口に合うだろうか？」

「ご用意くださされたお料理、大変美味《おい》しく洗練されていますね。ですが、あの……」

ルスランは言い淀《よど》んだ。

「実は、僕もまだあなた方に打ち明けていないことがあります。僕は、本当はカルジャスタンの第一王子でしたが、故国を追放されたのです」

意外にも、シュエリーは軽い驚きを示しただけで、皇帝も平静だった。

「やはりな。そなたは旅人を装っていても、どこか雰囲気が常人とは違っていて、きっと高貴な身分の者だろうとは思っていた」

「ああ、シュエリーと同じことを私もルスランどのに感じていた。だが、第一王子『でした』とはこれいかに？　それになぜカルジャスタンを追放されたのですか？」

「召喚したのが瑠璃《るり》竜だったからです。故国では災厄の象徴とされていて……追放されるときに、王子の称号も剝奪《はくだつ》されました」

「なるほど。だが王子の称号を剝奪したのはカルジャスタンの都合であり、我らとは関係ない。だから私たちは、あなたの身分を尊重して『王子』と呼ぼう」

ルスランは「お心遣い痛み入ります」と言い、匙を置いて一礼した。

「ところで王子、私は先ほどアルダーヴァルの様子を見てきて、医者から説明も聞いた。彼の治癒力はとても強く、半月もすれば快復するそうなので、心配はいらないと」

「陛下からそのお言葉を伺って、安心いたしました。ありがとうございます」

「せっかくなので、我が皇宮に滞在しながら今後のことをじっくりお考えになられよ」

「数々のご配慮に重ねて感謝いたします」

ルスランはアルダーヴァルの状態に安堵《あんど》したが、代わりに別の心配の種が降って来た。大小の突発的な出来事に半ば流される形でリーンまで来てしまったが、アルダーヴァルが快復した後、自分たちはどうすればいい、どこに行けばよいのだろう？

——身の振り方を考えなくては。リーンにいつまでもお世話にはなれないし。

顔に憂いを宿すルスランを、シュエリーがちらりと見た。

「そうだ、兄上。アルダーヴァルのことですが、瑠璃竜が災いを呼ぶという伝承について何かご存じではありませんか？　私は聞いたことがないのですが」

皇帝は「いや……」と首を傾げ、ルスランに視線を向けた。

「私自身は従神者ではないが、シュエリーが従神者として私を守護していることもあり、これでも従神者と神獣については多少知っているつもりです。ですが、そのような話は聞いたことがない」

これを聞いたシュエリーは、ルスランに頷《うなず》いてみせた。

「兄上は『多少』などと謙遜《けんそん》されているが、その実、従神者以上に従神者や神獣のことを熟知なさっている。その兄上が初耳だとは……」

皇帝はほっそりした指を組んで考え込んでいたが、やがて目を上げた。

「私たちが知らぬだけで事実として存在するのか、誤って伝えられたことなのか気になる。もっとも、一口に神獣や従神者といっても、西方と東方では共通点も多いが、それぞれ伝わっていないことや、地域による違いもあるかもしれない。ともあれ、学者たちに申し付けて、明日からでも調べさせましょう」

「恐れ入ります、皇帝陛下。何もかもお世話になってしまって……」

「いえ、あなたとアルダーヴァルは妹の命の恩人。微力ではあるが、出来るかぎりの手伝いをさせて欲しい」

食後の茶が供された後、シュエリーとルスランは退出した。宮殿の中庭では、ヒンドゥーラとともに二つの輿《こし》が彼らを待っている。

「そなたはそちらの輿に乗れ。私も後宮に戻らなくては」

「後宮？　ああそうか、君は女性だから後宮に住んでいるんだね？」

シュエリーは自分の女性の服を見下ろし、肩をすくめた。

「後宮《あそこ》はこの服と同じで窮屈でたまらないが、仕方がない。男装だと母后《ははうえ》からお小言を頂戴《ちょうだい》するし。ともあれ、明日また兄上のところで会おう」

四

輿に乗ったルスランは、客舎に帰る前に神獣舎を再訪した。確かにアルダーヴァルの回復は早く、すでに半身を起こせるくらいにはなっていた。

「この木と紙のぺらっぺらの家は、あの鳳凰乗りのお嬢さんのお屋敷かい？」

「鳳凰乗りのお嬢さん？　まさかお前、シュエリーが……」

ぽかんと口を開けたルスランに対し、瑠璃竜はにやりとした。

「女だと知っていたかって？　そりゃ一目で分かるさ。お前、まさか見抜けなかったのか？　あ、もしかして図星かよ。さてはヤギとコブウシの見分けもつかねえクチだな？」

図星を指されてしまったルスランは、話題を変えることにした。

「お前には今回助けてもらったから礼を言いに来たんだ、あと、傷の具合はどうだ？」

アルダーヴァルは、じろりと睨んできた。

「『今回』？　『今回も』だろ。それにこんなかすり傷、ぴいぴい騒ぐまでもない」

「強がりを言うな、さっきまでぐったりしていたくせに。今だって、額に脂汗を浮かべているじゃないか」

ルスランの指摘に瑠璃竜はそっぽを向いてしまったが、ちょうど間食用の草が運ばれてきて、あっと言う間に機嫌を直したようだった。

「おう、ここの草は極上だな。東の神殿と違って毒も入ってねえし」

アルダーヴァルは笑えぬ冗談を口にしながら、いかにも美味《うま》そうに草を食《は》んだ。

「そういう悪趣味な言い方はあまり……」

「人のことより自分の心配をしろよ。俺たちは治ったらここを出てどこかに行かなきゃならねえんだから。お前、俺の療養中は暇だろ？　考える時間はたっぷりあるんだし」

食べ終えたアルダーヴァルは、ごろりと横になった。

「暇じゃないよ、皇帝陛下は瑠璃竜の伝承についての調査をお約束くださったので、僕も調査に加えていただこうと思っている。それに、この先のことくらい考えているよ」

「ふうん、調査については陛下のお手並み拝見、お前の決断も楽しみだな？」

「ああ、期待してくれよ」

ルスランは、神獣舎を出て客舎に戻った。しかし、先のことを考えるのもすぐに手詰まりとなり、中庭の植栽を眺めたり、室内の調度を検分したりした。

黒っぽく目の詰まった木材で作られた机の上には、白地に青の紋様の壺《つぼ》が対になって飾られている。陶器と思われたがそれにしては薄手で、恐る恐る指で軽くはじいてみると、それは「カン」と澄んだ音を立てた。

——こんなすごいものを作る技術、西方にはないな。

自分が洗顔に使った小さな盥《たらい》は銀製で、縁には植物紋があしらわれている。寝台の敷布や掛布団の覆いも滑らかな絹で、草花や動物の刺繍《ししゅう》も精緻《せいち》である。

ルスランは絹を撫《な》でながら、召喚式で着た軍服の布地もリーン由来の絹だったことを思い出し、リーンの文化水準の高さに感心するとともに、祖国への懐かしさに胸が締め付けられた。そのまま寝台に上がってごろりと横になり、木組みの天井を見つめる。やがて旅の疲れがどっと押し寄せてきた——。

ルスランは夢を見ていた。水面《みなも》に身体がたゆたうような感覚で、目を閉じたまま額に手をやると、神紋の部分が温かい。

——以前にもこんなことがあったな。あれ？

気がつけば、神紋と同じシュロの葉が茂り、明るい光が満ちた場所にいた。さらに、そこには人型のアルダーヴァルがおり、彼はこちらを向いて屈託のない笑みを浮かべ、手を差し伸べている。その唇が「キルデール、来いよ」と動いた。

——もうお前の傷は良くなったのか？　キルデールって誰のことだ？

彼は今まで見たこともないほど楽しげだったが、雷鳴が轟《とどろ》いたかと思うと辺りが暗転し、以前夢に見たのと同じ、有翼獅子《グリフィン》の骸《むくろ》が横たわっていた。しかも、アルダーヴァルはその傍らに跪《ひざまず》き、「キルデール、なぜだ……」と嗚咽《おえつ》を漏らしている。

——アルダーヴァル、その有翼獅子はキルデールというのか？　お前との関係は……。

こちらに振り向いたアルダーヴァルは、口から血を垂らしている。見れば、その手に持つのは嚙《か》みちぎられたハジャール・マジャール王の首だった。

——息子よ。お前は忌まわしい瑠璃《るり》竜と運命をともにするのだぞ。なぜあんな神獣を召喚してしまったのか？

首だけになった父が、両眼から血を流しながらまくし立てる。ルスランは仰天して後ずさろうとしたが、動けない。しかも、アルダーヴァルの端整な顔がどろどろに崩れ、やはり父王の顔に変わった。

――お前はもう国に帰れない、災いを招く瑠璃竜もろとも堕落し、当てもなく世界中を彷徨《さまよ》い続け、ついには骸となるのだ。それがお前の運命だ。

自分の顔と同じ首を投げ捨てたハジャール・マジャール王は、がっしりとした両腕を前に伸ばして息子の首を摑《つか》んだ。強い力で首を絞め上げられ、息ができない。

「父上――――！」

自分の大声に驚いて、ルスランは飛び起きる。荒い息をついて、額の汗を拭《ぬぐ》った。

「ゆ、夢……？」

彼は首もとに手をやった。父の大きな手の感触がまだ残っているような気がする。背の寝汗もひどい。そして、額の神紋はすでに熱を失っていた。

――僕は、本当にもうカルジャスタンに帰れないのだろうか？

ルスランは涙をこらえ、木製の寝台を滑り降りて窓を開けた。東の空がすでに白んでいる。どうやら自分は夕食も取らず、寝台に倒れ込んで眠っていたらしい。

――それでも。僕のような落ちこぼれ王子の上にも、神に祈らないアルダーヴァルの上にも、ミスレル神の化身たる太陽は光を与えてくださる。

ルスランは東を向いて跪き、祈りを捧《ささ》げた。

身支度を済ませたルスランは、ヒンドゥーラが客間に運んできた朝食を取った。粥《かゆ》や野菜の塩漬け、ゆでた卵、家鴨《あひる》の燻製《くんせい》肉や果物。

食べている最中に、シュエリーから「事情があって、しばらく会えない。すまない」との伝言が届いた。

——何かあったのかな、シュエリー。

だが、ルスランが心配する間もなく、朝食を終えると皇帝からの使いと輿が来て、昨日とは異なる建物に連れていかれた。

そこは三階建ての大きな御殿で、内部に設けられた棚には木の短冊を綴《と》じた巻物、紙で出来た書物などがびっしりと詰め込まれている。そればかりか、西方の羊皮紙に書かれた資料や、古代に使われていた粘土板の貴重な資料まで所蔵されていた。

「ここは国内で最も大きな書庫です、王子。東方や西方の資料はかなり収集してある。自慢するわけではないが、世界にもこれだけ所蔵している書庫は稀《まれ》かと思います」

「すごいものですね、故国の王宮の書庫より、はるかに大きくて充実しています」

朝の政務を終えた皇帝は、自らルスランを案内しながら説明した。奥の棚の前に備え付けられた大机では、何人かの役人が熱心に調べものをしている。

「この書架は、神獣に関する書物が置いてある。瑠璃竜のことは、こうして博士たちに調べさせています」

一人の役人は書物を読み上げ、少し離れた机に陣取る役人は、墨の液に浸した筆記用具で紙に何やら複雑な形をした文字を書き込んでいく。

「調査の件、本当にありがとうございます。陛下。西方の資料に関しては、僕にも読めるものがあれば自分で調べたいのですが、よろしいですか？　古代語なら読めるので」

「ぜひそうなさってください。この書楼を使う権限をあなたに与えましょう」

皇帝は頷《うなず》き、書物の表紙を優しい手つきでひと撫でした。

「本当は私も一人の学者として、この書楼に籠《こも》って一日中過ごしたいものだが……。王子、昼の軽食の準備ができるまで、少し庭を散歩しませんか？」

散歩といっても長距離を歩くわけでもなく、皇帝は自分の輿《こし》に乗り、それにルスランの輿が続く。

——こんなに輿に乗ってばかりでは、脚がどんどん弱くなってしまう。

それに、ルスランは一つの気がかりがあった。

「シュエリーはどうしています？　しばらく会えないという伝言をもらったのですが」

訊《たず》ねられた皇帝は苦笑を浮かべた。

「あの子も可哀そうに、いま後宮で皇太后《ははうえ》に足止めされています」

「足止め？」

「ええ。シュエリーのしていることは、全て私のためだと母も知っているはずなのに。彼女が男装したり外に出たりすることが、気に入らないのです。おそらく、後宮を出してもらえるのは十日後くらいになるでしょう」

皇宮の北側には、大きな池を持つ庭が広がっている。二人は輿を降りて供の者たちを待たせ、連れ立って池に来た。皇帝は懐から取り出した小さな筒の蓋《ふた》を開けて餌を出し、池の魚に向かって落とした。

「――池の魚を見ても、籠《かご》の鳥を見ても、みなシュエリーに繋《つな》げて考えてしまう」

皇帝は独り言のようにぽつりと呟《つぶや》き、ルスランを振り返った。

「あなたもお分かりのように、私は皇帝だが従神者ではない。リーンは皇帝が従神者であることは必須《ひっす》の条件ではなく、代わりに強力な従神者の庇護《ひご》があれば良い。だが、私の立太子の時は、臣下たちが強く反対した。私が病弱で、君主の資質にも欠けていると」

――君主としての資質、臣下たちの反対。

ルスランには、皇帝の打ち明け話が他人事《ひとごと》とは思えなかった。

「そのうち、妹のシュエリーに神紋が出現し、強力な従神者であることが判明した。結局、彼女が私を守護することを条件に、私の立太子と即位が実現したのです」

だが、今でも皇帝の命を狙う者がいることは、隊商宿の一件からも窺《うかが》えた。

「……シュエリーは勇敢で優しく、陛下にふさわしい従神者、よき妹君だと思います」

皇帝はルスランの言葉に微笑んだが、その表情には陰りがあった。

「ありがとう。シュエリーはいつも私に言う、『兄上は、私の命をかけてお守りします』と。だが、そのために妹は身を危険にさらし、剣を手に戦いさえする」

皇帝は池のそばを離れ、また歩き出した。

「そればかりか、シュエリーは私を守護する役目を全《まっと》うするため、生涯結婚しないと固く決意している。……時々考えるのです。ひょっとして、大切な妹の運命を捻《ね》じ曲げ、逃れられない檻《おり》の中に閉じ込めてしまったのは、ほかならぬ私なのではないかと……」

「彼女は、自分が運命に閉じ込められているとは考えていないのでは？」

ルスランの目に、従神者として兄に仕えるシュエリーは誇らしげに見えた。

「そうならば良いのですが。いや、長々とこんな話をして、失礼した。ただ、私事をあなたに話したのは、きっとあなたも進むべき道に迷っていると思ったからです」

皇帝の誠意が身に沁《し》みたルスランは、深く一礼して謝意を表した。

五

その日から、ルスランは学者たちとともに皇帝の書楼で調べものをして過ごした。カルジャスタンに関する資料も揃っており、中には読んだことのある資料も含まれている。

『カルジャスタン年代記』か……」

彼は書棚の前で首を傾げた。かつて王宮で学習した書物の一つで、カルジャスタン史の基本文献だが、この書楼は同題の資料を二冊所蔵しており、それぞれ装丁も異なる。開いてみると、筆写の書体も異なっていた。不思議に思ったルスランは、カルージャ語に通じた学者に聞いてみた。

「ああ、それは年代が違うんですよ。青の表紙の本のほうが古く、赤の表紙が新しいですね。現在、カルジャスタンや周辺地域で読まれているのは赤い本のはずです。二冊の本には異同があるかもしれません」

「では、二冊とも読んで比べる必要がありますね？」

ルスランは閲覧用の机に陣取り、注意深く本をめくる。確かに読んでみると、知っているのは赤い表紙のほうだった。やはり、こちらの本には瑠璃《るり》竜についての言葉はない。

次に、古い青表紙の本に目を通していく。

――あれっ？

……瑠璃竜ソレイヤールは強い力を持っていたが、自身の力を妄信し、神の名を唱えず、ナハバール王に従わなかった。

――おかしいな。ナハバール王なんて存在したっけ？　歴代の王の名と事績ならば、僕も覚えているのに。瑠璃竜のこの記録も、初めてだ。

はやる気持ちを抑えて、続きを読む。

……このように、ソレイヤールが乱暴狼藉《ろうぜき》を働くので、王自身も臣下や民たちから信頼を失っていった。ついにソレイヤールが誤って王を殺してしまった。激怒した臣下たちによる反乱が起こり、王都は炎上した。ソレイヤールは神の雷に打たれて死んだ。

瑠璃竜サラウマーはモルカール王を裏切り、バールスタンが攻めてくるための手引きをした。そこで、バールスタンの軍勢はやすやすとカルジャスタンを攻め、国土が荒廃してしまった。モルカール王は瑠璃竜を呪いながら死に、サラウマーはバールスタン軍によって生き埋めにされた。

瑠璃竜ナースルーンは凶作のさなか国中のムギを食い尽くし、民は飢餓に苦しんだ。豊作は十年後まで来なかった。贅沢三昧《ぜいたくざんまい》のナースルーンを叱責《しっせき》したトルゲル王と宰相スラ・カーンは、逆恨みしたナースルーンに幽閉されてしまった。トルゲル王は食物を与えられず、「以後末代に至るまで、カルジャスタンに瑠璃竜を召喚した者は一人残らず追放せよ」と言い残して餓死した。

ルスランは読みながら、本を持つ手が震えるのを止められなかった。宰相ジャルデスティーニが叫んだ言葉が脳裏に蘇《よみがえ》る。

――カルジャスタンでは瑠璃竜は災厄の象徴！　今までここに降臨した瑠璃竜は三頭、みな王国を破滅の危機に導いたと伝えられている。ゆえに瑠璃竜は認められぬ！

確かに、宰相の言葉と話のつじつまが合う。青表紙の古い本には、カルジャスタンに召喚された瑠璃竜は全部で三頭いたことが記されていた。しかも、それらのうちどの例も、瑠璃竜が国に災厄をもたらした存在であったことが語られている。

もう一つ、王宮の神獣舎の壁に彫られた王名表も思い出された。王名表には三か所ほど、不自然に削り取られた部分があった。確か、ファイエル導師はその理由を不名誉なことがあったからだと教えてくれた。

——もしかして、この記録と王名表の削り取られた部分は一致するのでは？

では、なぜ新しい赤表紙の本では記述全体が削除されているのだろうか？　あまりに忌まわしすぎるゆえに、存在自体が削除されたのだろうか。

——やはり、瑠璃竜は忌まわしい存在なのか？　いや、他の国では瑠璃竜の扱いはどうなのだろう。他の文献も調査中だから、まだ望みはあるかもしれない。

ともすれば折れそうな心を励ましながら、ルスランは書楼での調査を続けた。


十日後、朝食を終えた客舎のルスランを、男装姿のシュエリーと人型のチェンシーが訪ねてきた。

「遅くなってすまない。皇太后《ははうえ》に禁足令を出されてしまい、ずっと後宮に閉じ込められていたが、何とか目を盗んで抜け出してきた」

「お母上は厳しいお方なのかい？」

シュエリーは苦笑した。

「いや、娘が男装して、独身のままでいるのがご不満なだけだ。たとえ女性の服を着て結婚をしても、従神者の務めは果たせるだろうと仰せで……それはそうと、瑠璃竜の快復は順調で、そなたも毎日書楼に通っているそうだな？」

「うん、陛下にはとてもお世話になっているよ。優しくて良いお方だね」

シュエリーは「兄上はああいう分けへだてのない方なので……」と嬉《うれ》しそうに頷《うなず》いたが、ルスランの表情に気づいて怪訝《けげん》な顔になった。

「どうした？　朝から顔色が悪いな。体調が良くないのか、旅の疲れが今ごろ……」

「いや、何でもない。おかげさまで元気だよ」

ルスランは慌てて否定したが、実のところ瑠璃竜の無実を証明する資料を発見できずにおり、だんだん追い詰められた気分になっていたのである。

「とにかく来てくれてありがとう、シュエリー。でも、早く後宮に戻らないと……」

「あ、いや！」

シュエリーが大声でルスランの言葉を遮った。

「アルダーヴァルもまだ療養中だし、良ければ今日これから都の見学に行ってみないか？　私が案内するし、チェンシーも一緒に行こう。皇宮に籠《こも》りきりのそなたの気晴しにもなるだろうし、この皇宮にいるだけでは見えないものも、外にはきっとある」

ルスランは目を丸くした。

「いいのか？　でも、兄上とお母上には何て？　それに、学者も動員して調査をさせてもらっている僕が、呑気《のんき》に遊びに出かけるなんて……」

シュエリーは澄ました顔をした。

「遊びではなく、あくまで見聞を広めるためだと思えば良い。外出についてはすでに兄のお許しは得ているし、母には書置きを残してきた。母の頭痛の種が増えるが」

シュエリーの説得に、最近ずっと曇ったままのルスランの表情が明るくなった。

「そうか、じゃあお願いするよ。せっかくだから、歩いてこの目で都を見てみたい」


「わあ……」

皇宮の壮大な宮門をくぐり、都の大路に出たルスランは感嘆の声をもらした。

端から端まで信じられないくらいの広さの道幅だったが、これまた見たことのないほど多くの人々が行きかっている。

「空から見たときも思ったけど、本当に大きな都だね。それに沢山の人！　どのくらい多くの人間がこの都にいるんだろう？」

「都の長官の報告によると、百万人はいるそうだ」

ルスランは、「百万！」と目を回した。

「で、シュエリーは僕をどこに連れて行ってくれるんだい？」

「そうだな……夏の暑さを避けるには水辺が一番、池では『蓮《はす》』という花が盛りだ」

「夏の暑さ？　これで暑いのか」

シュエリーはルスランの疑問にきょとんとしたが、次の瞬間には笑み崩れた。

「そうか、そなたの故郷は乾燥して昼間はとても暑いからな。ここは季節による寒暖や雨量の変化が大きいんだ。今は夏だから、一年のうちで最も暑い」

カルジャスタンの乾いた空気とは違い、ここは湿った空気が肌にまとわりつく感じがするものの、カルジャスタンほどは暑くない。

――世界は、広いんだな。

シュエリーが足を向けたのは大きな池で、チェンシーを含めた三人は曲線を描いた大きな橋を渡り、水面《みなも》を見下ろした。

「あれが蓮というもの？」

「そうだ、美しいだろう」

その植物は緑色の大きな葉が重なり、葉にとどまった露が朝日を受けてきらきら輝く。桃色の大きな花弁が広がり、池の上に幻想的な光景をもたらしていた。

「こんな景色、初めて見るよ」

ルスランは、声をはずませた。朝にもかかわらず、池の周辺には人影がちらほら見える。この蓮を目当てに来たのだろう。彼らは大抵身なりの良い者たちで、三々五々、連れ立ってゆったりと逍遥《しょうよう》している。

「舟に乗って、池を一回りしよう」

池のほとりに幾艘《そう》か舟が停泊しており、すでに池巡りを楽しむ舟もそこかしこに見られた。チェンシーは巾着《きんちゃく》から銅の銭を何枚か出し、船頭に支払った。

くりと一周した。

「我が君、お気をつけあそばして」

舟に乗るとき、チェンシーはうやうやしくシュエリーの手を取った。

「チェンシー、こんなことをせずとも乗れるのに」

シュエリーは苦笑しながらも、手を握り返して乗り込む。船頭は櫂《かい》を操り、池をゆっ

――朝から美しい花を愛《め》でる余裕がある。ここは豊かで、平和だな。

ルスランは風景を楽しんだが、その一方で視界の隅に、語り合うシュエリーとチェンシーをとらえ続けていた。二人はある時は同じ方向を指さし、またある時は頭を寄せ合って互いに微笑んでいる。

――従神者と神獣同士、きっとお互いに信頼しているんだろうな。

自分の視線に気が付いたシュエリーが見返してきたので、彼は慌てて目をそらす。

「どうした？　私たちが何か？」

「いや……君はチェンシーと仲がいいね、羨《うらや》ましい。しかも賢く優しい兄上もいて」

「そなたもアルダーヴァルとは親しくはないのか？　異母弟もいると聞いたが」

「いや、異母弟はともかく、アルダーヴァルとは親しいどころか……喧嘩《けんか》ばかりで」

苦笑するルスランに、シュエリーは温かな眼差《まなざ》しを向けた。

「今はそうでも、これから絆《きずな》も深まっていくさ。私はいま十七歳で、チェンシーは二年前に召喚したのだが、最初はお互いぎこちなくて、打ち解けるのに時間がかかったもの

だ」

「ええ。最初の一か月は、お話もほとんどいたしませんでしたね、我が君」

「君たちでさえ、そうだったのか……」

それを聞いたルスランは多少の安心を得たが、それでも決して親密とはいえない神獣を連れて、広い世界をあてどなく旅して生きる自信がどうしても持てない。加えて、『カルジャスタン年代記』の瑠璃《るり》竜に関する記述も、自分の心に濃い影を落としている。おまけに、リーンの平和な風景と豊かな文化を目の当たりにすると、この小綺麗《こぎれい》に整えられた箱庭から外に出るのが、少しずつ怖くなってきたのである。

シュエリーは、彼の気持ちを推し量るような微笑みを浮かべた。

「私と兄は、リーンに留《とど》まる選択肢をそなたに用意できるかもしれない。もし望むならば」

「えっ、本当？」

それはルスランにとって、魅惑的な申し出に聞こえた。

――もし、そうさせてもらえたなら。

これ以上砂漠を彷徨《さまよ》うことも、盗賊に追われることもなくなるのだ。

だが一方で、彼はそれが自分の人生の真の解答にならず、選ぶべき道ではないことも分かっていた。

「気持ちはありがたいけど、でも」

シュエリーもルスランの答えを予期していたのだろう、それ以上勧めることはしなかった。彼女は岸に舟をつけさせると、ぽんと手を叩いて快活に言った。

「そうだ、これから市場に行ってみよう。きっとそなたも楽しめる」

「うん、僕も市場はとても好きだ!」

シュエリーの話では、市場は都の東西に一つずつあり、多種多様な物資が取引されているという。彼女が連れて行ってくれたのは、国際的な貿易を行う西の市だった。

「都の西門は交易路の終点だ、見てごらん」

シュエリーが彼方《かなた》を指さす。

「あっ、ラクダの行列だ」

ルスランは、ラクダに乗った隊商の行列を見て声を上げた。それと同時に、東の神殿に置いたままの自分のラクダを思い出して、心配になった。

――あのラクダ、どうしているかな。神官たちが飼っていてくれればいいけど。

「ふふ、ラクダたちは西方の産物を載せているに違いない。そなたの故郷のものかも――」

市場に集まる人々も、黒髪黒目のリーン人だけでなく、彫りの深い顔立ちの者、碧眼《へきがん》の者、筒袖《つつそで》の服を身にまとって馬に乗る者とさまざまで、世界のあらゆる場所から人が来ているのではないか、と思わせた。麦わら色の髪に琥珀《こはく》色《いろ》の瞳《ひとみ》を持つ西方人が歩いていたところで、気にとめる者は誰もいない。

宝飾品、絹織物、香辛料や薬……市で扱っている品物は世界中から集められたもので、ドルジュ・カジャールの市場《バザール》よりはるかに取引の規模が大きく、種類も多い。

シュエリーの後に続きながら辺りを見回していたルスランは、はっと耳を澄ました。

「……ワフラムのおかみさんから託された手紙を、早く届けてあげなきゃ……」

隊商らしき中年の二人が話しながら、自分とすれ違う。彼らの訛《なま》りや服装はまぎれもなくカルジャスタンのものである。

「あの！……」

ルスランは、つい反射的に呼び止めてしまった。二人とも振り返る。

「何か？」

「あ、いえ……あなた方はカルジャスタンから来たんですか？」

「お前さんもか？　俺たちはドルジュ・カジャールから来たんだ」

男たちは破顔した。

「えっ、ドルジュ・カジャール？」

それを聞いて、ルスランは狼狽《ろうばい》した。いつも都をお忍び歩きしていたので、もし彼らが自分のことを知っていたらどうしよう――。

しかし、心配は杞憂《きゆう》だった。相手は自分の正体に気が付かない様子である。それも当然で、たとえ王子の顔を知っていても、まさかこんな遠方にいるとは思わないだろう。

「ぼ、僕もです。つい先日、ここに来ました」

「やっぱりそうか、言葉で分かったよ。奇遇だなあ、リーンには商売か何かで？」

「ええ、まあ、そんなところです」

ルスランは曖昧《あいまい》な口調で答えた。

「ところで、ドルジュ・カジャールは今どんな感じですか、変わりはありませんか？」

「そうだなあ、変わりがないといえばないけど、都も沿道の街もちょっとざわついている感じがするかな」

「ざわつく？　どういう意味ですか」

「お前さんも商売人なら知ってもいようが、交易路を行き来する隊商は顔見知りも多くて、色々な情報を交換するよな。でも、近ごろ顔を知らない、情報の交換を嫌がる連中も村や街を出入りしていて、何か変な感じがするんだ」

「なるほど……」

ルスランもその話に引っかかりを覚え、首を傾げた。

「ま、些細《ささい》なことだし、俺の勘は当てにならん。そうだ、これを持っていきな。カルジャスタンの干し葡萄《ぶどう》だ。懐かしいだろ」

「わあ、ありがとうございます！」

ルスランは喜色を浮かべて、干し葡萄の入った小さな麻袋を受け取った。

「もっと話をしたいが、俺たち用があるんで、これで」

三人は互いに「光輝くミスレル神のご加護を！」と挨拶《あいさつ》し、手を振って別れた。

シュエリーのほうを振り向いたルスランは、袋の中の葡萄を見せた。

「そなたと同じカルジャスタンの者か」

「ふふ、懐かしいなあ」

彼は遠い目をした。カルージャ語の響き。ゆったりして強い日差しと埃《ほこり》を防いでくれる服。神をたたえる挨拶。ドルジュ・カジャールの市場の賑《にぎ》わいと葡萄棚。

――そうだ、僕はどこにいようと、カルジャスタンの人間だ。

故郷の干し葡萄を幾粒かつまみ上げて食べてみた。甘酸っぱさが口の中に広がる。

「本当に、懐かしい……」

不意に、彼の頬を伝うものがあった。ぽろぽろと、涙が後からあとから零《こぼ》れてくる。さっき、蓮池《はすいけ》で抱いた不安がまたぶりかえしてきたのだ。

――帰りたい。カルジャスタンに、帰りたい。でも、戻れない。この神紋のせいで。あれほど誇らしかった額の神紋が、今は自分とアルダーヴァルを縛り付ける枷《かせ》にしか思えない。召喚式から追放、東の神殿での裏切り、放浪の末の初陣、そして今は異国で世話を受ける身。しかも、瑠璃竜の悪事を裏づける書物の存在。八方塞《はっぽうふさ》がりだが、自分にはその打開策も分からない。

――駄目だ、誇り高きカルジャスタン王の息子が泣くなんて。それに、神紋を疑うことは、神を疑い裏切ることじゃないか……。

ルスランは自分を見守るシュエリーとチェンシーの視線を感じ、情けなく恥ずかしくてたまらなかったのだが、溢《あふ》れる涙を止めることはできなかった。麻袋をかかえたままうつむいて、涙をすすった。シュエリーが懐に手を入れ、花が刺繍された手巾を無言で差し出す。ルスランはしばらくしてから、ようやくそれを受け取って涙を拭《ふ》いた。

「ごめん、こんな情けないところを見せるつもりはなかったのに……」

「謝ることはない。私と兄は——そなたが無事に王子として帰国できるよう、心から願っている。だから、できる限りそなたの役に立ちたい」

「ありがとう、シュエリー……」

ルスランは彼女の厚情が身に沁《し》みて嬉《うれ》しく、無理に笑みを見せた。シュエリーは彼の気を引き立てるように、いたずらっぽい表情で南の方角を指さす。

「三度目の正直だ。今度こそそなたの元気が出る、とっておきの場所に案内しよう」

六

都を南に下っていくと雰囲気はぐっと庶民的なものに変わり、猥雑《わいざつ》ささえ感じられるようになった。行きかう人たちの服装も、絹をまとう宮城の官僚や貴人たちとは異なっている。

「えっ、こんなところにお姫さまのお気に入りのとっておきの場所があるの？」

街の賑やかさにつられて、ようやく元気を取り戻したルスランは、シュエリーに軽口を叩《たた》いた。シュエリーは少し怖い顔になって、唇に指を当てる。

「しっ、私を『お姫さま』なんて呼ぶな。お忍びで来ているのに」

彼女は三階建ての大きな建物の前で立ち止まり、立派な構えの玄関を指し示した。

「ここが私の、とっておきの場所だ」

中に入ると天井が高く大きな空間が広がり、中央は舞台になっていた。その前や左右には大小の卓が置かれ、人々が座ってがやがやと話し込んでいる。さらに階段が通じている二階にも、鈴なりに人がいた。

「ここはどんな場所？　シュエリー」

「劇場だ、芝居を観ることができる」

つまり、場内の数多《あまた》の人々は観客というわけだった。それぞれの卓の上には食器や酒器が並び、みな賑やかに食べたり飲んだりしている。

「芝居？」

ルスランは困惑した。

「せっかくだけど、僕、芝居を見てもリーン語は分からないよ」

「大丈夫、台詞《せりふ》は私が通訳するから。それに、言葉は分からずとも通じるものはあると思う。カルジャスタンにも芝居はあるだろう？」

そこへ劇場の者らしき初老の女性が小走りにやってきて、シュエリーに深々とお辞儀をした。どうやら女性は彼女の正体を知っているようで、一階の奥の目立たない、しかし舞台がよく見える席に案内してくれた。ほどなく、茶と菓子が人数分運ばれてくる。

そのうち、舞台の袖《そで》から音楽が聞こえ出し、客たちは碗《わん》や箸《はし》を持つ手はそのままに、舞台に顔を向けた。

銅鑼《どら》や太鼓の音が響きわたり、箜篌《たてごと》がかき鳴らされる。賑やかな旋律に乗って若い女優が登場し、高い声で歌い始める。

「あの女主人公は、病気の父親の代わりに男装して戦に出る。つまり、男装の麗人だよ」

「戦う男装の麗人？　かっこいい。まるでシュエリーみたいだね」

ルスランの率直な褒め言葉に、シュエリーは顔を赤らめた。芝居の後半は戦場の場面で、立ち回りが見どころだ。観客たちは派手な剣戟《けんげき》に盛り上がり、拍手や掛け声が飛ぶ。

一つめの芝居が終わって俳優たちが退場し、音楽が一度途切れる。早々に帰る客もいるが、新規の客も入り、広間のざわめきは絶えることがない。

小休憩ののち、再び音楽が流れだしたが、今度は笛の哀切な響きが主となっており、客たちは静まって舞台を注視する。その中央に、あでやかな化粧を施し、赤の衣裳《いしょう》に身を包んだ女性が進み出て、ひとしきり袖を振りつつ舞ってから、歌い始める。

「……彼女は身分違いの恋に苦しんでいるという設定で、恋人とのやり取りや心のすれ違いが、この芝居の面白さだ」

追って男優が登場すると、女性は男性に優雅な動作でしなだれかかり、歌いかける。男性もまた歌い返し、二人が寄り添うさまに観客たちは熱い視線を送っていた。

「高官の息子には縁談が進んでいて、女主人公は身を引こうと決心するが、諦《あきら》めきれない。男もまた恋を手放すことができない」

「みんな食い入るように観ているね、シュエリー」

「あの男優と女優は都でも指折りの力量で人気者だし、客はみな労働の辛《つら》さをほんの一時でも忘れ、疲れを癒《いや》すために来ているからな」

ルスランが見回してみれば、確かに裕福そうな者だけでなく、労働の賜物らしき皺《しわ》を顔に刻んだ老夫婦や、商品を積んだ天秤《てんびん》を持ち込んでいる物売りらしき女もいる。

──皆は貧しくとも自分の務めを果たしたうえで、こうしてささやかな楽しみを享《う》けている。僕は、自分の務めを果たしているといえるのだろうか？　従神者の僕は王子の身分を失い、守るべき国も民も持たない。アルダーヴァルとは不仲のままだし、瑠璃《るり》竜が災いを呼んだ伝承は書物にも書かれていた。これからどうすればいいだろう？　神は、なぜ僕にこのような運命をお与えになったのか？

眼だけは俳優の動きを追っているものの、ルスランはつい自分とアルダーヴァルの行く末に心が引き戻されてしまう。おまけに、自ら戒めていたにもかかわらず、神への崇敬の念にわずかな疑いが忍び込んできた。

彼が悶々《もんもん》としているその時、劇場の空気がいきなり変わった。女優が歌の語尾を悲しげに震わせ、袖口《そでぐち》で目頭を押さえたかと思うと、ゆるやかな動きで床に崩れ落ちたのだ。

客たちは一様に息を呑《の》み、そこかしこから啜《すす》り泣きやため息が漏れた。

ルスランには歌詞の意味こそ分からないが、役を生きる女優の感情が自分の胸に流れ込んでくるのを感じた。

「今の歌詞、何て言っていたの？」

「『断ち切れないはずの運命の絆《きずな》を断ち切って、繋《つな》ぎとめてきたあの人の心を解き放つ』。この芝居のなかで最も有名な一節だ。女主人公が恋人と別れる決心をする……」

――断ち切れないはずの運命の絆を断ち切って？

その瞬間、ルスランの心臓がどくりと大きく鼓動を打ち、頭に稲妻のごとくひらめいたものがあった。それは衝撃とともに、神への冒瀆《ぼうとく》ともいえる後ろめたさを伴っていたが、彼は魅入られたかのようにある可能性を考え続けていた。

劇場を出ると、すでに夕刻になっていた。西に沈む太陽が連なる屋根を照らし、日中の暑さはゆるやかな風が和らげてくれる。

シュエリーの後をついて歩きながら、ルスランは依然として考えごとにふけっていた。

「どうした？　芝居はあまり面白くなかったか？」

眉根《まゆね》を寄せて心配そうなシュエリーに、ルスランは慌てて首を横に振ってみせた。

「ううん、そんなことない。とても面白かったよ、本当に。今日はありがとう」

宮城を望む都の大路。ルスランは足を止めて、遠くにそびえる壮麗な宮門をしばらく眺めた。そして硬い表情で、一音、一音確かめるように声を出した。

「僕は故国の導師から、従神者と神獣は神紋で互いに結び付けられた運命で、その絆は生涯続くと教えられた。それはリーンでも同じ？」

「ああ。基本的な事柄だから、東西どこの地域の従神者もそれは知っているはずだ」

「でも、本当にそうなんだろうか？　なぜそう決められていると言えるのか？」

シュエリーは「なぜ？……」と言い淀《よど》んだ。

「それは、そういうものだからだ。神がお定めになった運命として」

「本当にそうとしか決められていないのかな？」

「なぜそうこだわる。そなた、まさか……」

ルスランはシュエリーをまっすぐに見た。

「ひょっとしたら、『断ち切れないはずの運命の絆を断ち切る』方法があるのでは？」

シュエリーは、彼がこのようなことを言い出した理由にぴんと来たようで、顔を強張《こわば》らせた。

「ルスラン！　芝居の話と従神者の掟《おきて》は全く違う。従神者は神を疑ってはならない。たとえ、そなたたちの神《ミスル》であろうと、我らの天帝《かみ》であろうと。まさかそなた、アルダーヴァルとの絆を断ち切ろうと？　神を厚く信じ、祈りをかかさぬそなたらしくないぞ」

相手の厳しい指摘は、ルスランの胸を刺した。シュエリーの言うことは全くの正論だったが、彼は首を横に振り、絞り出すような声を出した。

「書楼で読んだんだ。瑠璃竜の悪事が書かれたカルジャスタンの記録を……。それをくつがえす証拠も見つからない。やっぱり瑠璃竜は災いをもたらす存在、だから僕はもうカルジャスタンに帰れない、でもアルダーヴァルと一緒に死ぬまでさ迷うのも怖い。堕落して、人に害をなす存在になり果ててしまうかもしれない。だったら……」

通行人たちが二人のただならぬ様子に目を向け始めたので、今までおとなしく控えていたチェンシーが「我が君……」と声をかける。

「本当に、僕には何も手段が残されていない……もう、考えるのも疲れてしまった」

シュエリーは大きなため息をつき、大股《おおまた》で歩き出したが、人通りが少ないところで立ち止まった。そして残る二人に背を向けたまま、低い声を出した。

「ルスラン。私はそなたを国や性別の違いを超えて、同じ従神者としてだけではなく、一人のかけがえのない友人と思っている。そなたもか？」

「もちろん。誓って言うが、シュエリーは従神者としての同志で、大切な友人だよ」

「そうか、ありがとう。……私は、友人に嘘はつきたくない」

シュエリーは振り返り、ルスランを見据えた。

「従神者と神獣の絆を断ち切る術《すべ》はある」

「えっ……まさか」

ルスランは息を呑んだ。我ながら突拍子もない考えだとも思っていたが、まさかその手段が実在するとは――。

「一つだけあるのだ、しかも、ただ従神者と神獣の絆を断ち切るだけでなく、新たに神獣を選び直す術が」

「神獣を選び直す？　そ、そんなことが本当に出来るのか？」

シュエリーの言がまことであるならば、自分にとっては一石二鳥の手段だが――。

「ああ。世界のどこかに『廃帝の庭』と呼ばれる場所があるらしい。聞いたことは？」

「廃帝の庭？　いや……」

ルスランにとっては初耳だが、その名はどこか禍々《まがまが》しい響きを持って聞こえた。

『廃帝』とは、いにしえにこの大陸の東西を支配していた一人の『帝王』のことだ。

尋常ではない能力を備え、もっとも強大な従神者でもあったという」

「ああ、その帝王の話なら知っている」

ルスランは頷《うなず》いた。強い神獣を駆る伝説の帝王ゆえに、大陸の東西の従神者や学者ならば、その名は聞いたことがあるはずだった。

「でも、ある日彼の国には疫病が流行《はや》り、滅びてしまったんだよね？　それ以上のことは、僕は知らない。廃帝と呼ばれている理由も」

「そう、彼の国は滅んだ。だが、なぜ滅んだのか真の理由を知る者は少ない」

「真の理由？」

「帝王は従神者でありながら思い上がり、自分が神であるかのように振舞い始めた。それだけならまだしも、神より上の力を持つと示すため、運命に逆らい、従神者と神獣の絆を断ち切るための手段を造り、それを自分の庭園に置いたのだ」

「そんなことが？　帝王であり従神者でもあるのに、神に逆らったと？」

ルスランは望みを遂げるための手段が見つかったはずなのに、嬉しさよりも得体のしれぬ恐ろしさのほうが先に来た。

「そう。神は帝王を滅ぼし、未来永劫《みらいえいごう》その名を奪った。ゆえに、彼はただ『廃帝』としてのみ称される。しかし、神はなぜか庭園を破壊せずに残し、この世のどこかに隠した。いつからかそこは『廃帝の庭』とひそかに語り伝えられ、今も存在するという」

「どこにあるかは分からないんだね？　その庭は」

シュエリーは頷き、苦しそうな表情になった。

「場所云々《うんぬん》の前に、そもそも『庭』には従神者と神獣が揃って赴く必要があり、その道は困難を極める。従神者と神獣のどちらが運命の解消を言い出すにしろ、もう片方が素直に応じると思うか？」

「あっ……」

シュエリーの指摘はもっともで、ルスランは無言になった。

「それに、今まで何組かの従神者が『庭』に赴いたというが、帰って来た者を知らない」

「誰も？　そんなに恐ろしい場所なのか？」

「さあ……でも、神が『庭』を破壊なさらずお隠しになったということは、逆に言えば、神でさえ壊すことのできない力を持ったものかもしれない。ともかく、うかつに近づいて良い場所とは思えない」

「…………」

ルスランは唇を噛《か》みしめる。

「いずれにせよ、絆《きずな》の解消と選び直しはあくまで最終手段であり、そなたがそれを使わないよう望む。たとえ書物に瑠璃《るり》竜が悪事をなしたと書かれていても、アルダーヴァルもそうなるとは限るまい。彼は、危険を冒してまで絆を断ち切らねばならぬ神獣か？」

シュエリーの説得は真情がこもっており、それはルスランにも良く伝わった。だが、彼は「選び直し」の方法にもはや心をとらえられてしまった。

シュエリーは表情をやわらげた。

「きっとそなたは災難続きで疲れたのだ、休んでよく考えよ。これは友からの忠告だ」

七

皇宮に戻ってシュエリーと別れたルスランは、アルダーヴァルのいる神獣舎に足を向けたが、彼の姿はなかった。試しに建物の裏に回ってみると、人型に変身した瑠璃竜は外階段のへりに腰掛けており、彼を目にすると立ち上がって背伸びをした。

「もう人型を保てるのか、体調はいいのか？」

アルダーヴァルは鼻を鳴らし、「身体がなまっちまうからな」と言った。

「お前、この都にいて骨抜きにされたか？　ただでさえぽかんとしているのに、ずいぶん顔の輪郭がゆるんだな。いいものを毎日食べさせてもらって、遊びに連れ回されて」

「骨抜きになんて、されてない。毎日調べものがあるし、遊びも今日一日だけだ」

「いつまでもここにいて、楽しく暮らしたいか？　どうせ俺と一緒じゃ、カルジャスタンには帰れないしな」

アルダーヴァルがいつにもまして絡んでくるので、ルスランは段々苛々《いらいら》してきた。

「お前は何でいつもそういう言い方しか出来ないんだ？　だから僕たち上手《うま》くやっていけないんだろう？」

「あのな、上手くいかないのは従神者のお前がしっかりしていないからだろ。それに、お前はただ俺を迷惑に思っているだけで、本当に上手くやろうだなんて考えてない」

アルダーヴァルの切り返しは、ルスランの痛いところを突いて来た。

――それにしたって、言い方ってものがあるだろ。

「カルジャスタンには帰れるさ、方法を見つけたんだ」

「ふうん。どんな方法か、俺にも教えてくれよ」

ルスランの言葉をはったりと見なしているのか、アルダーヴァルはにやにやしている。

「アルダーヴァル。お前はもう治ったみたいだから、二、三日のうちにはここを出発する。『廃帝の庭』という場所を探しに行くことに決めた。従神者と神獣の絆を断ち切り、『選び直し』ができる場所だそうだ。お前が嫌だと言っても、僕は連れて行く」

ルスランは、語調強く言い切った。アルダーヴァルは「『廃帝の庭』だと？」と目を見開いたまましばらく固まっていたが、やがて天を向いて一笑した。

「はん！　お前が！　『廃帝の庭』に俺を力ずくでも連れて行くだと？　しかも絆を断ち切るだって？　やれるものならやってみな」

端麗な顔が凄《すご》みを帯び、赤い瞳《ひとみ》がぎらりと光った。風もないのに空気が動き、瑠璃色がかった黒髪が襟足から浮き上がる。ルスランは相手から殺意を感じ、反射的に腰の剣に手をやったが、はっと思い返して剣の柄《つか》から手を離した。

「同じ神紋を持つ従神者と神獣が戦うことは、固く禁じられている」

静かな口調でたしなめると、アルダーヴァルはげらげら笑った。

「誰に禁じられているんだ？　神にだろ。その神が定めたもうた絆を、お前は断ち切ろうと考えているじゃないか」

「それは……！」

ルスランは言葉に詰まったが、ふとあることに気が付いた。アルダーヴァルは平静さを装っているが、握りしめた拳《こぶし》の力が強すぎて節々が白くなっているのだ。

「お前、もしかして廃帝の庭のことを知っているのか？」

瑠璃竜は目を細め、頭を一振りした。

「……で、その廃帝の庭とやらはどこにあるんだ？」

「それはこれから探す」

「お前は、俺が素直に『廃帝の庭に一緒に行きます』と言うとでも思っていたのか？」

「思わない。だが……」

「待ちな」

アルダーヴァルの全身から、物騒な気配が消えた。

「分かった。勝手にしろ、廃帝の庭に一緒に行ってやればいいんだろ？」

「えっ、本当に？」

ルスランは、予想外にあっけなく相手が承諾したので拍子抜けした。

「ああ、行ってやるよ。だがな、こっちにも条件はある。お前の旅、これからも道中は一切手伝わねえし、お前を乗せて飛ばない。それで良ければ行ってやる」

「そ、そう……どうも」

アルダーヴァルは不機嫌な顔になった。

「何だ、喜ばねえのかよ。そんなしけた面するくらいなら、今日は帰んな。でねえと、今言ったことを撤回するぞ」

「でもなぜ考えを変えて、一緒に行ってくれることに？」

アルダーヴァルがくっと喉《のど》を鳴らし、荒《すさ》んだ笑みを浮かべた。

「神への祈りを欠かさねえ敬虔《けいけん》なお前が、神に逆らった廃帝にすがり、神に祈らぬ俺との絆を断ち切ろうとしている。こんな馬鹿げてしかも面白いことは滅多にねえからな。天国でも地獄でもどこまでもついて行って、お前のやることを見届けてやるさ」

翌日、皇帝はルスランとシュエリーをからくりの御殿に呼び出した。

「ルスラン王子、残念なお知らせだ。我が書楼の蔵書と学者たちの力をもってしても、やはり瑠璃竜を災厄の象徴とする伝承の反証を挙げることができなかった」

「そうですか……」

ルスランは半ば覚悟していたので、思ったよりも皇帝の報告を冷静に受け入れられた。それと同時に、「あのこと」への決心をますます固くした。

「陛下と学者の皆さまには、連日にわたってお骨折りいただき、まことにありがとうございました。また、滞在中に賜った数々のご厚意も忘れません」

胸に手を当てて敬礼したルスランは、琥珀色《こはくいろ》の瞳を揺らめかせた。

「アルダーヴァルも動けるようになったので、リーンを発《た》ちます」

「行く当てはおありなのか？」

シュエリーがルスランに懸命に目配せしたが、彼は気がつかない振りをした。

「はい。この世のどこかにあるという『廃帝の庭』を探すつもりです」

「廃帝の庭？」

皇帝は片方の眉尻《まゆじり》を上げ、ついで傍らの妹を見やった。

「それは古い伝承の一つですが、現在は従神者でもそれを知る者は限られているはず。シュエリー、そなたが王子に教えたのか？」

「兄上……」

姫君姿のシュエリーは「申し訳ありません」と俯《うつむ》いた。皇帝はため息をつく。

「おおかた、そなたは嘘をつけない性分だから、正直に王子に明かしたのだろうが……」

「陛下、シュエリーに罪はありません。どうぞお叱りは僕に」

取りなしたルスランに、皇帝は視線を戻す。

「廃帝の庭に赴くのは、瑠璃《るり》竜と一緒ではカルジャスタンに帰れないからですか？」

「はい、そうです」

「庭にたどり着くのは困難を極め、また帰ってきた者もいないと聞く。それを承知で？」

「僕は、道中で堕落した従神者と神獣の姿を見ました。行く当てもなくさ迷ったあげく、同じようになるのが怖いのです。それに、アルダーヴァルも承知してくれています、僕と一緒に行くと」

「アルダーヴァルが？　廃帝の庭に行くことに同意したのですか」

皇帝は考え深げに、とんとんと二本の指で卓を叩《たた》いた。

「王子よ……たとえ災いを呼ぶ竜だとしても、アルダーヴァルとの絆《きずな》を断ち切ることが果たして正解なのか、私には分からない。おそらくシュエリーも同じ意見だろうが、私は断ち切らない道を選ぶべきだとは思う。だが、旅をするのも決断するのもあくまであなたとアルダーヴァル。私はただ、最良の選択がなされるのを望むのみ」

「陛下……」

「庭への旅路は長いはずです、その間にあなたが考え直す時間もあるでしょう」

シュエリーが遠慮がちに口を挟んだ。

「それにルスラン、瑠璃竜の伝承の件も未解決の部分が残っている。もし、伝承が間違っていると実証して故国の人々を説得できれば、廃帝の庭に行く必要はなくなる」

「でもシュエリー、どうやったら実証できる？　リーンにあったカルジャスタンの記録には瑠璃竜の悪事が書かれていて、瑠璃竜の無実は証明できなかったのに」

ルスランは、瑠璃竜の無実の証明についてはもう諦《あきら》めていた。

「とにかく、廃帝の庭の場所が知りたいのです。陛下、ご存じありませんか？」

「兄上、瑠璃竜を災厄の象徴とする伝承が私にはどうしても気になります。他に何か良い案は？」

ルスランとシュエリーの問いに、それまで考えこんでいた皇帝が目を上げた。

「西方のバールスタンに、古代から続く『学び舎《や》』がある。王子はご存じか？」

「『学び舎』ですか？　名前だけは……今でもあるのですか？　てっきり昔の話かと」

「ええ、あると聞いています。我が書楼にまさるとも劣らぬ知識と情報を持ち、賢者たちが集う場所。この世の知恵の宝庫である学び舎ならば、瑠璃竜のことも新しく何かが分かるかもしれません。そして、廃帝の庭へ行く方法も学び舎は知っているはず」

「ほ、本当ですか……？」

「ただ、学び舎の場所を探すのは簡単だが、入るのは難しいかもしれない」

「どういうことですか？」

「学び舎のある村は名を持たぬが、交易路沿いでは『学び舎の村』として知られているから、場所はすぐ分かるはず。ただ、学び舎はどの国に対しても独立の姿勢を貫いているので、従神者といえども迎え入れてくれるか……。つまり訪れる者を選ぶのです」

――そうなのか。自分たちは学び舎に入る資格があるのだろうか？

ルスランの不安を見て取ったのだろう、皇帝はいつもの優しく柔和な表情に戻った。

「だから、努力が徒労に終わるかもしれませんが、私が学び舎の大賢者宛に紹介状を書いて差し上げよう。それをもってしても、彼らが迎えてくれるとは限らないが」

「陛下、何から何までお取り計らいくださり、本当に感謝の言葉もありません」

感極まったルスランは、深々と一礼した。

三日後の夜明け、皇宮の南門で、旅装姿のルスランとアルダーヴァルはシュエリーの見送りを受けていた。旅人たちの傍らには、若く毛並みの良いラクダが二頭いる。

「皇帝陛下に、僕からのお礼の言葉を伝えて欲しい。至れり尽くせりでお世話になったばかりか、ラクダと路銀まで賜って」

「兄上としてはもっと手厚い援助を考えていたのだが、そなたが断ってしまったので、感心なさる一方、残念がってもおられたぞ。路銀もきっと途中で足りなくなるだろうし」

苦笑するシュエリーに、ルスランは首を横に振ってみせた。

「いや、充分すぎるくらいだよ。これ以上のご厚意には甘えられない」

「アルダーヴァル、体調はもういいのか？」

シュエリーの問いに、人型のアルダーヴァルは無表情で「おかげさまでな」と答えた。

「そなたたちの無事を祈っている。また会おう、きっと」

彼女は手にした弓を空に向け、四方に順繰りに矢を放った。魔を祓《はら》い、旅立つ者の無事を祈るリーンの古い風習ということだった。

「ありがとう！　君も次に会うときまで元気で！」

ルスランはシュエリーに手を振ってみせ、アルダーヴァルとともに外の世界に向けて一歩を踏み出した。

第三章　黒い嵐

一

リーン帝国を離れ、カルジャスタンなどのオアシス諸都市が点在するタミナ盆地をさらに西に行けば、カミシュカ高原に至る。西方のバールスタンにつながる交易路の要衝で、オアシス都市から都市にと、隊商《キャラヴァン》が盛んに往来する。

ここジャーシールの街も、高原随一の繁栄を誇るオアシスだった。

市場《バザール》と隣り合う隊商宿《キャラヴァンサライ》の中庭で、肩から大きな亜麻の袋を下ろしたルスランは、そのまま崩れるように地面に座り込んだ。

「ふう……」

「ちょっと、何を怠けてるんだい！　小麦を運んだら、次はラクダの世話だよ」

遠くから中年女性に怒声を飛ばされ、ルスランは飛び上がった。

「はい、今行きます！」

勢いよく返事するとともに、葡萄《ぶどう》棚の下に置いてある塩袋を取りに走る。

中庭には隊商のラクダが二十頭ほど繫《つな》がれており、備え付けの石製の水槽に首を突っ込み、水を飲んでいるところだった。ルスランは袋から岩塩の塊を出してラクダに舐《な》めさせてやる。

「うわっ、塩を舐めるんだよ、僕の手じゃなくて。こら、くすぐったいな」

手についた塩気が欲しいのか、べろべろと手を舐め回すラクダに、ルスランは苦笑した。厨房《ちゅうぼう》の戸口に人影が射し、赤ら顔の肥えた料理人が顔をのぞかせる。

「ルスラン！　ラクダと呑気《のんき》に遊んでいる場合じゃないぞ」

「いや、遊んでいるわけじゃなくて塩を……」

「さっきお前が市場で買ってきた小麦、腐った粒が混ざっていたそうだ。主人がカンカンだぞ。すぐ謝りに行け」

「主人」とは、この隊商宿の持ち主であるバルフスのことだ。

「腐った粒？　そんなはずはありません。ちゃんと袋を開けてもらい、手で触って確認して買ってきたんだ」

眉《まゆ》をひそめるルスランに、料理人は「ともかく、早く行け」と手振りで示す。

「やれやれ……」

一階には広間や食堂、倉庫、従業員たちの部屋などが並び、二階は旅人の客室で占められている。

ちょうど一階の中庭では、到着した隊商たちが荷ほどきの最中だった。これから売り手と仲買人の交渉が始まるのだろう。

一階の奥にあるバルフスの部屋へ小走りに向かいながら、彼は憂鬱《ゆううつ》な顔になった。これから叱られる台詞《せりふ》を、正確に予想できたからだった。

──壺《つぼ》や絨毯《じゅうたん》を買うのとわけが違うんだ、小麦一袋も満足に買えないのか？　十日前は肉屋に騙《だま》されて、老いた羊の硬い肉に二倍も払っちまったじゃないか。

予想通りバルフスにこってり絞られて、しょんぼりと回廊を歩くルスランの耳に、

「ふああ……」と盛大な欠伸《あくび》が聞こえてきた。

「やっとお目覚めか、いいご身分だな？」

しかめ顔のルスランが部屋の一つを覗《のぞ》くと、寝台の上で伸びをしていたアルダーヴァルがにやりとした。

「おかげさまでな。お前は朝から労働に励んでご苦労さん。だがな、俺がこの時間までスヤスヤおねんねしていたのは、昨夜一晩中、お前が大いびきをかいていたからだぞ」

ルスランは一日の肉体労働に疲れ果て、夜は泥のように眠ってしまうのだ。

「安眠妨害で失礼した。だけどね、お前が働かないぶん僕が二倍働くことになって、二倍疲れるんだよ。だから、僕のいびきもお前が原因だ。連れているラクダだって餌を食うから稼がなきゃ。もう昼近くだぞ、寝すぎて眼玉も脳みそも溶けているんじゃないか？」

「もうそんな時間か、どうりで腹が減っているわけだ。どこかでメシを調達するかな」

アルダーヴァルは、床に落ちているターバンの布を足先で器用に引っ掛けて手に取り、

川文庫

頭に巻いた。そしてくるりと背を向けると、鼻歌を唄《うた》いながら遠ざかっていった。きっと誰かに食事を貢いでもらった後、将棋《チャトランガ》の相手でも見つくろうつもりだろう。

ルスランは彼の後ろ姿を見送り、ふっとため息をついた。

――旅を続けて、いつのまにか新年が過ぎて。と思ったら、もう春だ。

彼らは従神者と神獣という素性を伏せたまま、西方の「学び舎《や》」への旅を続けていた。

実のところ、リーンの皇帝から賜った路銀はタミナ盆地を過ぎた辺りで尽きてしまい、困り果てたルスランは、働くことにした。ドルジュ・カジャールの市場で人々が働く様子を見ていたので、自分でも何とかなるだろうと考えたのである。

そこで、交易路の隊商宿に頼み込み、働かせてもらいながら旅の資金を貯めることにした。路銀がある程度貯まったら旅を再開し、その時は同じ方角に行く大規模な隊商の一団に頼んで、金と隊長への服従の二つと引き換えに同行させてもらう。隊商と行動を共にするのは、盗賊避《よ》けなど安全上の理由である。

とはいえ、最初のうちは王宮で学んだことも鑑定眼も全く役に立たず、失敗ばかりで雇い主や同僚たちには怒られ、呆《あき》れられる日々が続いた。この隊商宿は働く場所としては三軒目で、労働にも慣れてはきたものの、時に今日のような失敗も犯してしまう。

「ルスラン、新しいお客たちが着いたよ！　湯を用意して」

中庭から呼ぶ声にルスランは「はーい」と答え、あたふたと部屋を飛び出していった。

礫砂漠《れきさばく》の地平線に太陽が沈んでいく。隊商宿の中庭とそれを取り巻く回廊には一日の労働を終えた宿の人々が集まり、旅の客たちも交えて食事を取っている。

庭の一角に据えられた大鍋《おおなべ》では、羊肉とナツメの炊き込み飯が作られており、もうもうとした湯気と、食欲をそそるいい匂いが辺りに漂う。

仕事を終えたルスランも炊き込み飯を大皿から碗《わん》に取り分けてもらい、麦酒《ビール》の杯を受け取った。中庭に並べられた長椅子の一つに座り、夕食を堪能《たんのう》する。アルダーヴァルの姿が見えないが、厨房にこっそり生食用のホウレンソウやタマネギをくすねに行っているのだろう。

ルスランに協力せず、一向に働かないアルダーヴァルだが、隊商宿の人々の受けは悪くなく、その美貌《びぼう》の賜物かそっけない態度がかえって魅力的に映るのか、特に厨房や洗濯場の女性たちに気に入られ、食べ物などをちょくちょくもらって不自由はないらしい。

——あいつ、何もしないのに、要領良くやっているんだよな。

ルスランはもやもやした気持ちを抱えたまま、麦酒を飲み干した。

ちょうど自分の隣で、食事を終えた隊商の若者がウードをかき鳴らして歌い始める。

人の世には悲しみと憂いが満ち　天の園には喜びと幸福が溢《あふ》れる
酒を酌み交わすともがらも　明日には砂漠にて白骨《とこしえ》とならん
無花果《いちじく》に触れる美姫《びき》の唇も　一夜を経れば永久に閉じ

恋の詩片もばらばらに解《ほど》け　風に散って砂漠に埋もれる

「辛気臭いなあ。一日の疲れが吹っ飛ぶような、もっと景気の良い歌にしてくれよ」

飛んで来たヤジに、若者は「それはごもっとも」と笑い、ウードを抱えなおした。

ならば仮の宿たるこの世界　歌い踊りて歓を尽くせ

彼は曲調をがらりと転換させて歌い継ぎ、今度は早い拍子の舞曲を奏で出す。

「そう来なくっちゃ！」

夕食を済ませた人々が、手拍子を交えて踊り出した。男も女も足を踏み鳴らし、腰を揺らす。ルスランもうずうずする気持ちを抑えきれず、立ち上がって踊りの輪のなかに入った。人と人が手を取り合い、ばらばらの足拍子が次第に揃ってくる。

ルスランは、料理人の男や水場管理の少年と互いに手を握り合った。二人とも、その手のひらはざらざらと荒れていたが、それは、今のルスランも同じである。彼はくるりと身を翻して足を踏み込み、両手を打ち鳴らす。

——そういえば、ドルジュ・カジャールでも、こうやって街の皆と歌って踊ったな。

でもあの時、彼らの手は荒れていたっけ？

ルスランには思い出せなかったが、その代わり、リーンの都の劇場で見かけた、庶民の男女の顔の皺《しわ》や、曲がった背が脳裏に浮かんだ。

――思えば、自分の国についてはあまり知らない。追放前、よくお忍びで街に出ていたけど、カルジャスタンのことをどれだけ知っていたんだろう？

いつの間にか曲も踊りもやみ、心地よい疲れに浸された人々が散開していく。ルスランはひとり中庭で星空を見上げながら、故国のことを考え続けていた。


翌朝、ルスランが束ねたナツメヤシの葉を運んでいると、隊商宿の入り口で中の様子を窺《うかが》う少女がいた。頭にかぶっているヴェールから、黒い巻き毛が覗いている。彼が声をかけると、少女はヴェールの端をいじりながら、ためらう風情を見せた。

「誰かに用でもあるのかい？」

「えっと、ルルドに行く隊商の人たちはいますか？ ルルドにいる親戚《しんせき》宛の手紙と進物をことづけたいんですが」

隊商たちは商売のため情報収集を怠らないが、彼らの情報網と旅程に乗る形で、人々は手数料を払って隊商に書簡や品物を託し、届けてもらっていた。

「いるよ、近々出発する人たちが。君が交渉するとき、僕がついていてあげようか？」

少女は慌てて首を横に振った。

「あ、まだ手紙は書けていなくて……私、字が書けないから。誰かに代筆を頼みます」

代筆ならば、宿の主人バルフスか簿記係が適任だが、今の時間は二人とも忙しい。

「じゃあ、僕が代筆してあげる」

「いいんですか？」

少女の顔が明るくなった。うけあったルスランは回廊の長椅子に彼女を座らせ、葦《あし》の筆《ペン》とインク、紙を取ってきた。

『……やっとのことで、父さんが戻ってきましたが、またすぐに旅に出てしまいました。母さんも病気で寝込んでいるし、私が代わりに市場に働きに出ています』

彼は少女の口伝え通りに手紙を書きながら、相手をちらちらと見た。

——生活に困っているのかな。きっと僕より年下なのに。

『この先、父さんの商売が立ち直って上手《うま》く行くかもわかりません。父さんが言うには、カルジャスタンはこのところ、盗賊が増えていて旅が危険になっているそうです。都の様子も不穏だと。サマル地方は検問が厳しくなり、通行税も高くなっているとか。そうなると、別の道を迂回《うかい》することになって、父さんの得られる利益が少なくなります。父さんの商売も不便になるどころか、危なくなってしまうかもしれません……』

唐突にカルジャスタンの名前を耳にして、ルスランはどきりとした。しかも、あまり良くない話題で。

筆を止めたままの相手を少女は不思議そうに見ていたが、我に返ったルスランは何くわぬ顔をした。

「……カルジャスタンが危険？　サマル地方の検問って本当？」

少女は、ルスランの食いつきように目を丸くした。

「あ、いえ。私は父さんから聞いて、そう手紙に書くよう言われただけなのでよく分かりません。あなたはカルジャスタンの人ですか？」

「うん。家族が都のドルジュ・カジャールにいるんだ」

――まあ、嘘はついていないよね。

ルスランは内心で苦笑しつつ、首をひねった。

――僕たちを追放した後、あちらは平和にやっていると思いきや、意外だ。カルジャスタンで何か良からぬことでも起こっているのだろうか？

代筆した手紙を畳むルスランの手元を、通りかかったバルフスが覗《のぞ》き込んできた。

「手紙の代筆か？　お前、字が書けるのか？」

「ええ、まあ。この子がルルドに行く隊商に託したいと」

畳みかけた紙を再度広げて書面をみせると、バルフスは眉《まゆ》を上げた。

「ふうん、ずいぶん綺麗《きれい》な字を書けるんだな。お前、訳ありの身の上のようだが、本当はいいところの出か？」

「……まあ、そのようなものです。今は一介の旅人ですが」

ルスランは小声で答え、少女に書簡を持たせて隊商たちの居場所を教えたが、代書の手数料は取らなかった。少女は嬉《うれ》しげに礼を言い、中庭を突っ切っていく。バルフスはやや呆《あき》れた表情で、ルスランに向き直った。

「手数料はいいのか？　お人よしだな。そんな調子だから買い物でも騙《だま》されるんだぞ」

「お言葉ですが、彼女の家は生活に困っているようでしたので……」

ルスランの控え目な抗弁に、バルフスは肩をすくめた。

「まあいいや。今後、この宿で代書や清書の仕事が生じたら、お前にも回してやるよ。手数料が少しは旅費の足しになるだろう」

「あ、ありがとうございます！」

主人に、ルスランは勢いよく礼を述べた。そこへ、隊商の長がやって来て二分の一ドラクマ銀貨をバルフスに見せた。

「いま手紙と進物を言づけて来た女の子が、支払った銀貨なんだけどね」

受け取ったバルフスは表裏をひっくり返し、銀貨を検分して自分の太鼓腹を叩《たた》いた。

「カルジャスタンのものか。刻印を見ると、サマル地方で最近改鋳された銀貨だな」

「女の子の親父さんは、あの周辺で取引しているそうだね。しかし、品質がかなり下がっているな」

「うむ。カルジャスタンの銀貨はもっと質が良くて、信用が高かったはずだが」

しげしげと眺めていたからだろう、バルフスは銀貨をルスランに渡してくれた。

――本当だ。タスマンが僕に持たせてくれた銀貨は、もっと質が良かったはず。銀貨の質を落とすだなんて、カルジャスタンでは何が起こっているんだ？

「どうした？　いくら熱っぽく眺めていてもその銀貨はやらないぞ」

冗談めかして言う隊長に、ルスランは目を上げた。

「いえ、これを僕の手持ちの銀貨と交換してくれませんか？　もちろん質のいいのと」

「え？　なぜわざわざ損するようなことをするんだ？」

いぶかりながらも隊長は交換に応じてくれた。ルスランは銀貨に彫られた父王ハジャール・マジャールの横顔をじっと見つめてから、腰の革袋にしまい込んだ。

二

昼下がり、ルスランは回廊に吊《つ》るされた鳥籠《かご》を掃除していた。籠の住人は緑色のインコである。二年ほど前、ある隊商が旅の途中、どこからともなく飛んできて肩に止まったインコをそのまま連れてきたが、彼はこの宿で病に倒れて亡くなったという。

インコは籠を掃除してもらっている間、回廊の天井近くを飛び回り、時々バルフスの物まねをしているが、繋《つな》がれていなくとも逃げようとはしない。

鳴き声に交じって、「コラ、早ク仕事ヲシロ」「サッサト荷ヲ下ロシテ運べ」とぶつぶつ呟《つぶや》くインコに、ルスランは「はいはい」と生返事をしながら、真鍮《しんちゅう》の籠を磨き上げ、餌箱と水入れをきれいに掃除した。

回廊の隅では、何人かの子どもたちが、羊のかかとの骨を使ったお手玉をしている。

――このインコは、自由になりたいのかな。

翼を持ちながら籠にとらわれの身になっているインコに、女性ゆえに窮屈な後宮で暮らさなくてはならないシュエリーと、神獣がいながら大空を飛べずに宿で働かなくてはならない自分の姿が重なって見えた。

「……自由ニシテ。空ニ放シテ」

唐突に、インコがそう喋《しゃべ》った。ルスランは驚くとともに、違和感を覚えた。まるで自分の心の中を見抜かれているようだった。

──何だか恐いな、人語を解する魔物みたいだ。

「誰の口癖を覚えたんだい？……痛いっ」

差し出した指をインコに嚙《か》まれ、ルスランは悲鳴を上げた。

「何を一人芝居しているんだ？　お前、まさかとは思うが、そのインコを放すなよ」

アルダーヴァルが、背後からのそりと現れた。

「な、何だよ、いきなり」

彼は昼食を終えたばかりなのか、眠たげな顔をしている。ルスランはインコに突《つっ》かれて出血した指を吸った。

「お前の考えることはお見通しだ。インコはお前じゃないし、お前はインコじゃない」

「どういう意味だ？」

アルダーヴァルがぴいっと口笛を吹くと、インコは彼の肩に舞い降り、瑠璃色《るりいろ》がかった黒髪をついばんだ。

「こら、いたずらするんじゃねえ」

インコを小声で叱りつけ、彼はルスランに向き合う。

「こいつはすっかり人に慣れ、ねぐらも餌ももらって毎日を送っている。もうそうやって生きるしかないんだ。うかつに野に放てば、死んでしまうだろう？」

「分かっているさ、この子をどうのこうのしようなんて、考えてないよ」

ルスランは反論しつつも、心の底を見抜かれているようでどきりとした。

「分かっているなら、それでいい」

アルダーヴァルはインコが乗った肩をすくめて踵《きびす》を返したが、ばらばらと駆け寄ってきた子どもたちに取り囲まれた。

「アーちゃ、遊んでぇ」

「アーちゃ？　俺の名前を勝手に可愛くして呼ぶんじゃねえ。あっちに行ってな、ガキは嫌いなんだよ」

アルダーヴァルは冷たく言い捨てたが、彼の怖い顔がおかしいのか、子どもたちはコロコロと笑い転げている。

「おい、俺は見せ物じゃねえぞ。あっちに行けったら」

彼は、左手で手鏡を持ち右手で自分の袖《そで》を掴《つか》む五歳くらいの女児を追い払おうとするが、亜麻色の髪と赤い頬を持つその子は、「ふえええぇ……」と目に涙を浮かべる。

「ああもう、泣くな！　鬱陶《うっとう》しいから」

業を煮やしたアルダーヴァルが女の子を抱き上げると、インコはびっくりしたのか、肩から飛んで逃げていった。

「アーちゃ、タマラだけ高い高いしてずるい！」

他の子たちから、抗議の声が上がる。タマラはこの隊商宿の子どもではなく、宿泊中の隊商の娘で、何でも故郷のイシュタルで母親が亡くなり、父親がルルドの親戚《しんせき》の家に預けるため、タマラともう一人の子どもとともに連れて行く途中だという。

「ずるくない、というか、お前たち何で糖蜜《とうみつ》みたいにべたべたくっついてくるんだ？　俺と一緒にいても楽しくねえぞ」

ぶつくさ言いながらも、アルダーヴァルはタマラを降ろしかねていた。

「わあ、すごい！　アーちゃの歯って犬の牙《きば》みたい。鋭いねえ」

タマラがアルダーヴァルの口腔《こうこう》を覗《のぞ》きこみ、犬歯を触ろうとしている。

「おい、俺の口に手を突っ込むな」

彼はタマラの手を掴んで口から引き出したが、今度は髪を引っ張られた。

「アーちゃの髪、いい匂いがする」

タマラはアルダーヴァルの髪を手に取り、くんくんと嗅《か》いでいる。

「おい、よせってば」

「アーちゃの髪は、お母ちゃんと同じ匂い」

むきになるアルダーヴァルにも、タマラはお構いなしの様子である。

「いい加減手を離せよ。俺はお前のお母ちゃんじゃねえんだ、それに俺の匂いじゃなくて、食っている薬草の匂いだよ」

「これ、あげる。もうアーちゃんのものだから」

そう言って、今度は相手の耳元に銀色の髪飾りを挟みこんだ。

「こら、やめろ」

根負けしたアルダーヴァルは、タマラを抱いたまま、子どもたちと中庭をぶらぶら歩き回っている。

――嫌だ何だといいながら、少しは面倒見がいいんだな。子どもが好きなのかな？

ルスランは見送ってくすりと笑い、インコを呼び返して籠の中に入れた。ふと視線を感じて振り向くと、亜麻の大きな袋を肩に載せた十二歳ほどの男の子が立っていた。

「ああホスロー、買い出しに行ってくれてありがとう」

「ううん、父さんが出来るだけ宿の仕事を手伝えって」

タマラの兄であるホスローは袋を厨房《ちゅうぼう》に置きに行ったが、戻ってきたときは小ぶりの林檎《りんご》で山盛りになった盆を捧《ささ》げ持っていた。

「あっ、兄ちゃんだ！」

兄の姿に気が付いたタマラがアルダーヴァルから降り、ホスローのもとに一目散に駆けていく。ホスローは盆を持ったまま片腕で妹を抱きしめ、彼女が持つ手鏡に目をやった。鏡面の裏には、女性の肖像の細密画《ミニアチュール》が描かれている。

「タマラ、また母さんの絵を見ていたのか。一日中よく飽きないな」

「ふふ、楽しいみたいだよ。そうだタマラ、僕も母上の細密画を持っているんだ」

ルスランも、懐からアルマ妃の細密画を出してタマラに見せた。だが、母親のいないタマラを気遣って、母が故人であることは伏せた。

「僕もタマラと一緒だよ、母上の絵なら一日中見ていても飽きないんだ」

「ルスランの母ちゃん？　綺麗《きれい》でルスランにそっくりねえ。どこに住んでいるの？」

「カルジャスタンだよ。ドルジュ・カジャールっていう都に」

ホスローは、にこやかに手にした盆をかかげてみせた。

「さあ、厨房で林檎を貰《もら》ってきたよ。屋上で一緒に食べよう」

彼は中庭の子どもたちやルスランたちに林檎を分けてくれた。ホスロー、タマラそしてルスランの三人は林檎を手に、階段を上って屋上に出る。見下ろすと、中庭でアルダーヴァルが子どもたちと並んで座り込み、林檎に齧《かじ》りついている。その微笑ましい様子に、ルスランも頬を緩めた。

「ねえ、兄ちゃん。イシュタルはどの方角にあるの？」

ホスローは、林檎の果汁に濡《ぬ》れた指で、遠くに連なる山々を指さした。

「あそこ……シーレ山のふもと近くだよ」

「もうすぐ帰るんでしょ？　早く帰りたいなぁ」

妹の無邪気な言葉に、ホスローは一瞬言葉を詰まらせた。

「……タマラ、何度も言っただろ？　イシュタルには帰れない。母さんが亡くなって、父さんは遠くで仕事があるし、僕たちはルルドの親戚に預けられるんだ」

タマラは涙を目にためて、うなだれた。

「……でも、イシュタルに帰りたいもん。そんなルルドの親戚なんか、知らない」

「聞き分けの悪いことばかり言っていると、ここに置いていくぞ」

頑固な妹に、ホスローの口調もだんだん荒くなってくる。

ルスランはまだ口をつけていない自分の林檎を、タマラに手渡してやった。

「タマラ……僕も故郷に帰りたいけど、今は帰れないんだ。でも、君はきっといつか帰れるはず。だから、お父さんやホスローと一緒にルルドに行くんだ、ね？」

タマラの頭を優しくなでながら諭したが、タマラの「帰りたい」と思う強い気持ちに自分の説得はあまり響かず、慰めにすらならないことも知っていた。

——だって、僕自身がそうだもの。カルジャスタンにどうしても帰りたいから、何が待っているか分からない危険な旅に賭《か》けているんだ。

三人は黙り込んで、シーレ山の方角を見つめていた。

三

翌日は朝から風が強かった。昨夜は宿泊客が多かったので中庭に天幕を張り、溢《あふ》れた客を収容してしのいだが、バルフスは風を気にして、早く天幕を畳むよう皆に指示した。

「もう『黒い嵐《カラブラン》』が吹く季節だ、天幕の類《たぐい》は必ずしまっておくようにな」

「カラブラン？　何ですかそれ」

ルスランが首をかしげると、一緒に天幕を畳んでいた者たちが口々に教えてくれた。

「砂漠の周辺で吹く、凄《すご》い砂嵐だよ。何もかも巻き上げて、空が真っ黒になる」

「風が吹いたら最後、天幕どころか人間も家畜も吹き飛ばされちまうんだ」

春から夏にかけて吹く砂塵《さじん》嵐、それがカラブランだという。

「それが収まるまで、先に進むのはお預けかもな」

バルフスの言葉通り、風は午後になると砂を舞い上げながら、横殴りに吹きつけてくる。宿の従業員たちは、騒ぐラクダたちを獣舎代わりの空いた倉庫に入れ、回廊や中庭の家具をしまい込む作業に忙殺された。

「……出シテ、私ヲココカラ出シテ」

ルスランが声のするほうを見ると、籠《かご》のインコがしきりに羽をばたつかせている。

「籠のなかでそんなに暴れたら、羽が傷ついてしまうよ。今は駄目だ、嵐が来ているから外に出してやれない」

籠に手をかけると、インコがまたもやルスランの指をつついた。

「つっ……僕の指はお前の玩具《おもちゃ》じゃないよ」

だが、インコは澄ました顔でルスランを見つめ返すばかりであった。

「私ヲ放シテ、還《かえ》ルベキトコロニ還ル」

——何だろう、このインコ。ただの鳥じゃないような……いや、そんなわけないか。

ルスランはぞっとしたが、同時になぜかこのインコに魅入られていく感覚に、しばらく籠を見下ろしていた。だが、いつまでもインコの相手をしている暇はない。

「おおい、ルスラン。こっちを手伝ってくれ！」

中庭の家具の撤収を手伝うルスランの姿を、インコはしきりに目で追っていたが、彼自身は気がつかなかった。

椅子を運ぼうとしていたルスランは屋上に立つ人影を発見し、それが誰かを知ってぎょっとした。

「アルダーヴァル！　そんなところで何をしているんだ。部屋に戻れ」

相手は自分を見下ろして何か言ったが、風の音でよく聞こえない。

「えっ？　よく聞こえないよアルダーヴァル、とにかく……うわっ」

突風に煽《あお》られたルスランは、ほうほうの体で屋内に逃げ込んだ。

「目に埃《ほこり》がいっぱい入っちゃった」

「うへえ、やっぱり黒い嵐は怖いねえ」

従業員たちは互いの服をはたいて砂埃を落とし、洗顔して一息ついた。

「あれ……上の階がざわついているな」

料理人の声につられて、ルスランが客室のある二階を見上げると、確かに隊商の者たちが慌ただしく行き来している。

「どうしたのかな？」

部屋から飛び出してきたルルド行きの隊商の長が、手すりから身を乗り出してルスランたちに手を振った。

「おおい、うちのタマラとホスローを知らないか？　姿が見えないんだが」

「いえ、そういえば今朝から見ていないですね。彼らの父親は？」

ルスランの問い返しに、隊長は困った顔をした。

「それが、近くの村まで所用で出かけていて、まだ帰って来ない。黒い嵐で足止めを食っているかもしれん」

「かくれんぼでもしているのかな？　ひょっとしたら、そこで眠り込んでいたりして」

そうは言ってみたものの、ルスランのなかで不安と疑念が頭をもたげてくる。

「とにかく、僕も捜してみます」

荒れ狂う風のなか、隊商や従業員たちが、燃料置き場に始まり、食糧庫、裏庭、井戸の中に至るまで捜索したが、兄妹の姿は影も形もない。みな先ほど身体から砂埃を落としたばかりなのに、もう砂まみれになってしまった。

「まさか……」

ルスランの嫌な予感が、確信に変わりつつある。

——二人とも、街の外に出た？　イシュタルへ帰ろうとして？

誰もいなくなった中庭の隅で、壁越しにシーレ山の方角を見る。

その時、アルダーヴァルはそれまでいた屋上からひらりと飛んで、二階の手すりを摑《つか》むと華麗に一回転して中庭に着地した。明らかに、人間わざとも思えぬ動きである。

「アルダーヴァル！　そんな真似をして、誰かに見られたらどうする？　用心しないと、普通の人間でないことがばれる」

ルスランは相手の腕を摑み、広間に引っ張っていった。

「そんなこと言っている場合か」

アルダーヴァルにしては、珍しく真面目な調子で返してきた。

「タマラとホスローは街の外に出ていると思う」

「なぜ分かる？」

「分かるとしか言いようがないが、これが」

アルダーヴァルは、自分の髪に挟まれたままのタマラの髪飾りを指さした。

「これが北東の方角に引っ張られているような気がして、屋上から見たら、砂嵐の中で何かが動いていた。遠すぎて、奴らかどうかは分からんが」

「だから、さっき屋上に？　北東には……」

ルスランの語尾が宙に浮いた。その北東にはシーレ山、ふもとには彼らの故郷のイシュタルがあるはずだった。

「どうしよう。タマラはあんなにイシュタルに帰りたがっていたから……ホスローも彼女を追っかけて街を出たんだ。父親もまだ帰って来ないし、早く二人を助けに行かないと……」

「ルスラン。お前、この状況で助けに行けるとでも？　行けるものなら人間どもでとっくに行っているだろ」

アルダーヴァルはため息をついて、戸外に向けて顎《あご》をしゃくった。

「人間も家畜も吹っ飛ばされる暴風が荒れ狂っているのに？　助けに行ったが最後、大人でも遭難しちまうぞ」

「だったら、僕とお前とで行けばいい。僕たちは従神者と神獣なんだから、助けられるかもしれないじゃないか！」

「そう頭に血を上らせるな、従神者だろうと神獣だろうと黒い嵐には勝てねえぞ。俺がこの強風のなか飛んでみろ、一瞬で翼も折れちまう。あいつらと共倒れになりてえのか？」

「じゃあ、お前はホスローとタマラを見捨てるのか？」

「見捨てるも何もねえ。たとえ子どもでも、こうなったら運に任せるしかない。それが砂漠に生きる者の運命だろ」

「運命だなんて……もういい！」

　運命という言葉は、ルスランの心を波立たせた。彼はターバンをきつく巻き直し、別の布を砂防のため口に当て、端を後頭部で結んだ。

「どこに行く？」

「どこ？　決まっている、二人を捜しに行くんだ。皆には黙っていて」

「馬鹿か！」

アルダーヴァルはルスランの両肩を乱暴につかんだ。

「冗談も休み休み言え、お前は目的のある旅をしているはずだろ？　そっちはどうでもいいのか？　それに、こんな砂嵐の中で子ども二人を捜すなんて、砂漠のなかで二粒の砂金を見つけ出すようなもんだ。お前が死ぬかもしれないぞ」

「確かに僕には大切な目的があるけど、今はタマラたちの命が大事だ。もし、二人を助けるのと旅を天秤《てんびん》にかけなくてはならないのだったら、彼らを助けるほうを取る。でも、絶対に戻ってくるから、大丈夫。旅も続ける。天秤は水平になるよ」

アルダーヴァルは苦虫を嚙《か》み潰《つぶ》したような表情で、自分の従神者を見下ろした。

「俺は『絶対』という言葉は大嫌いだ。根拠のない『大丈夫』もな」

「……分かっている。でも僕はもう決めた、助けに行くって」

ルスランは肩に置かれた相手の手に自分の手を添え、そっと肩から外した。

アルダーヴァルは自分の頭をくしゃくしゃとかき回した。

「ああもう、好きにしな。俺はひと眠りしてくるぜ、お前の手助けはしないと約束したよな？　ただ、お前が死んだら墓穴くらいは掘ってやる」

肩をそびやかし、遠ざかっていくアルダーヴァルの背中に、ルスランは呼びかけた。

「きっとタマラたちを連れて帰ってくる。僕は、お前に墓掘りなどさせないよ……」

四

相変わらず、黒い嵐《カラブラン》は猛烈な勢いで吹き荒れている。ルスランは宿を飛び出す前に倉庫に行き、自分のラクダの首につけてある真鍮《しんちゅう》製の鐘を外して腰に下げた。自分が歩くたび、それはガランガランと音を立てる。

砂嵐のせいで、イシュタルの方角を指し示すシーレ山の姿はおろか、少し先の地面さえも見えない。その威力は、とても人間が太刀打ちできるものではなく、目や口を覆っていても、砂が容赦なく入り込んでくる。

シーレ山の方角に当たりをつけて、ルスランはじりじりと進んだ。強風が呪詛《じゅそ》のような唸《うな》りを上げ、彼の身体を激しく叩《たた》く。砂だけならまだしも石も交じっていて、かなりの痛さである。

「くっ……」

突風に身体を煽られて、つんのめった。

――我らが光のミスレル神よ、どうかタマラとホスローを守り給え！

腰の鐘を外して振ってみたが、四方からの応答はない。ただ風音だけが響き渡る。

――あいつらと共倒れになりてえのか？

アルダーヴァルの声が、自分の耳にこだまする。

とうとう強風の圧力に負け、ルスランは倒れ伏して動けなくなった。ラクダの鐘が地面にぶつかり、ガランと音を立てる。

——力が抜けて動けない。こんなところで、僕も終わりか。宿の皆、心配しているだろうな。あいつは僕が死んだら……悲しんではくれないか、そりゃそうだよな。

従神者を死によって失った神獣は力が衰え、遠からず消滅するという。それは神獣が先に死んだ場合の従神者も同じである。

——アルダーヴァルはそのことを承知で、あえて僕を止めなかったのか。僕は自分だけでなく、彼にも命を賭《か》けさせているんだ。

何とか気力を奮い起こし、地面から身体を引きはがされまいと爪を立てる。

進退窮まった状況だが、その時、猛烈な砂嵐がふっと勢いを弱め、日光が差した。ルスランは砂で出来た風の幕の向こうに、何かを見つけた。

「あ、あれは何だろう?」

地平線近くの地面に、何か小さな黒い点が見える。しかも、目を凝らしているとそれは動いたかのように感じた。

——もしかしたら。

風向きを確かめて、頭上でラクダの鐘を思い切り振り回した。

——風は弱まっているけど、向こうまで聞こえるか?

ややあって、その黒い点がぴかっと光った。

——反応した！

彼は疲労も忘れて駆け出した。黒い点は次第に大きくなり、かすかな泣き声らしきものが切れ切れに聞こえてきた。

「タマラ！　ホスロー！」

果たして、黒い点に見えていたものは二人の人間だった。兄妹《きょうだい》は涸《か》れた井戸の横でうずくまり、互いに抱き合って震えていた。ホスローの手に握られていたのは、タマラの手鏡。これを反射させ、鐘の音に応《こた》えて合図を返したのだろう。

「……ルスラン？」

「ルスラン兄ちゃん？」

タマラとホスローは弱々しく名前を呼ぶと、すがりついてきた。

「良かった、見つかって良かった……」

ルスランは二人を抱きしめながら、涙が溢《あふ》れてくるのを抑えきれなかった。

——おお、ミスレル神よ！　砂漠で二粒の砂金を探し当てる、その奇跡を見せてくださった偉大な創造主にあらんかぎりの感謝を！

だが、喜ぶのは早かった。黒い嵐がまた吹き始め、しかも猛烈に強くなってきた。ルスランはタマラとホスローを庇《かば》うようにうずくまったが、そのまま進むことも退くこともできなくなった。

「ルスラン兄ちゃん、怖いよ」

しがみついてくるタマラを抱きしめたが、それ以上どうすることもできない。砂まじりの強風が、三人を鞭《むち》のように叩き続ける。

――僕たち、死ぬのかな。でも神よ、どうか一片のお慈悲を……！

その時、彼の耳に何かの羽ばたきが聞こえてきた。

――ああ、あれはきっと神の御使《みつか》い。四枚の翼を持つ天使さまが僕たちを迎えに？

聞き覚えのある羽ばたきの音が大きくなり、ルスランははっと目を開けた。上空を何か大きな生き物の影が掠《かす》める。

「アルダーヴァル！」

強風にまくられながら羽ばたいているのは、まぎれもなく瑠璃《るり》竜。

「このうすのろ！　こんなところまで俺に来させやがって！」

「アル……まさか僕たちを捜しに？　助けに来てくれたのか？」

「違《ちげ》えよ。お前を助けにじゃなくて、ガキどもを見殺しにしたら寝覚めが悪いから……うわっ」

アルダーヴァルは空中で体勢を崩し、ルスランの上に落ちてきた。

「危ない！」

ルスランは子どもたちを抱えたまま横転して、すれすれのところで瑠璃竜を避《よ》ける。どすんと音を立てて、瑠璃竜は半ば地面にめり込んだ。

「い、痛《いて》え……くそ、こんな嵐じゃ飛ぶのも楽じゃねえ」

起き上がった瑠璃竜は鼻息も荒く、ルスランを睨《にら》みつける。

「で、ガキどもは見つかったんだな？」

ルスランは答える代わりに、腕の中のタマラと、妹に寄り添うホスローを示した。

「運が良かったな、お前ら」

首を突き出すアルダーヴァルに反応したのは、兄妹たちだった。二人はルスランから離れ、腰を落としたまま後ずさる。

「これ、何？　僕たちを食べる怪物？」

ルスランははっとした。隊商宿では身元を伏せていたので、誰も自分たちが従神者と神獣であることを知らないのだ。だが、兄妹の前にいるのは、明らかに人外の者――。

ホスローは険しい顔をして腰の短剣を引き抜き、妹をぎゅっと抱き寄せた。

「俺を怪物だと！　まあ、神獣でも怪物でも大した違いはねえな」

アルダーヴァルが愉快そうに笑った拍子に、耳元で何かがきらりと光った。

「あっ……あたしの髪飾り！」

タマラが瑠璃竜の耳にはさまれた銀色の髪飾りを指さした。

「アーちゃ？　アーちゃなの？」

ホスローは「何を馬鹿なことを……」と妹に言いかけて、息を呑《の》んだ。

「ま、まさか……これ、本当にアルダーヴァルなの？」

ルスランは今更取り繕うこともできなかった。

「タマラ、ホスロー。彼は怪物じゃないよ。後で話してあげるから……わあっ！」

突風が吹き、ルスランは兄妹とともに地面にひっくり返った。

「くそ、また風が強くなってきやがった。仕方ねえ、じっとしていろ。ったく、この貸しは高くつくぜ」

悪態をつきながらも、アルダーヴァルは倒れ込んだ三人の上に翼を広げ、強風から守ってやる形になった。そのままじっと耐える。

どれほどの時が経ったのか、アルダーヴァルが首をもたげて辺りを見回し、ルスランを鼻先で突《つつ》いた。

「おい、起きろ。黒い嵐がやんだぞ」

瑠璃竜の下から這《は》い出したルスランは、空を見上げた。

「ああ、本当だ……」

あれほど空間に満ちていた轟音《ごうおん》が消え去り、いまは静寂が支配している。

ルスランはタマラが起き上がるのに手を貸してやり、ホスローもこわごわと立ち上がった。

「あれ？　アーちゃ、傷だらけ」

タマラがアルダーヴァルの身体を指さした。飛んできた石のせいか、翼といわず胴体といわず、無数の擦過傷《さっかしょう》が出来ており、ところどころから出血もしている。

「どうということはねえよ、ただのかすり傷だ」

アルダーヴァルは鼻を鳴らし、ルスランを睨んだ。

「で、ガキどもはめでたく見つかったし、帰るんだろうな？」

「うん、一刻も早くね。タマラたちだけじゃなく、僕らも消えて皆心配しているだろうから。悪いけど、二人を乗せてあげて。僕は乗せてくれなくていいから」

「当たり前だ、お前なんぞを乗せてたまるか」

「僕は歩いて帰るよ、お前も街の近くで人型に戻って歩けばいい、誰かにその姿を見られたら困る」

ルスランは兄妹に向き直り、頭のターバンを外して額の神紋を見せた。

「あのね、今まで黙っていたけど、実は僕たちは従神者と神獣なんだ」

タマラは「ジューシンシャって？」と首を傾げたが、ホスローは従神者の何たるかを知っているのだろう、「えっ、ルスランとアルダーヴァルが？」と、畏敬《いけい》の念を込めて目の前の従神者と神獣を見つめた。

「でも、これは内緒のお話。隊商宿の人たちには黙っていてね、約束だよ」

「う、うん」

首をこくりとさせたホスローの横で、瑠璃竜はタマラに頭を差し伸べた。

「ほら、取れよ。お前の髪飾りを返す」

タマラは首を横に振った。

「ううん、いいの。助けてくれたお礼にあげる。アーちゃに似合うし」

「ふうん、一人前に『礼をする』ことを知っているのか、感心だな」

ホスローが妹の肩に手をかけ、アルダーヴァルに向かってお辞儀をした。

「僕にはタマラみたいにお礼の品は上げられないけど、代わりに心からお礼をいうよ、助けてくれて本当にありがとう」

「ふん、行儀のいいご兄妹だな。俺を死にそうな目に遭わせやがったが」

アルダーヴァルはぶつくさ言いながらも、まんざらではない様子である。

――ぶっきらぼうだけど、子どもには優しいし、本当は悪い奴じゃないのかな。

ルスランの視線を感じたのか、瑠璃竜は振り向いてにやりと笑った。

「で？　お前も何か言いたいことがありそうだな？」

ルスランは咳払《せきばら》いをして、まっすぐな視線を相手に向けた。

「僕もミスレル神の信徒として、恩と礼儀を守る人間でいたいと思っているよ、アルダーヴァル。無理を押して僕たちを助けてくれて、どうもありがとう。お前がいなかったら、僕たちは三人とも命を落としていた」

その言葉にアルダーヴァルはすぐに返事をせず、前脚で自分の額をかいた。

「俺はお前に貸しを作ってばかりだな。まあ、そもそもお前が助けに行くと言い張って実行したから、こいつらも助かったんだが。ガキども、ルスランに礼を言ったのか？」

そこで、タマラとホスローはルスランにも「ありがとう」と言い、はにかむような笑きょろとあたりを見回している。

身をかがめた瑠璃竜によじ登ったタマラとホスローは、高い場所が不安なのかきょろ
「さあ帰るぞガキども、俺の背に乗りな」

ルスランは、アルダーヴァルが少しは自分を認めてくれたのかと、内心驚いた。

「アルダーヴァル……」

顔を見せた。


「心配しなさんな、ルスラン。俺は良い子たちには親切なんだぜ。安全に飛んでやるよ」

「振り落とされないように、アルダーヴァルにしっかり摑《つか》まっているんだ」

ルスランの見守るなか、瑠璃竜は二人を乗せてふわりと翼を動かした。

五

アルダーヴァルたちに遅れる形でルスランが隊商宿に着くと、中庭にげっそりした顔の中年男が飛び出してきた。近隣の村から帰ってきたタマラたちの父親だ。

「ありがとうございます、あなたとお連れの方が子どもたちを助けてくださったとか」

男はルスランの両手を固く握りしめ、落ちくぼんだ目に涙を浮かべて礼を述べる。

「いいえ、無事に発見できて僕も安心しました。タマラたちは今どうしています？」

「おかげ様で、二人ともぐっすり眠っています。よほど疲れたのでしょう」

ルスランはそれを聞き、全身の力が抜けるほどの安堵《あんど》を覚えた。

「私たちは明日ルルドに向けて出発しますが、その前にぜひお二人にお礼をさせてください。ご入用の物があれば何なりと……」

父親の脇から、バルフスも口を添える。

「ルスラン、遠慮するな。この際だから何でも欲しいものを頼め。俺も金を出すぞ」

「いえ、礼やお金だなんて、どうぞお気になさらないでください。タマラたちが生きて戻った、それだけでいいんです」

再三の辞退にも男は納得せず、根負けしたルスランは考え込んだが、回廊のインコの籠《かご》から声が聞こえてきた。

「……出シテ、私ヲ空ニ放シテ」

ルスランが籠からインコを出してやると、肩にとまってじっと覗《のぞ》き込んでくる。その吸い込まれそうな黒い瞳《ひとみ》に、彼は再び魅入られるような感覚を覚えた。

「私ヲ放シテ、還《かえ》ルベキトコロニ還ルカラ」

――ソウダ。コノ子ハ、放シテヤラナクテハナラナイ。

誰かが自分の脳に直接囁《ささや》き続けている。だが同時に、耳元でアルダーヴァルの警告も蘇《よみがえ》った。

――こいつはすっかり人に慣れ、ねぐらも餌ももらって毎日を送っている。もうそうやって生きるしかないんだ。うかつに野に放てば、死んでしまうだろう？

気が付けばアルダーヴァルもやってきて、ルスランを無表情で見つめている。

「ご主人の持ち物ですが、このインコを僕にくださいませんか？」

バルフスが答える前に、アルダーヴァルが口を挟んだ。

「あのな、人の命を助けた礼として、別の生き物の命をいただこうとするのか？　インコはただ人間の口真似をして『出シテ』と言っているだけだぞ」

二人の間に緊張が走り、中庭はしんと静まり返った。

「……それでも、僕はこのインコを放す。お前の言いたいことはもっともだけど、どうしても放さなくてはならない気がする。放してここに留《とど》まっても、あるいは飛び去ってもどちらでも構わない」

アルダーヴァルはもう何も言わなかった。ルスランはバルフスに向き直る。

「いいですか？　ご主人」

「あ、ああ」

バルフスは気圧《けお》されるように頷《うなず》いた。ルスランはインコを指に止まらせ、空に掲げた。

鳥は一声高く鳴くと飛び立ち、中庭を幾度か旋回したのち蒼穹《そうきゅう》に吸い込まれ、みるみるうちに黒い点と化す。

「お前も俺から自由になり、国に帰りたいのか？」

虚空に視線を据えたまま、アルダーヴァルは傍らのルスランに訊《たず》ねた。

「………」

ルスランは返事をせず、やはり空を見上げていた。彼に「そうだ、自由になって国に帰りたい」と即答できるはずが、答えられない。

――僕はカルジャスタンに帰りたい。でも、帰ったそのあとは？　それに、助けてくれたアルダーヴァルと、本当に絆《きずな》を断ち切ってしまっていいのだろうか？

「黒い嵐」の季節がようやく過ぎ去り、ルスランは出発を明日に控え、宿の仕事と旅の支度に追われていた。バールスタンに入るまでの路銀が貯まったので、いよいよ「学び舎《や》」に向けて出発することにしたのだ。

「ルスラン！　干したデーツを持って行きなよ」

「あたしが焼いたナンもね」

「屋上でとったハチミツもあるよ」

ルスランのもとには宿で働くたくましい女性たちが入れ替わり立ち替わり現れ、餞別《せんべつ》の品を置いていく。

「ありがとう、おばさんたち」

包みやら壺《つぼ》やら、両腕に抱え込まされてルスランは目を回さんばかりだった。タマラたちを助けて以来、彼とアルダーヴァルは皆に一目置かれるようになっていたのだ。

「嫌だねえ、そこは『お姉さんたち』だろ？　お世辞の一つも知らないのかね」

女性たちはルスランを囲み、げらげらと笑う。

「おい、今日はばかにもてているな。祝日だし、夜はご馳走《ちそう》だよ。楽しみにしていな」

通りかかった料理人が、にやりと笑ってルスランに声をかけていく。

「はい、楽しみです！」

「さあ、昼前には新しい隊商も来るよ。ご馳走のために働かなきゃ」

老若男女が各自の持ち場へと散っていく。

ルスランはバルフスに呼ばれ、最後の給金を受け取った。

「この頃は、市場でもまっとうに買い物できるようになったな」

銀貨の入った小さな革袋を手に、ルスランは照れくさそうな笑みを浮かべた。

「本当に、ご主人には感謝の言葉もありません」

「だが、気をつけて行くがいい。バールスタンは栄えている国だが、何かと物騒だ」

――バールスタン。

ルスランは表情を硬くした。大陸屈指の交易圏を形成し、東西からの物資の取引で栄える国。カルジャスタンとは平和な関係を保っていた時期もあれば、軍事衝突したこともあり、総じて二国間は微妙な関係だった。

――これまで以上に、気を引き締めて行かなきゃ。

昼の休憩時、ルスランは市場で旅の必需品や上等の果実類を買い込んだ。それらを肩に担いで持って帰り、果実は料理人に宴会の差し入れとして預ける。さらに午睡の時間、中庭で宿の従業員に散髪してもらい、水浴びも済ませてさっぱりした心持ちになった。

夕刻になり、宿泊客や仲買人たち、さらには従業員たちもそわそわして中庭に集まる。

「さあさあ、明朝ここを発《た》つ隊商の皆さん、いつも来てくれる仲買人たち、そして若者二人のために、今日は祝日のご馳走だよ！」

羊肉や鶏肉《とり》を使い、香辛料をたっぷり利かせた各種の炊き込み飯、山盛りのナン、肉の串焼き《くしや》、練りつぶしたヒヨコ豆の揚げ物。葡萄《ぶどう》酒や果汁。

ルスランは他の人々に交じって食事とおしゃべりに興じたが、久しぶりの旅を目前にして、どこか緊張感が抜けなかった。

一方、黙然と生のタマネギを齧《かじ》っていたアルダーヴァルは背後から子どもたちに抱きつかれ、追い払うのに四苦八苦している。

「こらっ、夕食ぐらいゆっくり食わせろ。邪魔なんだよ、お前たち」

うんざりしたようなその口調とはうらはらに、子どもたちを見る表情はまんざらでもなさそうだ。

アルダーヴァルを遠くから見守っていたルスランは、くすりと笑った。相手は自分の視線に気づいたのか、声に出さずに「何だよ」と口を尖《とが》らせたが、ルスランは「何でもない」という風に首を横に振り、目をそらした。

バルフスが近づいてきて、ルスランに葡萄酒の杯を突き出した。

「おい、ぼうっとしている暇があったら飲め、のめ。酒はいけるだろう？」

赤い液体は甘口で飲みやすく、ルスランは勧められるままに杯を重ねていく。

——あれ、何か変だな。

頭がぐるぐる回るような気がする。自分を呼ぶ誰かの声が聞こえたが、空耳だろうか。

ふと気が付いた時には、ルスランは何者かに背負われ、運ばれていた。

——運んでくれている？　でもどこに行くんだろ、まだ宴会はお開きじゃないのに。

温かく、広い背中からは、ふわりといい匂いがする。

——何だかいい匂いだな。薬草の匂いかな？

加えて、運ばれることによって生じる軽い揺さぶりが心地よい。

——誰だろう、アルダーヴァル？

そのような気がするし、そうでないのかもしれない。目を開けて確かめればいいのに、瞼《まぶた》が重すぎて開ける気にならない。

——それとも、父上？

小さい時に、父の背中におぶってもらい、枝から下がる葡萄の房に手を伸ばした記憶。

ルスランは夢うつつに伸ばした腕をぱたりと落とし、誰かの背中で寝息を立て始めた。

第四章　廃帝の庭

一

ガラン、ガラン。

ラクダの首につけられた鐘が、乾いた大地に響く。

旅人たちはカミシュカ高原からハルク峠を抜け、二日前にバールスタンに入っていた。

「あ、ガゼルがいる」

ルスランは丈の短い草原に見え隠れするガゼルの群れを指さした。

「ふうん」

人型のアルダーヴァルが興味なげに群れを見やると、彼と目が合った一頭のガゼルは素早く身を翻し、それがきっかけとなって群れ全体が逃げ出していった。

「お前が怖いのかな。正体が竜だと分かって、食べられてしまうと思われたのかも」

「馬鹿を言え、俺は肉を食わねえだろ」

ラクダの上で大きく伸びをしたアルダーヴァルは、ルスランを横目で見た。

「そうだけど、ガゼルはお前の嗜好《しこう》を与《あずか》り知らないからね」

にやりとするルスランに、相手はそっぽを向いた。

「けっ、いたいけなガゼルさまに好かれようと嫌われようと、俺はどうでもいい」

黒い嵐の一件以来、アルダーヴァルとは以前よりも角突き合わせる機会が減り、こうしてたわいもない会話も多少できるようにはなっていた。

「そんなことより、学び舎《や》の場所は分かっているのか？　名前がない村にあるって？」

「一応はね。この道を辿《たど》っていけば都のアザール・ルム・カナンで、とても栄えているそうだけど、残念ながら今回は立ち寄らない。僕たちはその手前で東の脇道を通り、峠を越えるんだ。隊商の長やバルフスさんも村の場所を知っていたよ」

ルスランは、バルフスが書いてくれた簡単な地図を広げた。

バールスタンは大陸有数の国で、カルジャスタンのように従神者が君主となるのではなく、かといってリーンのように血筋を重視するのとも異なり、商人の最有力者が首長に選出される。一方、その支配下にある小さなオアシス群は従神者が領主として治め、貢納と軍役の義務を都に対して負う。

二人がしばらく歩を進めると、山脈のふもとから引かれた地下水路《カナート》の竪穴《たてあな》が点々と走るさまが見えてきた。その先には緑地帯が広がっている。

「今夜はあそこに泊まれたらいいな、オアシスがある」

緑地帯は、かなり大きなオアシス都市であることが分かった。城壁の門をくぐれば、なかなかに活気ある街並みが広がっている。

ルスランはアルダーヴァルを促してラクダを降り、手綱を引いて城門をくぐった。話されているのはもちろんバールスタンの言葉だが、カルージャ語とも似ているので、注意深く聞けばルスランも大まかな意味は理解できる。

「隊商宿かどこか泊まれる場所を見繕って、市場で買い出しを……わっ！」

話しているルスランの横で、誰かがつんのめって道路に転がった。ぼろぼろの褐色の服を着た少年だった。さらに、ルスランの鼻先をかすめて鞭《むち》が振り下ろされる。

「キルデール！　お前、俺に逆らおうってのか！」

——えっ！

罵声《ばせい》とともに、誰かの振るう鞭がヒュンと音を立てて、地面に転んだ少年の肩をしたたかに打ち据えた。

「あああ！」

少年は痛みに絶叫する。赤の他人が脇にいることなどお構いなしに、続けざまに鞭が振るわれる。ルスランは自分にも飛んでくる鞭を避《よ》けようとしたが、姿勢を崩して地面に膝《ひざ》をついた。気が付けば、道行く人々は遠巻きになって自分と少年を見ている。

だが、鞭はもう鳴らなかった。アルダーヴァルがうなる鞭の先をぱしっと摑《つか》んだからである。彼は痩《や》せぎすの奴隷の少年を見下ろした。

「お前、キルデールっていうのか？」

——キルデール？　どこかで聞いた名前だな。

少年は恐怖と驚きに硬直して、小さく頷《うなず》くのが精一杯である。アルダーヴァルは柔らかい、ルスランが見たこともないほど優しい目つきになった。

「そうか、いい名だな。助けてやる」

そして、鞭を振るう男に向き直り、いつもの不敵な笑みを浮かべた。

「何だお前ら？　ガキ一匹を相手に大げさなものを振り回しやがって」

アルダーヴァルと対峙《たいじ》するのは、いかつい顔つきの大柄な男だった。服越しにも筋骨隆々とした体格が見て取れる。

「あっ……！」

ルスランは大男の額を見て、思わず声を上げた。そこには、イラクサ紋様の神紋が浮き出ていたからだ。さらに、上空から大きなものが舞い降りてきて、大男の背後に降り立つ。大きな黒い蝙蝠《こうもり》だった。大男は残忍な笑みを浮かべた。

「お前ら、従神者である俺さまの邪魔をしようってのか？　そいつは俺の奴隷だ、しくじった奴隷を煮て食おうが焼いて食おうが、主人の自由だろ」

ルスランたちは神紋をターバンで隠しているので、相手にはまだ正体を気づかれていない。

「ご領主さまだ！」

「マズダクさまだ……」

「くわばらくわばら、まさかこんなところにお出ましとはね……」

「あの子も可哀そうに、悪いことをしていないのに毎日鞭打たれたり、殴られたり」

キルデールは身を起こしたが、歯をがたがた鳴らすばかりで動けない。袖《そで》がまくれて幾つもの鞭傷が露《あら》わとなり、ルスランはその惨《むご》さについ目をそらしてしまった。

街の人々は口々に囁《ささや》き、揃って怯《おび》えた視線を大男に送ったが、男と蝙蝠に睨《にら》み返されて静かになった。

——領主？　こんな奴が？

ルスランは、地方を治める従神者がこんなならず者とは思わず、凝視してしまった。ついで自分も従神者だと名乗ろうとしたが、ゴロツキ同然の連中に正体を明かす危険を考え、自重した。さらに悪いことに、マズダクの手下らしき男たちも後ろに控えている。

「さあ、その鞭を放せ。そうすればお前らの無礼は許してやる」

ぐいぐい鞭の握りを引っ張るマズダクだが、アルダーヴァルは微動だにせず、切れ長の目に嘲弄《ちょうろう》の色を浮かべた。

「ふん、弱い犬はキャンキャンよく吠《ほ》えるっていうが、その通りだな？　ここの領主はガキを相手に鞭を振るうのか、全く大した従神者さまだよ」

「何だと？」

「おっと、熱《いき》るなよワンコ野郎、家に帰っておとなしく干し肉でも齧《かじ》っていろ」

憤怒の形相になったマズダクが「殺せ！」と怒鳴ると、蝙蝠がシャーッと口を開けてアルダーヴァルに向かっていく。

「アルダーヴァル！」

ルスランは思わず叫んだが、アルダーヴァルは笑みを絶やさぬまま、蝙蝠の牙《きば》が自分の喉《のど》に嚙《か》みつく寸前で身をかわし、空中で一回転すると蝙蝠の後頭部を目にもとまらぬ速さで蹴《け》り飛ばして気絶させ、そのまま大男の後ろを取った。

「ひっ……」

アルダーヴァルは、マズダクの胴に左腕を回し、後ろから首筋を爪の先でちょんちょんと突《つつ》いてみせた。マズダクはもがいているが、相手の腕はびくともしない。手下たちも身構えたまま互いに顔を見合わせているが、手を出しかねているようだった。

ルスランは我に返ると、キルデールに「お逃げ、すぐに」と囁いたが、返事は思いもかけないものだった。

「逃げられません、俺」

「どうして……」

言いかけたルスランは、少年の悲しげにうつむく姿にはっとさせられた。

――奴隷は逃げても行き先がないし、連れ戻されてもっと酷《ひど》い目に遭わされるだけ。

「もし自由の身になったら家に帰りたい？　故郷はこの近く？」

少年は首をこくりとさせた。

「分かった。僕たちに任せて」

一方、アルダーヴァルは怯えるマズダクのうなじにふっと息を吹きかけ、楽しげに指でなぞっている。

「そう、ここだ。太い血管が通っているんだよな、確か。俺のこの指先次第で、ここから綺麗《きれい》な赤い噴水が上がるぜ。きっとイカした見せ物になるぞ。せっかくだから、バールスタン王の庭園に飾ってもらえ。退屈しのぎにプシュッとやってみせようか？」

「や、やめろ……」

「ははは、誤解するなよ。俺は民だの人間だのを助けたいわけじゃない。だがな、天下の往来で、人さまに迷惑かけているのが気に入らねえ」

「うっ……！」

首筋への一撃だけで、相手はばったりと前のめりに倒れた。

「逃げるぞ！」

アルダーヴァルはルスランに呼びかけ、自分のラクダに飛び乗った。

「分かっているよ！」

叫び返したルスランは、腰の革袋から銀貨をありったけ掴みだして、マズダクの腹に向かって投げつけた。

「この子は僕が買った、もう彼は自由だ！　奴隷証文は破棄しておけ！」

そして、キルデールを自分のラクダの上に引っ張り上げた。

「はっ！」

マズダクの手下たちの横を二頭のラクダが疾風のようにすり抜け、一目散に城門目指して走り去っていった。

二人はラクダを駆りながら追手が来ないことを確認し、近郊の村までキルデールを送っていった。

あばら家から転がり出て来た母親にキルデールが抱きつき、ひとしきり泣いたあとは彼を救った旅人たちのほうを向いて「ありがとうございます」と頭を下げた。

その間アルダーヴァルは無言だったが、少年を見る目はどこか優しげだった。

ルスランは安心して旅路に戻ったが、ラクダを操りながらあることを思い出した。

――そうだ、キルデール。リーンで見たアルダーヴァルの夢だ。神紋が二度目に見せた夢。アルダーヴァルは、血を流して倒れている有翼獅子《グリフィン》のことをそう呼んでいた。ひょっとして、あの奴隷の子が同じ名前だから助ける気になったのかな？

だが、それをアルダーヴァルに聞くのは何となくはばかられた。神紋が見せたといってもあくまで夢の話だし、本人は最初の夢をきっぱり否定してみせたからだった。

なので、ルスランはその話の代わりに別の問いを発した。

「何であの子を助けて、領主を懲らしめたんだ？　普段、ああいうことはしないだろ」

並走するアルダーヴァルは、沈黙ののち口を開いた。

「誤解するなよ、俺はあの野郎を懲らしめたわけでもガキを助けたわけでもねえ。言ったただろ？　通り道を塞《ふさ》いで邪魔だったから、ちょっと脇にどいてもらっただけだ」

「それにしては、派手な始末のつけ方だったじゃないか。そもそも、いつものお前ならきっとこう言ったと思うよ。『あのガキを助けたって、結局後で領主に二倍は鞭打たれて終わりだ、状況は変わらねえ』ってね。だから、余計気になった」

アルダーヴァルは顔をしかめた。

「おい、そんなことを言うのかよ。お前こそ、いつもならすぐに『あの子を助けなきゃ』と言うはずだろ。それに、結局はあのガキに有り金はたいちまって、また宿での労働に逆戻りか？　あの調子で虐待される奴隷や民のために、延々と金を払いながら旅を続けるつもりかよ？」

「……だって、見てしまった以上、知らんぷりはできないよ」

アルダーヴァルがそれ以上何も言わなかったのは、ルスランの有り金がなくなった原因が、キルデールに「助けてやる」と約束した自分にあると分かっていたからだろう。

「それよりも、あのマズダクとかいう領主、あんな奴が従神者だなんて……」

ルスランは、先ほどの事件での衝撃をまだ引きずっていた。

――神を奉じて世界を統べ、民を守るはずの従神者と神獣が、よりによって自分の民を虐げているなんて。信じられない。

「……従神者と神獣って一体何だろう？」

ルスランが思わず口に出した疑問に、アルダーヴァルは片眉《かたまゆ》を上げた。

「シュエリーを襲った者たちやあの領主は、従神者として存在するべきではないよね」

「だから、そういう従神者や神獣は死ねってか？」

「死ねとまでは言わないけど、従神者にふさわしくないだろう？」

「それを俺に聞くのか？　カルジャスタンの神獣にふさわしくないと宣告された俺に、王太子として欠格の烙印《らくいん》を押されたお前が聞くのか、こりゃ傑作だ！」

アルダーヴァルは呵々大笑《かかたいしょう》した。

――確かに従神者と神獣は神に代わって人々を守り、世界を支配してきた。僕は今までそれを疑いもしなかったけど……。いや、シュエリーを襲った連中や、今見たあいつらはきっと例外だ。そうに決まっている。

だが、ルスランはバールスタンを旅するなかで、従神者が神獣を使って民を脅し、搾取している例を見聞する羽目になり、残念ながらそれらが例外でないことを知った。

――堕落した従神者や神獣なんて、ごく限られていると思っていたのに。神には祈らないけど、アルダーヴァルはあいつらに比べればまだ神獣らしいや。捻《ひね》くれたもの言いはともかく、少なくとも彼はしてはならないこと、すべきことを知っている。黒い嵐では僕たちを救ってくれたし、キルデールの件も……。

ルスランの心の中に、従神者や神獣のあり方に疑問が芽生え始めるとともに、アルダーヴァルに対する見方も変わりつつあった。だが一方でそれは、「廃帝の庭」で「災いを招く瑠璃《るり》竜」との絆《きずな》を断ち切り、神獣の「選び直し」をするという目的に迷いを生じさせることでもあった――。

二

数日後、ルスランとアルダーヴァルは峠の下り坂から、眼下に小さな村を望んでいた。

「本当にここなのか？」

アルダーヴァルは胡散臭《うさんくさ》げに見回す。日干しレンガで造られた家が三十軒ほど密集して互いの構造を支え合い、周囲には耕地が広がる典型的な農村である。

「学び舎《や》みたいなご大層な建物があるようには、全く見えねえがな」

「リーンの皇帝陛下は、場所を探し当てるのは簡単だと仰《おっしゃ》っていたし、現にバルフスさんはこの峠を越えた村だって教えてくれたんだけど……」

ルスランも地図を片手に首を捻っている。念のため、峠越えの前に通った村でもこの場所を確認したので、間違いはないはずだった。

だが、古今東西の書物を収集し賢者が集う「学び舎」は、宮殿か神殿のように壮麗であるはずで、近づいてみてもこの鄙《ひな》びた村にはそれらしき建築物は影も形もない。

「だったら、間違えているか、村自体が引っ越しでもしたか？」

アルダーヴァルは冗談めかして言ったが、すぐに仏頂面になった。

「誰か……村の人に聞いてみないと」

ルスランはラクダを降りて、牛に犂《すき》を取り付けている初老の農夫に呼びかけてみた。

「すみません、東方から来た旅の者です。この村に『学び舎』があるそうですが……」

「ああ、『学び舎』かい？　確かにここにあるよ」

作業の手をとめた農夫はこちらを警戒する様子も見せず、気さくに答えをよこした。

――良かった！　無事に見つかって。

「学び舎の賢者に教えを乞《こ》うため、はるばるカルジャスタンから来ました」

「そうか、そりゃご苦労なことだ。でも、『学び舎』はいま皆出払っちまってるから、呼び集めるまで待っていてくれるかい？」

「出払う？　呼び集める？」

面食らったルスランは、アルダーヴァルと顔を見合わせた。農夫の言っていることがさっぱり理解できない。だが、二人の戸惑いをよそに、農夫は日焼けした顔に深く笑いの皺《しわ》を刻みながら、村の門を指さした。

「あの門の先に広場があるから、そこで休んでなさい。水場を使っていいから」

ルスランたちは言われた通りに広場までラクダを引いていき、そこで待った。広場の東側には、小さな村には不釣り合いなほど立派な水場が設置されていた。獅子《しし》や牛の彫刻が施された石組みがされており、前面には果物や小動物で彩ったモザイクが敷かれている。二人はここで、自分とラクダに水と塩を補給した。

さらに、水場の後方には低い崖《がけ》があり、壁面には図像の浮彫と古代語らしき碑文が刻まれていた。浮彫の上段には、翼を持ったミスレル神が闇を打ち払う鶏を肩に乗せ、悪神との果てなき戦いに出陣する様子が彫られている。ただ、浮彫の下段は木の枝に隠れて見えず、浮彫の下にある碑文もかなり磨滅していて、すぐに読み解くのは難しい。

――見かけは普通の村だけど、古く立派なものが残されているんだな。やはりここのどこかに「学び舎」が？　リーンの皇帝は、選ばれた者だけが入れると仰っていたけど、僕たちはどうだろうか。

やがて、不安を抱えるルスランの前に、先ほどの農夫を先頭に、四、五人ほどの村人が現れた。さらに、ばらばらとこの広場に老若男女が集まってくる。最終的には、百人を越えるほどになった。村人たちはこちらを見てくすくす笑い、何やら話をしている。

「揃ったかな。じゃあ、そろそろ始めようか」

農夫はぐるりと周囲を見回し、ルスランたちに微笑んだ。

「さあ、『学び舎』が『出来た』。で、お前さんたち、何を知りたいんだ？」

「えっ……」

ルスランは絶句した。アルダーヴァルも眉根《まゆね》を寄せている。

――学び舎が出来た？　だって、建物もないし賢者たちも……、何を言っているんだ、この人たちは？

「おいおい、からかっているんじゃねえだろうな」

アルダーヴァルは、指導者らしき農夫を睨《にら》みつけた。

「分かっているのか？　長旅で空《す》きっ腹の俺たちは、いま恐ろしく不機嫌なんだ。ふざけてねえで、学び舎まで案内……」

「おい、不機嫌なのはお前だけだ」

ルスランは慌てて相手を制し、ターバンを頭から外して額を見せた。

「連れの失礼はお許しいただきたい。見ての通り、僕たちは従神者と神獣です。学び舎をご存じならば、そこの長にお取次ぎ願いたい。大賢者がいらっしゃるはず」

そして、懐から書簡を取り出す。

「縁あって、リーン帝国の皇帝陛下からの紹介状も頂いています。賢者の長にお渡しするようにと」

「ああ、そうかい」

農夫がぱっと封筒を取り上部を無造作に破くので、ルスランは冷や冷やする。

「あのっ、乱暴な真似は。それにこれはあなたではなく、大賢者さまに……」

「中の手紙を破らなければいいだろう？」

農夫は手紙を広げた。それは複雑な形の文字でつづられ、朱色の四角い印章が文末に押されている。

「……なるほど、あんたはカルジャスタンのルスラン王子で、相棒は瑠璃竜アルダーヴァルというのだな。『瑠璃竜の属性に災厄が存在するか、その真偽を調べたいので、よろしくご協力くだされたし』と、皇帝陛下の直筆でそう書いてある」

農夫が遠い異国の言葉をすらすら読み上げていくので、ルスランは目を丸くした。

「さらに、『もう一つ調べたいことがあるが、それは王子から直接聞いて欲しい』とも」

「あ、はい」

きっと「廃帝の庭」のことだろう。まんいち手紙の内容が漏れることを考え、皇帝は書簡に詳細を盛り込まなかったのかもしれない。

「今お読みになった内容を、どうか大賢者さまにお伝えいただければ――」

農夫は手をとめて、ははと声を上げて笑った。

「大賢者か。わしもかつてはそう呼ばれていたこともあったかな、『大賢者ミフラーイ』と」

「えっ……」

ルスランは息を呑《の》んだ。まさかこの素朴な雰囲気で、擦り切れた服を身にまとい、農作業で日焼けした男が賢者の長？

「そう。学び舎とはこの村そのもの、賢者はここの村人たちだ」

「学び舎そのもの？　村全体がですか？」

「その通り。我らは日々の労働のなかで、世の真理を探究する。自ら立てた問いを吟味し、互いに論じて答えを求める。朝もやの中、鳴く鳥に生き物の深淵《しんえん》なる営みを知り、昼は子どもたちの遊ぶ声に人生の意味を考え、夜は空にまたたく星に宇宙を思う――」

二人があまりに疑わしげな表情をしていたからか、ミフラーイはうんうんと頷《うなず》いた。

「なるほど。お前さん方、学び舎というからには、巨大な図書館や、長衣《ローブ》を身にまとった髭《ひげ》の立派な賢者たちを想像していたのかな?」

――いや、普通はそう思うよな。だって、本も書庫も、何もないんじゃ……。

長く苦しい旅の帰結がこれかと思うと、ルスランは失望を禁じえなかった。

「……よろしい、お前さんが疑うのも無理からぬこと。わしらの頭の中には古今東西の神話や伝説、知恵や知識がしまい込まれている。村人はその膨大な記録を暗誦《あんしょう》し、伝えていくのだ。嘘だと思ったらわしらを試してごらん」

「試す? どうやってですか?」

ルスランは困惑した。

「カルジャスタンでお前さんが読んだことのある書物を、思いつきで挙げてみなさい」

「ええっと……たとえば『カルジャスタン建国記』とか?」

かつて王宮で学んだ書物の名を挙げると、広場の中央に十歳ほどの少女が進み出てきた。

カルージャ族はミスレル神の末裔《まつえい》なり　勇猛かつ正義を信じる民なり
暗黒の世に大王アフル・マジャール出《い》でて　白銀竜ランバスとともに楽園を作りたり
大王の慈悲は汲《く》めども尽きぬ泉のごとく　白銀竜の怒りは大気を裂く雷鳴に似たり
王都ドルジュ・カジャールは永遠《とわ》の都　民はみな大王に額《ぬか》ずきて賛歌を捧《ささ》ぐ

ルスランは驚いた。少女は流暢《りゅうちょう》なカルージャ語で、『カルジャスタン建国記』を一語たりとも間違えずにすらすら暗誦していく。一巻分が全て終わったのち、ルスランは賢者の長に促されるまま、『西方年代記』の名を挙げたが、今度は腰の曲がった老婆が諳《そら》んじてみせた。

つまり、驚くべきことに、村人たちの頭の中自体が図書館になっていたのである。

「……あの、この村がまさしく学び舎《や》であることは、分かりました。あなた方を疑い、試した形になった無礼を謝ります。本当にごめんなさい」

ルスランはすっかり脱帽して、微笑を浮かべる村人たちに頭を下げた。

「改めて、僕が知りたいことを二つ挙げます。どうか教えてください。一つは、紹介状に書いてあった通り、瑠璃《るり》竜についてです。僕は召喚したアルダーヴァルが災厄を招くとされる瑠璃竜であったために、カルジャスタンを追放されてしまいました。過去に三回、瑠璃竜が出現した代に国が傾いたからだそうです。でも、それは本当なのか、瑠璃竜は本当にそうした神獣なのか、確かめたいんです。というのも、リーンの皇帝陛下の書楼で、カルジャスタンの資料には瑠璃竜の悪事が書かれていましたが、リーンを含めた東方の書物には見当たらなかったからです。もう一つは――」

アルダーヴァルはルスランをちらりと見た。

「従神者と神獣の絆《きずな》を解き、ただ一度『選び直し』が出来るという、『廃帝の庭』に行く道を知りたい。賢者の皆さんならば、廃帝の庭の存在をご存じのはずですよね」

それまで和やかな雰囲気で見守っていた村人たちの表情は、「廃帝の庭」の名が出たとたん、一様に硬くなった。

ミフラーイは、ほつれた自分の袖《そで》の糸をぷつっと切り、ルスランに向き直った。

「縁や絆は鋼《はがね》のように堅牢《けんろう》かと思えば、この糸のごとくはかなくもある。王子はカルジャスタンへの帰還のため、瑠璃竜に関する事実と、廃帝の庭への道を知りたいのだな？」

その改まった口調、鋭い目つきにルスランは気圧《けお》され、思わず一歩下がってしまった。色あせた上着と擦り切れた靴を履いていても、その口調からは農夫然とした雰囲気が一掃され、賢者の風格と威厳に満ちている。

「は、はい。その二つが必要です。二つのことを明らかにして、従神者として王子としてカルジャスタンに帰り……」

大賢者は穏やかな表情で、口を挟んだ。

「やがてそなたが王位を継ぐ、か。しかし、王位を継ぐ者はなぜそなたでなくてはならないのか、その必然性は？　スズダリ妃の生んだ第二王子のカイラーンもいるだろう？彼でなくそなたである必要は？」

「な、なぜ義母上《ははうえ》やカイラーンのことを……！」

ルスランは痛いところを突かれてうろたえたが、それよりも、辺境に住まう浮世離れしているはずの賢者が、カルジャスタンの内部事情を知っている驚きのほうが上回った。

「賢者といえども、世の中からは離れてはいられないのだよ。風に任せて、真偽とりまぜた知らせや情報が、この辺境の小さな村にも舞い込んで来るからな」

ミフラーイはそう言って、村の賢者たちを振り返った。

「そなたたち、今日のところは仕事に戻りなさい」

「えっ……」

村人たちが指示に従いぞろぞろ引き上げていくので、ルスランは焦った。学び舎が解散してしまえば、真実を知ることができなくなってしまう。

「王子に答えを与えるのはたやすい。だが、その前に聞いておきたいことがある」

そして、ミフラーイはアルダーヴァルをじっと見た。

「瑠璃竜よ。そなたは王子が廃帝の庭を探しに行くと言ったとき、同意したのだな？なぜだ？　拒むこともできたはず」

アルダーヴァルはルスランを一瞥《いちべつ》してから、いかにも面倒くさそうに口を開いた。

「こいつにも言ったけど、俺は見てみたいだけだよ。神に対して敬虔《けいけん》な王子が、神の名を口にしない俺との絆を断ち切るために、わざわざ神に逆らった男の作った仕掛けに頼るさまを」

「なるほどな。禁忌とされるものを『見たい、知りたい』という誘惑には往々にして勝てない。だが、それだけではないだろう？」

アルダーヴァルも、深い沼のような大賢者の瞳《ひとみ》で見つめられ、何か思うところがあったのだろう。次に口を開いたときには、いつになく真面目な口調だった。

「……お前さんたちの学び舎だろうが何だろうが、仮に瑠璃竜の潔白が証明できたとして、金剛石《ダイヤモンド》も裸足《はだし》で逃げ出すほど頭の固いカルジャスタン宮廷の連中が、俺たちを信じてくれるとは思えねえ」

それは、ルスランも気にかかっていたところだった。証拠があったとしても彼らは信じてくれるだろうか？

「第一、証明するったって、ここは形になった文献もないんだろ？　それとも、『知っている』賢者さんを一緒に連れてカルジャスタンに戻って、『この人が証拠です』って言うのか？　それで上手《うま》く収まるとは、ますます思えねえな。まあ、証拠となる書物をその場で開いてみせたとして、あいつらは信じないだろうが」

「アルダーヴァル、何もそこまで宮廷の者たちを疑わなくても……」

ルスランの抗議に、相手は呆《あき》れた顔をした。

「まだ分かってねえのか、自分を追放した連中の頭の中身を。あいつらが欲しいのは、『そうであって欲しいこと』であって、別に『事実』や『真実』じゃない。もし瑠璃竜が災いを呼ぶ神獣でないのなら、それを信じた自分たちの面目が丸つぶれになるからな。となると、瑠璃竜がどんな存在でも、ルスラン坊ちゃんがカルジャスタンに戻りたい以上は、廃帝の庭に行って『選び直し』をすることになる」

ルスランはうつむいた。アルダーヴァルの言う通りで、しかも自分はこれに反論する材料を持っていなかった。

「二人の話は分かった、よろしい。だが瑠璃竜よ。わしの見たところ、そなたの心の中にはまだ何かが隠されているな？　王子にも告げていない、大切なことが。ひょっとしたら、王子の依頼に関わることか？」

ミフラーイの指摘に対し、アルダーヴァルはすっと仮面のごとき無表情になった。

「そりゃ気のせいさ、大賢者さま」

「そうか。まあ、心に秘めておくつもりならそれもよし。さて、そろそろ我が家はお茶の時間だ。長旅の空腹も癒《いや》せる、わしと一緒においで」

ルスランは「お願いいたします」と頷《うなず》き、大賢者の後について歩き出した。

三

大賢者が二人を案内したのは密集した家々の一軒で、ごく普通の民家だった。小さな中庭の水盤には赤く小さな魚たちが泳ぎ、妻らしきふくよかな女性が縫物をしていたが、彼女はにこりと一礼すると奥に引っ込んだ。

「……大賢者さま、なぜ学び舎は本を持たないのですか？」

ルスランの問いに、大賢者はふふっと笑った。

「リーンの皇帝は、そなたに学び舎についてどのように教えた？」

「知識と情報を持ち、賢者たちが集う場所だと。そして、バールスタンにありながらどの国に対しても独立を貫く……あっ」

ルスランは息を呑《の》んだ。

「確かに皇帝陛下は『知識と情報を持ち』と仰《おっしゃ》いましたが、本があるとは……」

「その通り」

「ひょっとして、あなた方は『あえて』本を持たないのですか？」

「そうだ。本を持てば、いかに大切に管理していてもやがて失われる。だが、頭の中に入れてしまえばその心配はない。誰かが学び舎を焼き討ちしたり、支配したりしようとしても、その前に身一つでも逃げられ、自由を維持できる。自由がなければ、知識も知恵も意味はない」

「なるほど……」

やがて夫人が盆の上に茶と干した果物類を載せて戻ってきた。礼を言うルスランに妻は「神のご加護を」と答えてそのまま下がろうとしたが、ミフラーイが押しとどめた。

「そなた、このカルジャスタンの客人たちに、神獣について語ってさしあげなさい」

そう言って、彼はルスランたちに目配せした。

「わしの妻は、神獣についてあらん限りの知識を持っている」

――神獣の知識を？　ではきっと瑠璃《るり》竜についても……。

ルスランの胸が、期待に膨らんだ。

「妻が諳《そら》んじていく記録を、ルスラン王子は書き取りなさい。大変な作業でも後できっと役に立つ。だがその前に、腹ごしらえだ」

お茶と軽食の時間の後、アルダーヴァルは中庭の木陰で眠り込み、大賢者は戸口の階段に座ってウードをかき鳴らしていた。

ルスランは葦の筆《あしペン》を手に机に座り、夫人と差し向かいになる。

「王子、これから私が瑠璃竜に関する記録を諳んじていきます。最初に書物の名を告げてから、次に内容を。ただ、私のほうでは取捨選択を行いません、あくまで語るだけ。あなたはまず全て書き取り、それからご自分で記録同士の異同を突き合わせたり、中身の吟味を行ったりしてください」

「分かりました、どうぞよろしくお願いいたします」

「ではまず、『神獣録』から……」

神獣の一つに瑠璃竜あり。瑠璃の翼、頭部の角は一本もしくは二本
瞳は赤や青……

夫人は豊かな声量で、記録に残る瑠璃竜について次から次へと暗誦《あんしょう》していく。だが、瑠璃竜に関する記述はあっても、それが災厄をもたらすとする記述は出てこない。

夕食を挟んで、暗誦は続く。ミフラーイが二人のために燭台《しょくだい》を持ってきてくれた。

「あっ、どうも……」

礼を言いかけたルスランは、ぎょっとした。相手の顔が髑髏《どくろ》に見えたからだった。

だが、瞬《まばた》きをすると髑髏の幻影は去り、もとの穏やかな賢者の顔に戻った。

——え？　見間違いか、そうだよな。

きっと、不十分な明るさと、旅の疲れが見せた幻影だろう。

灯《あか》りのもと、夫人の声が室内に響く。居眠りから目を覚ましたアルダーヴァルは、横になったまま黙然と耳を傾け、ミフラーイは農作業に使う鎌や斧《おの》の手入れをしていた。ルスランは筆を持つ右の手首に痛みを覚えたが、休まず書き続けた。

「次は、『カルジャスタン年代記』……」

この書物はリーンでも調査済みだったが、ルスランは朗誦《ろうしょう》に耳を傾ける。

瑠璃竜ソレイヤールは強い予知能力を持っていたが、ある日の昼下がり、無花果《いちじく》の樹下でまどろんでいるとき、ドルジュ・カジャールが炎上し、王が大テラスから身を投げる夢を見た。そこで、急いでナハバール王のもとに行った。王はあろうことか大広間の玉座に美姫《びき》をはべらせ、酒宴にうつつを抜かしていた。堕落ぶりはここに極まり、王は諫言《かんげん》したソレイヤールに激怒し、神獣舎に幽閉させたが、ソレイヤールは王を思うゆえに抵抗しなかった。

一年後、反逆者たちが都を取り囲み、王都は炎上して王は大テラスから身を投げた。主人を失ったソレイヤールもまた、自分の炎で自分を焼いて死んだ。

ルスランは懸命に書き留めながら、首を捻《ひね》るのを止められなかった。

——あれ、おかしいな。リーンで読んだ古い版と記述は似ているようで、全く違う。

瑠璃竜サラウマーは、バールスタンが攻めてくる夢を見たのでモルカール王に告げたが、王は信用せず、ますます暴政を敷いた。一か月後、果たしてバールスタンが襲撃してきた。深酒を重ねる王は、最後の忠言を行ったサラウマーの翼を切り裂き、「亡国の徒」と罵《ののし》った。……

瑠璃竜ナースルーンは、来年は作物が取れないと予知して王に訴えたが、王は贅沢《ぜいたく》な生活をやめなかった。翌年、太陽の力が弱く水量も大幅に減り、ムギは次々に枯れていった。……国土は荒廃し……王と瑠璃竜は死んでしまった。

出てくる瑠璃竜も三頭でこれも同じだが、夫人が暗誦した内容は、瑠璃竜たちは悪事を働いたとするものではなく、強い予知能力を持っていたこと、だがその予知が信用されず、いずれも悲劇的な結末を迎えるというものだった。

頃合いを見計らって、ルスランは夫人に朗誦を中断してくれるよう頼み、自分がリーン帝国で書き留めた記録を確認したが、やはり今聞いた朗誦と異なっている。

——果たして、どちらが正しいのか、それともどちらとも誤っているのか？

全てを語り終えた夫人にルスランは礼を言い、書き留めた紙の束をまとめた。アルダーヴァルがのそりと起きてきて、手元を覗《のぞ》き込む。

「調べられたか？」

「まあね」

――記録の朗誦によれば、瑠璃竜の出現した時代に国が危機にさらされたというのは、瑠璃竜のせいではなくてむしろ王に原因があるように思える。でも、事実が歪《ゆが》められて伝わってしまったのだろうか。偶然その危機の時代に現れたのが瑠璃竜であっても、たまたま三回同じようなことが続いてしまったために、偶然が必然にすり替えられてしまった、つまり瑠璃竜が災厄をもたらすと見なされるようになったのでは？

ルスランはこうした仮説を立ててみたが、実証するものはない。

――この事実をカルジャスタンに持って帰ったとして、皆は信じてくれるだろうか？

その問いの答えは、アルダーヴァルの言う通り悲観的だと思った。

――それに、廃帝の庭。どうしよう、僕は本当に彼と別れたいのだろうか？

四

翌朝、ルスランは机に突っ伏したままの姿勢で目を覚ました。

「……あ、いって！」

起き上がろうとして右肩に痛みが走り、顔をしかめた。昨夜は、夫人の暗誦を書き取るためずっと筆《ペン》を走らせていたので、肩が凝ってろくに動かせなくなっていたのだ。強張《こわば》った身体をそろそろと動かしつつ窓から中庭に目をやると、アルダーヴァルが思案深げな表情をして、門を出ようとしているところだった。

「朝からどこに行くんだ？」

「お前と同様、俺も調べもんだ。朝メシ時には戻ってくる」

アルダーヴァルは手をひらひらさせながら遠ざかっていく。その後ろ姿を見送ったルスランは、食べ物の良い匂いに釣られて厨房《ちゅうぼう》に足を向けた。そこでは大賢者夫妻が、二人して朝食のナンを焼いたり、山羊《やぎ》のチーズを切り分けたりしているところだった。

「おはようございます、昨夜は遅くまでありがとうございました」

「あのまま寝てしまったのか、身体が辛《つら》かろう」

ミフラーイは一笑し、夫人に「水汲《みずく》みに行ってくる」と声をかけた。

「僕が行きます、広場の水場ですよね？　ラクダも繫《つな》いであるから、餌やりをしないと」

「ああ、では一緒に行くか？　ちょうどヒヨコ豆と人参《にんじん》がある。ラクダにやりなさい」

ルスランは痛む右肩をかばいながら、左腕に水桶《みずおけ》を提げて大賢者と並んで歩いた。

「瑠璃竜の件については分かっただろう」

「はい、奥さまの朗誦のおかげです」

「それでもなお、廃帝の庭に行く道が知りたいか？」

立ち止まったルスランはすぐには答えなかったが、澄んだ目でミフラーイを見つめた。

「本当のところ、調べてみたら自分はどうすべきなのか、ますます分からなくなりました。何を選択したらいいのかと。だから、廃帝の庭に何があるのかを知りたい。知ってから判断するというのでは、遅すぎますか？」

「いや、遅すぎることはない。慎重に考えて最良の選択をするがいい。そなたのためにも、アルダーヴァルのためにも。迷いながらも考え、より良い選択をしようと努力する者に対し、学び舎《や》は扉を開く。ゆえに、そなたは学び舎に見込まれ、選ばれたのだ。自信を持ちなさい」

「お言葉ありがとうございます、ミフラーイさま」

大賢者の誠意ある励ましに、ルスランは力を得る思いだった。

水場に着いたルスランは、後方の崖《がけ》の前にアルダーヴァルが立っているのを見つけた。

「おい、アルダーヴァル！」

声をかけたが相手は返事もせず、熱心に崖の碑文に目を凝らしている。

──彼の調べ物って、あれのことかな？

ルスランは彼を振り向かせるのは諦《あきら》め、自分の仕事にとりかかった。まずは二頭のラクダに水を飲ませ、ミフラーイから分けてもらった餌と、旅で持ち歩いていた岩塩をやった。ラクダの世話がいち段落し、次に水を汲もうとするルスランをミフラーイは押しとどめ、腰に下げた革袋からデーツを幾粒か取り出し、渡してくれた。

これから農作業や放牧に赴くのだろう、行き合う村人たちは通り過ぎざまに挨拶《あいさつ》をしていく。

ルスランはデーツを食べ終え、水桶を泉に沈めたが、ちょうどアルダーヴァルが崖を離れ、足早に水場を回ってこちらに近づいて来るのに気が付いた。だが、彼はルスランには目もくれず、鋭い視線をミフラーイに向けた。

「崖の古代語の碑文を読んだところだ。半分磨滅していたから、解読に苦労したがな」

「そうか、目ざといな」

ミフラーイはにこにこしている。

「……浮彫の上段は、悪神との最後の戦いに出陣するミスレル神、下段は戦いに打ち勝った後、生者も死者も揃って受ける最後の審判を意味している。そうだろ？」

「そうだな」

ミフラーイにはアルダーヴァルの意図が通じているようだが、ルスランには話の流れが読めない。

「浮彫のさらに下にある碑文は墓誌だ。五百年前に作られた、この村の人々の」

「ああ」

「奇妙なことに、墓誌の死亡の日付はみな一緒だ、老若男女が同じ日に死んでいる」

アルダーヴァルは次の言葉を口にする前に、一瞬息を止めた。

「そして、墓誌の筆頭者の名前は大賢者ミフラーイ」

――えっ。

風もないのに泉の水面《みなも》が波立ち、朝日が一瞬で東から西に移り、空が赤く染まった。

ルスランの背に冷たいものが走る。ただ、大賢者だけが平静で、微笑みを浮かべたまま
アルダーヴァルを見つめている。

「お前たち全員、五百年も前に死んでいるんだな？　ここは死者の村か？」

――あっ、まただ。

ルスランはミフラーイの顔が再び髑髏《どくろ》と化したのを見て、思わず後ずさったが、すぐに髑髏は農夫の顔に戻った。

「生者と死者、たいして違いはないだろう？　知識と知恵を蓄えるのに」

「大賢者さま……？」

ルスランは、自分の目で確かめようと崖まで走った。磨滅した碑文に目を凝らす。

星王暦《せいおう》八百九十年　熱風《ねっぷう》月の八日　大賢者アル・ミフラーイ　神の御手に委《ゆだ》ねらる
同年同月同日　アル・ミフラーイの妻ハディィラ　夫に同じ
同年同月同日　副村長ソル・アーン　神の御手に委ねらる

彼は、思わず小さな呻《うめ》き声を漏らした。墓誌の銘文はみなこの調子で、アルダーヴァ

ルの指摘の正しさを裏付けるものだった。

いつの間にか、ミフラーイがルスランの背後に立っている。

「この泉やミスレル神の浮彫は、廃帝の時代のものだ」

――廃帝の時代！

「では、この村は廃帝ゆかりの？……」

ルスランは呟《つぶや》いた。不相応に立派な水場と、崖の浮彫――。

「わしらはみな廃帝の一族だが、廃帝が滅んだ後も神はわしらを憐《あわ》れみ、学び舎と『廃帝の庭』への通路の管理をお任せくだされた。以来、わしらはこの形で知識や知恵を伝えてきた。ここは、普通の者にとっては普通の村に過ぎぬ。だが、本当に知恵と知識を求める者――たとえばそなたたちのような者にとっては、学び舎になるのだ」

ミフラーイは手を伸ばして、碑文に書かれた妻の名を愛《いと》おしそうに撫《な》でた。

「だが五百年前、ある近国の王がわしらの持つものを恐れて村ごと滅ぼし、皆殺しにした。わしらは全滅を予感していたので、事前に自分たちの墓誌を刻み、墓穴を人数分掘っておいた。そして実際に襲われた日、殺された全員をわしが埋葬した後、最後に殺された」

――昨日会った村人の中には、小さな子もいたのに？

ルスランは背筋が寒くなると同時に、ミフラーイの言ったある言葉に反応した。

「廃帝の庭への通路？　で、では庭は……」

「その通り、この近くにある」

「僕たちが村に入れたということは、廃帝の庭にも……行くことができるのですか？」

ミフラーイは微笑した。

「リーンの皇帝にそなたが廃帝の庭のことを持ち出したとき、きっと良い顔をされず、忠告をされただろう。だが、止められることもなかったはず。わしも同じだ、行かせたくはないが、そなたたちがもし望むのならば……」

ルスランはしばらく黙っていたが、やがて力強く頷《うなず》いた。

「庭に行く道を教えてください、大賢者さま」

「廃帝の庭は近くて遠く、遠くて近い。あの崖の上の道を行けば、泉水の源流に通じる森がある。そこに足を踏み入れて道なりに辿《たど》れば、庭を見つけることができる。ただ歩いて行かねばならぬし、命を失うほどの危険が伴うから、くれぐれも注意しなさい」

「ありがとうございます」

ミフラーイはルスランの敬礼を受け、天を振り仰いだ。

「ああ……険しき道を歩むそなたたちに、神のご加護があるように！」

五

ルスランとアルダーヴァルは必要最低限にまで減らした旅の荷物を担ぎ、崖の碑文を見上げていた。

崖の側面には幅の狭い階段が穿《うが》たれて上に出られるようになっており、樹々が生い茂っていた。さらに、ぼうっと白く光る細い道が奥に延びている。そこを進んでいくと、やがて道は上り坂になり、出発点の崖よりも高い、見晴らしの良い場所に出た。

「アルダーヴァル、あれ……」

振り返ったルスランは、思わず村のある方角を指さした。つられて見たアルダーヴァルも、眉《まゆ》をぴくりとさせた。

峠から来たときに見た村の風景とは全く異なっていた。広場も噴水も破壊され、密集していた家々も半ば崩れている。特に目を引いたのは、整然と並べられた墓標であった。その中で生きているのは、自分たちが連れて来た二頭のラクダだけである。二人はしばらく無言で死者たちの眠る場所を見守ったが、やがてどちらからともなく踵《きびす》を返した。

森の中の白い道は、やがて現れた立派な石造りの門の手前で途切れていた。門の向こうは濃い闇でおおわれている。

「……何かがいるぞ」

「えっ、そうなの？　ここからじゃ見えないよ」

アルダーヴァルが目を細め、門に向かって歩を進める。ルスランも後に続いた。

門を構成する二本の石柱には、宝飾品で身を飾り妖艶《ようえん》な笑みを浮かべた一対の女神像が彫られており、上部に渡された石材には、古代語で「ここを過ぐる者は、すべからく神にその魂を委ぬべし。神に背いた者の楽園、この先にあり」と書かれていた。

――神に背いた者の楽園……。

その語句の持つただならぬ印象に、ルスランは身を震わせた。さらに、門の手前に何かがうずくまっていたが、二人に気がついたのか、それはゆっくり首をもたげた。

「あっ……」

それは、男性の人面と神紋らしき紋様を額に持つ灰色の獅子《しし》だった。神獣としての有翼獅子《リフィン》は知っているが、人面の獅子は初めて見る。男の顔を持つその人面獅子は、二人を見ると舌なめずりをした。ちらちらと見える紫色の舌が禍々《まがまが》しい。

「ふふふ、久しぶりに旅人を見るな。『廃帝の庭』を訪ねてやってきたのだろう？」

ルスランは恐ろしさに心臓が早鐘を打ったが、動揺を悟られまいと冷静に答えた。

「そうだ、僕たちは従神者と神獣としてそこを訪ねる。そなたは、この門を守る番人か？」

「ああ、俺は廃帝の第一の側近としてかつては恐れられたものだが、今はこうして門番に身を落とし、ひたすら餌がやってくるのを待つだけの身の上だ」

「餌？　俺たちのことかよ」

さすがのアルダーヴァルも顔をしかめた。

「昔は別の門番もいて餌を取り合っていたが、そいつはずっと昔に来た従神者と神獣に不覚を取って死んでしまい、今では俺しか残っていない」

「以前にも訪問客がいて、ここを通れたのか。ならば、僕たちも望みがあるようだ」

「望みがある？　それはどうだかな。お前たちは若くて美味《うま》そうだから、肉はもちろん骨をしゃぶっても堪《こた》えられないだろう。餌としては申し分ない」

そう言うが早いが、人面獅子はルスランたちに飛びかかってきた。

「うわっ！……」

爪の鋭い獅子の前肢《まえあし》が飛びすさるルスランの服を引き裂き、アルダーヴァルの肩口をもかすめる。

「こいつ……！」

アルダーヴァルはかろうじて爪をかわし、地面に転がるとその勢いで瑠璃《るり》竜に変身した。ルスランも荷物を放り出し、腰の長剣を抜いて構える。

「ふふふ、思ったより素早いんだな、お前たち。まあ、餌は活《い》きが良いほうがありがたい。しばらく楽しめそうだ」

アルダーヴァルも相手の様子を窺《うかが》いながら、不敵な笑みを浮かべる。

「おい、かわいい猫ちゃんのお仲間のくせして、ずいぶん粋《いき》がっているじゃねえか。砂漠のトビネズミをなぶり殺しにするのとはわけが違うぞ、やれるもんならやってみな」

言い放つと、人面獅子から目を離さぬまま、ルスランを自分の翼で後ろに追いやった。

「この人面野郎は俺が仕留める、お前は足手まといだから下がっていろ」

「そうはいかないよ、僕だって……」

「うるせえ！」

瑠璃竜は後ろ脚でルスランを蹴《け》り飛ばすとともに、頭を低くして力をため、飛鳥《ひちょう》のような素早さで突進した。そして、人面獅子の喉元《のどもと》に狙い過たず食らいついた。先手を取られた人面獅子は唸《うな》りを上げ、喉に食いつかれたまま前肢で瑠璃竜の鱗《うろこ》を引き裂こうとする。

「アルダーヴァル！」

地面に叩《たた》きつけられた瑠璃竜を人面獅子が組みしき、喉元に一撃を加えようと牙《きば》の並ぶ口を開けた。

「さあ来いよ、ネコ野郎！　そのご立派な牙をいつまでも見せびらかしてねえで、俺をガブッとやってみろ」

アルダーヴァルは相手の胸に爪を突き立て、鼻を鳴らして挑発した。一方、ルスランは無我夢中で人面獅子の後方に回り込み、相手の尻尾《しっぽ》を思い切り踏みつけて背中に駆けあがる。

「ギャッ……！」

人面獅子が仰《の》け反るのと、ルスランが背中に剣を突き立てるのと、さらにアルダーヴァルの角が相手の左目を貫くのがほぼ同時だった。

「やったな……」

地面に倒れた人面獅子から白い炎が上がり、全身を覆っていく。

身を起こしたルスランとアルダーヴァルは、人面獅子の最期を見守った。

「あっ……」

煙を上げて溶け始めた人面獅子の姿は、やがて人の形と獅子の形の二つに分かれ、地面に崩れ落ちた。

人の形をした白い炎は頑健そうな若者の姿となり、ルスランたちに手を差し伸べた。

「勇気ある従神者と瑠璃竜、本当にありがとう。私を廃帝の頸木《くびき》から解放してくれて」

まさか倒した相手から礼を言われるとは思わず、ルスランは目をみはった。

「廃帝の頸木？」

獅子の形の炎が、主君に賛同するように揺らめいて言葉を発する。

「そうです、私たちはかつて廃帝に仕え、強い絆《きずな》と武勇を謳《うた》われた従神者と神獣でした」

若い従神者は獅子の言葉に、唇を噛《か》んだ。

「ですが、ある戦いで私たちは死んだ。……実は恥ずべきことに、私たちはその時武功を焦るあまり、いつものような戦いを行えず、つい互いに不信を持ってしまった。そこで隙が生じ、敵に殺されてしまったのです」

――互いに不信を……。

ルスランは胸がずきりと痛んだ。

「しかも死後には、おぞましい運命が待ち構えていた。廃帝により罰として一体の魔物に錬成され、この門の番人にさせられてしまったのです。従神者の私は心に植え付けられた獣性から逃れられず、庭を訪れようとする者たちを喰《く》らい続けるしかなかった」

従神者の幻影はそう言って、獅子を愛《いと》しげな手つきで招き寄せた。

「最後まで互いを信じていれば、たとえ死んでもこのような運命からは逃れられたのに。ですが長い苦しみの年月の末、あなた方が二度目の死をもって解放してくれた。私たちの魂はようやく、神の御手に委《ゆだ》ねられる」

「ええ、我が君。永い苦しみの時がやっと終わるのです」

従神者と神獣は互いに微笑み交わし、ルスランたちを見つめた。

「あなた方は私たちを討ったので、廃帝の庭に行く資格を得た。でも、庭ではくれぐれも油断せぬように。どうか──無事の帰還を願っています」

そして二人は寄り添い、ゆっくりと闇に溶けていった。

「……ふう、助かった」

ルスランは力が抜け、倒れ込むように座った。一方、アルダーヴァルは立ったまま黙然としていたが、やがてぽつりと言った。

「ろくでもねえ。たとえ力があっても、それが苦しみや悪をもたらすだけなら……」

「アルダーヴァル？　どういう意味だ？」

見上げたルスランと目を合わせず、彼はただ独り言を呟《つぶや》いていた。

「……本当に、従神者と神獣は何で造られたんだろうな？　世界を支配する力を与えられながら悪用する者もいるし、その力に自ら苦しめられる者もいる」

「でも、いまだに多くの従神者と神獣は真面目に務めを果たしているじゃないか。シュエリーたちみたいに」

「今まではな。だがこれからどうなるのか……五十年先、百年先も従神者や神獣たちに支配されたまま世界が続くのか、分かったものじゃねえ」

アルダーヴァルは語尾を切って遠くを見た。まるで、ルスランが側にいることも忘れたような、遥《はる》かな地平を眺めるような目つきだった。

——今まで当然と思っていた世界が、いつか変わるかもしれないと？

ルスランは自分の体内を、一瞬だが強い風が吹き抜けていくのを感じたが、その後には得体の知れぬおののきがやってきた。

「お前は、そんなことを考えて……」

アルダーヴァルは我に返ったらしく、皮肉めいた笑みを浮かべて頭を横に振った。

「まあ、こんなところで話しても仕方ないか。とにかくさっさと中に行こうぜ」

六

石造りの門を過ぎると、急に視界が広がった。森が途切れたのだ。

さらに前方には、イチジクやザクロ、葡萄《ぶどう》、そして林檎《りんご》の木が植わった広大な果樹園が見えた。自分たちが通ってきた白い道は、果樹園の中を通って続いている。果実を目当てに、青や緑、茶色、さまざまな色と大きさの鳥たちが舞い降りてくる。たわわに実り、重たげなイチジクやザクロに何気なく手を伸ばしたルスランは、ぎくりとして手を止めた。

――花が咲く時季も、実をつける時季もそれぞれ全く異なるはずなのに、この果樹園では一斉に実をつけている。

アルダーヴァルは無言で顎《あご》を前方にしゃくり、ルスランに示した。

「あっ……」

果樹園を抜けた先には、薔薇《ばら》園が広がっていた。黄色、桃色、赤色、白色の薔薇がとりどりに咲き乱れている。園の中心部には円形の噴水があり、水が絶え間なく噴き上がり、その手前にある長方形の大きな池は、太陽に照らされて青い水面《みなも》を揺らしていた。池の周囲は小綺麗《こぎれい》な芝生と花々で整えられ、蝶《ちょう》が花から花へと飛び回る。さらに果樹園と薔薇園を囲むように、イトスギが規則正しい間隔で植えられていた。

噴水の向こう側には、こぢんまりとした白亜の宮殿が、鳥が両翼を広げて水面に着水する姿さながら、優美な形でたたずむ。

――果樹園に薔薇園、立派な宮殿に豊かな水。あまたの花と蝶。まるで聖典に描かれている天国そのものじゃないか……。

ルスランには、この美の極致の庭園が、禍々《まがまが》しい響きの名を持つとはとうてい思えない。

「本当にここが『廃帝の庭』か？　それとも、俺たち本当はもう門のところで人面獅子にやられちまって、魂が天国に到着したのか？」

さすがのアルダーヴァルもいささか毒気を抜かれた態である。

「神に背いた帝王の庭だというから、荒廃しているか、恐ろしい場所だと思ったのに」

ルスランも頷き、二人は池のほとりを歩いて宮殿の前に出た。

「おい、扉が開きっぱなしだ。不用心だが、入って来いってことか？」

草花や動物が陽刻された銀の扉が半開きになっている。中を覗くと、ヤシの葉の図案で装飾された柱の立ち並ぶ大広間が見え、床は貴石の精巧なモザイクで彩られていた。

――結構広いな。外から見たときは、小さな建物だと思ったけれど。

「誰かいませんか……？」

ルスランは声をかけてみたが、答えはない。彼はアルダーヴァルと顔を見合わせ、足を踏み入れた。列柱の間を進んで行き、天窓から光が差し込む円形屋根の下に来た。そこには祭壇がしつらえられていたが、上には何も置かれていない。扉のほうを振り返って眺めると、荘厳だがどこか空虚な空間が広がるばかりだった。

「祭壇があるということは、神殿かな」

「せっかくここまで来たのに、空っぽかよ？」

「そう。ここは、見えない者には虚無しかないが、見える者には宇宙がある」

突然、祭壇から古代語が聞こえてきたので、ルスランは仰天した。祭壇の上に、誰かが腰をかけてこちらを見ているのだ。

「い、いつのまに……」

ついさっきまで、誰もいなかったのに――。

「ずっとここにいたが、そなたたちが今気がついただけだ」

その人物は男とも女とも判別できない、中性的な容貌《ようぼう》をしていた。年は二十歳前後だろうか。黒髪を中心で二つに分けて垂らし、頭には金の王冠を頂く。両眼は黒曜石のごとく漆黒で、幾重にも重ねた金の首飾りと白い上着を身にまとっている。だが尋常でないのは、両腕に相当するものが、翠玉《エメラルド》色も鮮やかな翼であることだった。

――翼がある？　では楽園にいるという天使？　でも……。

ルスランは、その緑色によく見覚えがあった。

――隊商宿の中庭や回廊で飛んでいた、あの翼の色……、いやまさか。

アルダーヴァルと論争をしながらも、籠《かご》から解き放ってやったインコ。

――いや、それはあまりに妄想が過ぎるのでは？　まさかあのインコがここにいるなんて。

「私は何者か？　そなたが今考えている答えが、おそらく正しい」

有翼人は、ルスランの心を見透かしたかのような目をしていた。

「籠から解き放たれた鳥はいるべき楽園に戻った。そして今こそ、絆《きずな》から解き放たれた者があるべき場所に還《かえ》る時だ」

「絆から解き放たれた……それは、ここが従神者と神獣の絆を断ち切る場所だからですか？　ここは、本当に『廃帝の庭』なのですか？」

ルスランの問いに対し、有翼人はうっすらと笑った。

「廃帝の庭――そう呼ぶ者もいるな。もっとも、『嘆きの楽園』と呼ぶ者もいるし、『破滅の神殿』と称する者もいるが。まあ、好きに呼べばいい」

「破滅の神殿……」

「『学び舎《や》』に迎え入れられ、かつあの番人のいる門をくぐり抜けるのは簡単ではない。ようこそ、そなたたちは百年ぶりに来た客だ」

その時アルダーヴァルの耳がぴくりと震えたが、ルスランは彼の様子に気が付かなかった。

「よくここまで辿《たど》り着いたものだ。ふふふ……見るがいい」

有翼人は祭壇からふわりと降り立ち、二人に祭壇上の壁を指さした。いつのまにか浮彫が現れていて、名前が古代文字で二行ずつ、びっしりと刻まれている。

「この世界に生まれた全ての従神者と神獣を記した表だ。カルジャスタンのルスラン王子と瑠璃《るり》竜アルダーヴァル。そなたたちの名前もここに刻まれている」

ルスランは、驚きとともに自分たちの名を見上げた。

一方、アルダーヴァルは「ああ、確かに俺たちの名もあるな」と呟いて目をそらし、また別の箇所が気になるのか、ある一点をじっと見つめている。

「そなたたちは、神によって結ばれた絆を断ち切るために来たのだろう？」

「ああ。ルスランの望み通りにできるのか？　というか、そもそもあんたは何者だ？」

「私はかつて廃帝に飼われていた鳥、そして廃帝の逆鱗《げきりん》に触れて殺された者、今は庭園の番人。帝王に献上された翠玉《エメラルド》の鳥、朝な夕な帝王は愛《め》でる……」

そう言って、有翼人はインコとは似ても似つかぬ、澄んだ歌声で詩を紡ぎ出した。

鳥は眠る　銀の籠で　鳥はとまる　黄金の枝に
鳥は歌う　妙《たえ》なる声で　鳥は見つめる　黒曜の瞳《ひとみ》で
鳥は愛した　帝王の娘を　鳥は殺した　帝王の息子を
鳥は死んだ　帝王の剣で　鳥は吐いた　後悔の血を
鳥は生きる　廃帝の庭で　鳥は守る　帝王の剣を

詩は自分を詠《うた》ったものだろうか。彼は歌い終わるとルスランたちに頷いてみせた。

「いま、この庭はそなたたちの運命を手中にした。そなたたちは互いの絆を断ち切り、選び直しをする方法を知りたいのだろう」

「その資格は、僕たちにはありますか？」

「そなたたちならば、難しくはない。二人の合意ができていることが第一、勇気と決意を証明できることが第二。たった二つの条件に合格できればそれで良い」

「第一の条件については、二人とも合意の上なので大丈夫です。でも第二の条件とは？　勇気と決意の証明をどうやって……」

「こちらだ、ついて来るように」

有翼人は先に立って歩き出す。ルスランたちの入ってきた銀の扉を通り抜け、噴水の手前まで来ると、まず林檎の木の枝を指さした。

「ここに荷をかけなさい」

二人がその通りにすると、次に有翼人は噴水の縁に立った。

「この泉は意思を持ち、選び直しの資格を持つものだけを受け入れ、二人の決心の固さをはかる試練を与える。すなわち泉の水底《みなそこ》に、従神者と神獣の絆を断ち切ることの出来る『帝王の剣』が刺さっている。かつて廃帝はその剣を振るい、世界を統べていたのだ」

有翼人に促され、ルスランとアルダーヴァルは噴水の底を覗き込んだ。手を伸ばせば届きそうに浅い水底は光を反射し、水色にきらめいている。

「剣ですか？　僕には何も見えませんが……？」

「水の中に入れば、分かる。かつて多くの人の血を吸い、私の血にも塗《まみ》れた剣だ。まず底から二人で取ってくるがいい。従神者と神獣、両者の力が揃わないと剣は抜けない」

それを聞いて、アルダーヴァルは瑠璃竜に変身した。

「水中では、こっちの姿のほうがいい。じゃ、さっさと終わらせちまおうぜ、ルスラン」

そこでルスランは水に入るため、靴を脱いで剣を腰から外そうとしたが、有翼人は瞳を煌《きら》めかせながら謎めいた一言をかけてきた。

「その剣は、持って行ったほうがいいだろうな」

七

自分が立てた水音に続けて、アルダーヴァルが飛び込んだ音も聞こえる。

――えっ！

水の中のルスランはとまどった。上から噴水を見たときは底が浅く見えたのだが、飛び込んだとたん、奇怪なことに水底が見えなくなった。泉の美しさは表面だけのもので、下のほうは吸い込まれそうな暗黒だった。

焦って瑠璃竜を見ると、彼は額の角を下に向けて「とにかく下に降りろ」と合図する。この泉の持つ魔力なのか、潜っていてもさほど息苦しくはない。ただ、あまり長居をしていると空気が持たなくなるだろう。

――早く底に降りなきゃ。

四肢を懸命に動かして、下へと降りて行こうとする。だが、ルスランは目を疑った。暗い水底から、何か泥のようなものが湧き上がってくる。自分たちに近づくにつれ、それらは人の顔や身体を持っていることが分かった。

「何だ、あれ……」

思わず叫んだ拍子に、水を口から吸いこんでしまってむせ返った。

——馬鹿、慌てるな！　自分の神紋に集中しろ。

自分の腕がぐっと摑《つか》まれた。アルダーヴァルの声だ。慌てて言う通りにすると、相手の声が脳内に流れ込んでくる。

——あれは水に棲《す》む魔物たちだ。うかうかするとやられちまうぞ。

アルダーヴァルは自分の身体に絡みつく魔物たちを嚙《か》みちぎり、爪で引き裂いて応戦する。ルスランも、腰の剣を抜いて振るったが、水中なので勝手が違い、上手《うま》く相手に当たらない。

——しっかりしろ王子さま、腰を据えて戦え！

ルスランの胴に巻き付いた女の魔物が、水底に引きずり込もうとしている。女の魔物はシュエリーと同じ顔をしており、ルスランはひるんだ。思わず目を背けると、アルダーヴァルの後ろから抱きつこうとする、長い尾を持つ男の魔物は父王ハジャール・マジャールそっくりで、自分の左脚に絡みつく小さな魔物はカイラーンに瓜二《うりふた》つだった。魔物たちはなぜか近しい者と同じ形相をしているので、反撃の刃《やいば》も鈍ってしまう。

——どういうことなんだ、これは！

「うわっ……」

溺《おぼ》れる恐怖にもがくルスランを見かねたのか、瑠璃竜の角が女の魔物を引き裂く。

——危ない！

アルダーヴァルに絡みつく父に似た魔物を、ルスランは渾身《こんしん》の力で薙《な》ぎ払った。魔物は世にも恐ろしい形相をしたまま崩れ、水中に四散する。相手が魔物とはいえ父を斬ってしまったような罪悪感と気持ち悪さで、今にも吐きそうだった。

二人の悪戦苦闘は長く続いたが、じりじりと水底に向けて降りていく。だんだん魔物たちの姿が消え、とうとうモザイクの広がる水底が見えた。モザイクには、玉座に正面を向いて座る人間像が描かれていた。その者は帝冠をかぶり紫色の帝衣を身にまとっているが、心臓にあたる部分に一本の宝剣が刺さっている。このモザイクの人物像は、もしかすると廃帝なのかもしれない、そうルスランは考えた。

――あれだ！　帝王の剣。あの剣を僕たちの力で……。

そろそろ空気が切れて来たのかルスランは朦朧《もうろう》としていたが、何とか水底に立ち、剣の柄《つか》に手をかけた。さらに、人型になったアルダーヴァルの大きな手が柄に加わる。二人で力を合わせないと抜けないのならば――。

――よし！

ルスランは渾身の力を込めた。だが、剣は小揺るぎもしない。焦ったルスランはアルダーヴァルを見上げたが、相手が冷静に力を込め続けるので、落ち着きを取り戻すことができた。

やがて動かなかった剣がぐらつき出し、とうとう水底から抜けた。だが、ルスランには喜ぶ余裕がない。

——早く戻らなきゃ。

もう空気も体力も限界だった。四肢も緩慢にしか動かせない。ルスランは、自分の剣と帝王の剣をどちらもしっかりと胸に抱く。アルダーヴァルと二人で、互《かば》いを庇いあうような姿勢を取り、明るい水面《みなも》のほうに上がっていった。

「ぷはっ」

水から顔を出したルスランは、激しくむせた。同じく、アルダーヴァルも咳《せ》き込んでいる。

「うへえ、綺麗《きれい》なのは上っ面だけなのかよ、このくそいまいましい庭園は」

二人は肩を並べて、噴水の池を取り囲む石の縁に座り込んだ。そして、呼吸を整えながら、抜いて来た宝剣を検分した。陽の光によって七色に光って見える銀色の刃、大振りの紅玉《ルビー》と金剛石《ダイヤモンド》で飾られた柄。まさしく、帝王が所持するにふさわしい豪華さと風格を備えた剣だった。

——これを、どのように使うのだろう。

二人が落ち着くのを待って、有翼人はにこやかに口を開いた。

「さすがだな。廃帝の庭の客人でも、たいていの者は溺れてしまい、剣を抜いて来られる者は稀《まれ》なのだ」

アルダーヴァルは、鋭い目つきで相手を見上げた。

「あんたは高みの見物か、いいご身分だな」

「アルダーヴァル、彼に失礼なことは……」

ルスランが割って入ったが、有翼人は意に介さぬばかりか、愉快げな顔つきだった。

「瑠璃《るり》竜よ、私が気に入らないのかね？　まあ、いい。どのみちすぐに事は終わる。……ルスラン・アジール・カルジャーニー」

ルスランは「はい」と答え、肩で息をしながら立ち上がった。

「僕たちは無事に帝王の剣を手に入れました。次は、どうしたらいいんです？」

有翼人は、くっと唇の両端を持ち上げた。漆黒の瞳《ひとみ》が黒々と光る。その瞬間、庭園の空気が一変した。ざわり、と木々や花々が揺れ、一点の曇りもない空が急激に雲に覆われていく。高く差し昇った日輪が、温かみと色を失った。

「二人とも、ここへ」

帝王の剣を持つルスランは、アルダーヴァルとともに有翼人の前に立った。

「簡単なことだ。ルスラン王子、その剣で神獣アルダーヴァルを殺せ」

第五章　真実の心

一

「えっ……」

ルスランは有翼人の言葉に絶句し、その場に立ち尽くした。

「いま何と？　アルダーヴァルを殺せ？」

手に持つ帝王の剣の切っ先が震え、唇がわななく。ルスランは信じられない思いで、アルダーヴァルと有翼人を交互に見た。意外にも、アルダーヴァルはいつものような罵《ば》詈《り》雑言《ぞうごん》や不遜《ふそん》な態度は露ほども見せず、凪《な》いだ水面のように静かな面持ちで、ルスランを見守っている。一方、有翼人は平然として、帝王の剣を指した。

「そうだ。神が定めたもうた従神者と神獣の絆《きずな》は、その剣を用いれば文字通り断ち切ることができる。もし従神者が自分の神獣を殺せば、この場にてただちに次の神獣が召喚され、神獣が従神者を殺せば、同様に次の従神者を得ることができる」

――そんな！

廃帝の庭自体が天国さながらの美しさに満ち溢《あふ》れているだけに、そこに仕掛けられた手段の残酷さに心が凍り付くようだった。

「でも、『廃帝の庭』で得られる絆を断ち切る手段が、相手を実際に殺すことだなんて、思わなかった……」

ルスランは剣を見下ろし、またアルダーヴァルに視線を向けたが、どうしても次の行動を起こせない。彼のためらう様子を、有翼人はむしろ楽しげに眺めていた。

「どうした？　剣の一突きで全てが終わる。そなたの運命を縛っていたアルダーヴァルは消滅し、新しい神獣を得てそなたはカルジャスタンに戻れる。故国への帰還は、そなたが強く望んでいたことでは？　だから長く苦しい旅にも耐えて来たのでは？」

そうだ、確かに災厄の象徴とされる瑠璃竜との絆の解消と故国への帰還は、自分が強く望んだことだ。でもこんな形で実現されるなんて――。

その時、アルダーヴァルが口を開いた。低い、静かな声だった。

「ルスラン王子。お前、俺を殺せよ。それで全てが終わるんだから」

「な、何でそんなことを……」

ルスランは耳を疑った。まさか、神とこの世に反抗的な態度を取ってきた瑠璃竜が、ここにきて運命に唯々《いい》諾々と従おうというのか――。

帝王の剣の震える切っ先を、アルダーヴァルはじっと見つめてため息をついた。

「しっかりしろよ、そんなへっぴり腰じゃ俺を斬れねえぞ。情けない」

ルスランは相手の叱責《しっせき》に我に返り、剣の柄を握る手に力をこめた。

「僕が情けないなら、お前は何だよ！　なぜそう冷静でいられるんだ？」

問われたアルダーヴァルの瞳が、陰りを帯びる。

「……そりゃ、俺は廃帝の庭に来れば何があり、どうなるのかを知っていたからな」

「えっ……」

ルスランは呆然とした。

「な、なぜ知っていた？　それを今まで言わなかったのは……」

アルダーヴァルは有翼人を見やった。

「ここの祭壇に、キルデールという有翼獅子《グリフィン》の名が刻まれているだろう？　従神者の名は口にしただけでも穢《けが》れる気がするから、言わねえが。俺がまだこの世界に召喚される前、『シュロの葉茂る光の谷《パルファーブル》』にいたときの友人《ダチ》さ」

キルデール。ルスランは、彼がバールスタンで助けた奴隷の少年を思い出した。

――アルダーヴァルはあの名前にこだわっているようだったが、友人の名だったのか。

それに、リーンの皇宮で彼に廃帝の庭のことを言ったとき、どこか様子が変だった。

有翼人はアルダーヴァルに頷《うなず》いた。

「ああ、彼の名は確かに刻まれている。それに百年ほど前だったか、有翼獅子キルデールは従神者とともにこの庭に来て、従神者に帝王の剣で殺された」

――何だって！

ルスランが神紋に感応して観た夢。深手を負って斃《たお》れた有翼獅子を前に、アルダーヴアルが涙を流す夢。あの夢は現実にあったことだったのか——。

「あいつは忠実で穏やかで、いい奴だった。俺とは性格が正反対だったが不思議と気は合ったんで、谷で一緒に過ごしていた」

アルダーヴァルはどこか昔を懐かしむような眼をしていた。

「ふっ、お前には信じられねえだろうが、その時分は俺も神の名を口にし、祈っていたこともあるのさ。まあ、半分以上はキルデールの影響だがな。そのうち、彼のほうが先に召喚されたんで、離れ離れになっちまったが、翼を持つ者には世界は狭い。だから、いつかまた会えるかもしれないと思っていた」

「でも、そうはならなかった——会えなかったのか？」

「生きているうちはな」

アルダーヴァルはルスランの問いに頷くとともに、切なげな眼差《まなざ》しを剣に向けた。

「キルデールはいい奴だったが、神獣としては力も弱く、何より優しすぎた。甘ちゃんなんだよ。それでも平時の——どこかの平和な小国か、辺境の従神者の神獣としてのんびり暮らすなら問題なかったかもしれないな。でもあいつの召喚先は、よりによってヒラリア帝国だった」

「ああ、昔あったという南方の軍事大国の——今は滅んでしまったけど」

ルスランには、話の行きつく先がおぼろげながら見えて来た。

「あいつの従神者は、自分の神獣に不満だった。キルデールは従神者にけなげに仕え、忠誠を尽くしていたのに。ちょうどヒラリアが勢力拡大を狙って周辺諸国に対し、神獣まで動員して盛んに戦いをしかけていたころだ。キルデールは良い戦果を出せず、従神者の野郎はより強い従神者を望んで、あいつを廃帝の庭で殺しやがった。俺は夢の中で、あいつの死を知った」

——そうか、友人が帝王の剣に斬られる光景をアルダーヴァルは夢で「観た」んだな。

その記憶に僕の神紋が感応して、夢を見せたのか。

ルスランは夢の謎解きが出来たが、なおも気になることがあった。

「なぜ忠実なキルデールは、絆を断ち切る廃帝の庭に行くことに同意したんだろう？」

「愚かなほどに忠実だからだよ。そうだ、あいつはそういう奴だ」

アルダーヴァルは吐き捨てた。

「お人よしで、弱くて優しくて……従神者のためなら絆を断ち切って身を引こうと考えても不思議はない。あのゲス野郎は、あいつの愛と忠誠を受けるに値しないのにな！」

彼の感情の波にルスランも押し流され、胸が締め付けられた。

「アルダーヴァル……もう一度訊《き》く。全てを知っていて廃帝の庭まで僕と一緒に来た本当の理由は？」

アルダーヴァルは、ふうっと息をついた。

「キルデールの死後、俺は神を信じられなくなり、神の名を口にすることもやめた。俺は誰に召喚されるのか興味を失い、残されたものは虚無だけだった。そうやって百年が経ち、やっと召喚されたと思ったら、翌日にはもう王子さまもろとも追放だ。しかもその王子さまは、よりによって、あいつの死んだ廃帝の庭に行くと俺に宣言しやがった」

「そ、それは……」

ルスランは、アルダーヴァルに対して済まない気持ちが募ってきたが、相手は自分の心を見透かしたように、にやりと笑った。

「同情や罪悪感はご無用に願いたいね。とにかく、お前が廃帝の庭行きを宣言した日から、これが自分の運命ならば、生きても死んでもどちらでもかまわないと思ったわけだ。お前が真剣に俺の消滅を望むならば、命くらいくれてやると。あいつみたいにな」

「アルダーヴァル、そんな気持ちで僕とずっと旅を……」

ルスランは、何だか泣きたくなってきた。

「まあ、最初は投げやりというか、半ば虚無的な気持ちで決心したことも事実だ。だが、旅していくうちに分かったことが一つ――お前は頼りないお坊ちゃんだが、根性と誠実さはあるようだ。国に帰ればいずれ良き王になるかもしれない。だから、お前を自由にしてやるよ。全てをお前の望み通りにしていい」

アルダーヴァルは空を見上げ、声を立てて笑った。

「結局は、俺もお前と同じ甘ちゃんだったよ、キルデール。きっと呆《あき》れてやがるだろう。だが、今すぐそっちに行くから、文句を言うのはちょっと待っていてくれ」

そして彼はこの上なく優しい表情で、ルスランに向かって両手を広げてみせた。

「ただの一突きで終わるから、狙いを外すなよ。俺の心臓はここだ」

――ああ、お前は何という神獣なんだ！

アルダーヴァルと同じく、ルスランも天空を仰ぎ見た。胸に去来するのはこれまでの旅、アルダーヴァルと寝食を共にした日々。初めてその背中に乗ったときの散々な記憶、シュエリーを助けての初陣。黒い嵐の吹きすさぶなか捜しに来て、翼の下に庇《かば》ってくれたこと。バールスタンで領主を懲らしめたときの強さ。廃帝の庭の門で、魔物の最期を見守っていたときの眼差し――。

――そうだ。アルダーヴァルは憎まれ口を叩《たた》いていても、いざとなれば僕を守ってくれたし、多分、僕に人殺しをさせないように戦っていた。それに、彼の言葉にいつも嘘偽りはなかったんだ。

ルスランの持つ「帝王の剣」の先が、一度ぐいっと水平にまで上がり、アルダーヴァルの心臓に向いた。だが、ルスランが弱々しく頭を横に振るとともに、宝剣はガランと音を立てて地面に転がった。

「駄目だ、やっぱり僕には殺せない。彼との絆《きずな》を斬ることはできない……僕は、もっと早くに気づくべきだった。いや、とっくに気づいていたのに、それから目を背けていた」

頭を激しく振るルスランに、有翼人はふっと息をついた。

「王子、帝王の剣をそなたは使わぬのか？　それがそなたの答えか？」

「……はい」

――これでいい。カルジャスタンへの帰還よりも、僕はアルダーヴァルを選ぶ。ああ、この選択が手遅れでありませんように！

「ルスラン、それでいいのかよ？　後悔しても遅いぜ？」

こみあげる涙をこらえながら頷くルスランを、アルダーヴァルは半ば呆れたような、半ば納得したような表情で眺めた。

有翼人は、微笑はそのままに目を見開いた。

「念のため瑠璃《るり》竜にも問おう。その剣は、そなたも振るう資格を持っているが」

「冗談じゃねえ、こんな泣き虫坊ちゃんをブッスリできるかよ。俺の繊細な心を何だと思っているんだ？　夜眠れなくなっちまう」

「アルダーヴァル……」

ルスランは言葉を詰まらせた。言い方こそ乱暴だが、そこには彼の本心が宿っているように思え、胸に温かいものがこみあげて来る。

「そうか……」

その瞬間、有翼人がふわりと両の翼を広げた。その顔から貼りついていた笑みが消え、緑色も鮮やかだった羽根は漆黒に変色していく。それまで上空を覆っていた雲は、いまや暗黒の渦を巻き始め、生暖かく嫌な感触のする風が、草花を揺らした。

「あっ……！」

ルスランは息を吞《の》んだ。爛漫《らんまん》と咲き誇っていた薔薇《ばら》が枯れていき、林檎《りんご》の実は枝についたそのままの状態で腐敗し、異臭を放ち始める。

「カルジャスタンの王子ルスランと瑠璃竜アルダーヴァル、忌まわしき客人よ。帝王の剣をその手にしながら、決心を翻すとは。廃帝の剣を軽々しく扱った罪は重いぞ」

有翼人の顔面も変異を遂げていた。口は耳元まで裂け、目も吊《つ》り上がっている。

「我が君《わがきみ》の名にかけた裁きを受けるが良い！」

絶叫とともに、渦巻く暗黒の雲からルスランとアルダーヴァルに向けて、凄《すさ》まじい閃《せん》光《こう》が迸《ほとばし》った。

「わあ――！」

「くっ……」

二人はとっさに相手を庇い、互いに固く抱き合って地面に崩れ落ちた。轟音《ごうおん》とともに、一直線に落ちた雷霆《らいてい》が二人の身体を打ち据え、一瞬で火柱を立てた。

二

「ん……」

どれほどの時間が経ったのか、仰《あお》向《む》けに倒れていたルスランは目をうっすらと開けた。視界に入ってくるものは、抜けるような青空。耳に入ってくるものは、鳥の高い歌声。

――ここは？　天国？　それとも……。

「あっ……!」

身体を動かそうとして、全身に走る痛みに歯を食いしばりながら、彼は地面に肘《ひじ》をつき上半身を起こした。傍らには、アルダーヴァルがやはりうつ伏せになって倒れていた。

「アルダーヴァル……」

生きているのか、死んでいるのか。ルスランがこわごわ手を鼻の下に差し入れてみると、呼吸が確認できた。

——良かった、生きている。

ふと相手の耳元に、きらりと光るものを見つけた。瑠璃色の髪に挟みこまれていた、銀の髪飾り。

——タマラがアルダーヴァルにあげたものだっけ。

だが、手を差し伸べてそれに触れようとしたとたん、壊れて破片が地面に散った。

——僕たち、死んでもおかしくなかったのに。

「いや。そなたたちは確かに死んでいるはずだったのだ」

声のする方を振り返ると、有翼人が微笑みを浮かべていた。すでにその容貌《ようぼう》も翼も元に戻っている。

「互いに庇わなければ、そなたたちは死んでいた」

「そうですか……」

ようやくアルダーヴァルが目を覚まし、身体を半回転させて仰向けになった。

「……ルスラン？　お前、くたばったんじゃなかったのか？　それとも今度こそ俺たちはあの世に来たのか？」

自分を見上げる相棒の表情がぽかんとして見えて、ルスランは思わずくすりと笑ってしまった。

「痛《いて》えなあ……」

ぶつぶつ言いながら起き上がったアルダーヴァルは、地面に落ちている髪飾りの破片に気が付き、拾い上げて目を細めた。

「あのガキ……タマラが俺を庇ったのか。借りを作っちまったな」

「僕も、お前を庇ったんですけど」

「それはお互いさまだろ？」

ルスランの控え目な抗議にアルダーヴァルはにやりとしたが、次の瞬間表情を一変させて有翼人を睨《にら》みすえると、赤い瞳をぎらつかせた。

「おい、ぺかぺかに着飾った緑塗《まみ》れの害鳥！　チェンシーといいお前といい、鳥類にはろくなのがいやしねえ。よくも俺たちをこんな目に遭わせやがったな。もう二度と誰も絆を断ち切るなんてことができねえように、俺がこの忌々《いまいま》しい庭をぶっ壊してやる」

「アルダーヴァル……！」

ルスランは必死で相手の袖《そで》を引っ張った。せっかく命が助かったのに、再びこの庭園の番人を怒らせたら、何が起こるか分からない。しかし、その心配は杞憂《きゆう》だった。

「ふふふ、命拾いをしたら途端に威勢が良くなったな、瑠璃竜。だが、廃帝の稲妻さえはねのけるとは……さすが『稲妻を従える者』という名を持つだけある」

――ああ、名前がすでに予言していたのか、アルダーヴァルの運命を。

「この庭を破壊するには、そなたの力では足りぬ。それに、すでにそなたたちの運命は、廃帝の庭の届かぬところに置かれた。我らとそなたたち、互いにできることはもうない。去るが良い」

二人をその場に残して、有翼人は背中を向けた。

「私はまた次の客人を待とう。何十年、何百年後か……鳥と歌い、花と語らいながら」

「あ、あの……」

ルスランは歩み去る有翼人に、背後から声をかけた。

「あなたは今までたった一人でここに？　これからもずっと？」

銀の扉に手をかけた有翼人は振り返り、かすかに頷《うなず》いた。その中性的な顔に、一抹の寂しさが浮かんだ。

「そう。この庭が滅ぶまでずっと……」

そして、宮殿の扉は閉ざされた。

有翼人が去った後、廃帝の庭に二人は取り残された。しんと静まり返り、今は鳥の声も聞こえない。

「……帰れ、だって。これからどうしよう」

ルスランが気の抜けた態《てい》で呟《つぶや》いた。身体の痛みは段々治まってきたが、心はまだ落ち着かない。

「来た方向に戻ればいいだろ？　それにしてもお前、絆《きずな》を断てる機会だったのにそれをふいにしちまって。これから身体が朽ち果てるまで、流浪の人生かもしれねえぞ」

「かまわない。僕とお前は堕落せず、きっと神から授かった命を全《まっと》うできるよ」

確信をもって言い切るルスランを、アルダーヴァルは横目で見た。

「お前が覚悟できているなら、それでいいが。あの番人の気が変わらねえうちに、さっさとずらかろうぜ」

二人は林檎の木から自分の荷を取った。ルスランは中身を点検し、母の細密画が無事であることを確かめ、ほっとする。

アルダーヴァルはルスランの先に立って歩き出したが、二、三歩も行かないうちに立ち止まった。

「おい、どうした……？」

ルスランが追い付いて顔を覗《のぞ》き込んだが、アルダーヴァルはルスランに振り向きもせず、遠く虚空を見つめたままだ。

「……『来る』」

アルダーヴァルの赤い瞳《ひとみ》は最大限に見開かれたまま、凍りついたかのように動かない。

『カルジャスタンを不吉な雲が取り巻いている。裏切り者によって、ドルジュ・カジャールの上に暗闇が降りて来る』」

ルスランは今まで緊張続きだったところに、相手の突拍子もない発言を聞いて、恐れるよりも思わず笑ってしまった。

「何をいきなり、わけの分からないことを言い出しているんだ」

だが、やっと振り向いたアルダーヴァルの表情に、ルスランは言葉を失ってしまった。彼は、今まで見たことがないほど緊迫した顔をしていた。

「おい、お前の大事なカルジャスタンに、国がひっくり返るような危機が迫っているぞ」

「なっ……」

ルスランは絶句した。

「なぜ……なぜ分かる？」

「分かるから分かるとしか言えねえよ、そんなの。お前は信じられないかもしれねえが」

アルダーヴァル自身も上手《うま》く説明できないのか、苛立《いらだ》った様子である。

だが、ルスランは学び舎《や》の記録を思い出した。それによれば、カルジャスタンに召喚された瑠璃《るり》竜は、いずれも強い予知能力を持っていた。また、アルダーヴァル自身、タマラたちが遭難したときもその方角を予知していた。

「うん、確かにお前の言っていることは本当かもしれない。僕は信じる……」

言葉を途切れさせたルスランは、額の神紋が温かくなっているのに気が付いた。

「何かが見える……」

アルダーヴァルの神紋から光が出て、自分の神紋とつながって幻影を映し出している。東の神殿で経験したあの夢と同じことが起こっているのだ。

——あ、あれは？

ルスランは目を凝らした。おぼろげに浮かび上がってくるのは、どこか大きな建物の中。

高い天井と列柱、床に敷きつめられた華麗な紋様の絨毯《じゅうたん》。壁際に置かれた数十もの酒樽《さかだる》。中央にはご馳走《ちそう》が並べられた低い机と、周囲には着飾った人々。彼は、その部屋に見覚えがあった。

「大広間……？　ドルジュ・カジャールの王宮の」

それは紛れもなく、懐かしい王宮の大広間だった。さらに目の前の画像は鮮明になり、廷臣たちが輪になって何かを取り囲んでいるのが見えた。

「おい、何だあれ」

同じ幻影を見ているのだろう、アルダーヴァルが指さした人の輪の中心にあるもの。それを目にして、ルスランはひゅっと息を呑《の》みこんだ。

「父上……？」

中心には、父王ハジャール・マジャールがいた。しかも玉座の前の床に倒れ込んだ形で、投げ出された右手の近くには、銀の杯が転がっている。

「おい、本当にえらいことになっているんじゃないか？　お前の国」

アルダーヴァルに問いかけられたルスランは、さらにもう一つの画像を幻視した。

――あっ。

だが、一瞬でそれは消えてしまった。

「今の、見た？　父上のではなく、別の幻影が……」

「何のことだ？　俺には何も見えなかったぞ」

アルダーヴァルも、ルスランの観たもう一つの幻影には気がつかなかったようである。

――今のは何だ？　僕しか見ていない。だけど、あれは果たして本当なのか？

ルスランは見たものをにわかに信じかねたが、彼の意識を引き戻したのは、アルダーヴァルの苛《いら》ついた声だった。

「おい、ぼやっとしているんじゃねえぞ。俺が口にしたことと神紋が見せたもの、これらが事実ならカルジャスタンは……」

「大変なことになる。こうしてはいられない、すぐ帰らなきゃ！」

「気持ちは分かるが、お前も俺もカルジャスタンから追放された身だろ？　帰っても反逆罪に問われるだけかもな。下手すりゃ首が飛ぶぞ」

「うっ……」

アルダーヴァルの冷静な指摘に、ルスランは言葉を詰まらせた。だが、ぐずぐずしている暇はない。

「たとえ反逆者になっても、命を失ってもいい。僕はカルジャスタンの王子として帰り、王宮の危機を救いたい。ただ、僕が処刑されたらお前の命も失われてしまうが」

アルダーヴァルはため息をついた。

「何を今更……、ここまで来れば、お前とは絆というより腐れ縁だな。俺がお前を乗せて、カルジャスタンに飛べばいいんだろ？」

思いがけない申し出に、ルスランは目をみはった。

「背中に乗せてくれるのか？」

「ふん、もう乗せねえ理由もなくなったからな。そら、さっさとしろ」

瑠璃竜に変身したアルダーヴァルは身を低くし、頭を差し伸べてきた。

「ありがとう、アル！……あっ、ごめん」

ルスランは口を押さえた。以前、彼を「アル」と呼んで嫌がられたことを思い出したのだ。だが、アルダーヴァルは肩をすくめただけだった。

「アルでもアルダーヴァルでも、パルファーブルの厄介者でも、とにかく好きに呼びな」

「うん、じゃあ、僕のことも『ルス』でいいよ」

「まったく、このクソ忙しい時に名前の呼び方なんざどうでもいいだろ、早く帰ろうぜ」

ルスランは笑顔で相棒によじ登り、その背を軽く叩《たた》いた。それを合図に瑠璃竜は上昇し、空を駆ける。見下ろすルスランの視界の中で、廃帝の庭がどんどん小さくなっていくが、大して高度も上げないうちにふっと庭自体が消えてなくなった。

——あの庭は再び隠されて、翼の者が言うように、またいつの日かやって来るかもしれない来訪者を待つのだろうか。

ルスランは、それは自分たちで最後となるよう願った。

三

時に雲海を下に見て、時に切り立った谷の間を縫うようにしながら、アルダーヴァルは東に向かって飛び続けた。ちょうど真昼で、太陽が照りつけ身を焦がされそうだが、予知と幻影の光景が本当になるなら、それを気にしていられないほど事は一刻を争う。

「カルジャスタンはこの方角で合っているのか？　アル」

「神獣の力を舐《な》めんなよ。方角くらい目をつぶっていても分かるさ」

瑠璃竜は頭を一度大きく振って、前方のオアシス都市を示した。

「そら、ジャーシールの街だ。俺たちが黒い嵐に遭ったところだよ」

ルスランは身を乗り出した。働かせてもらったバルフスの隊商宿も見えたが、一瞬で街並みは後ろに流れ去った。それほど、本気を出したアルダーヴァルの翼の力は強かった。地を這《は》うようにして長い旅をした、その距離も神獣に乗ればあっという間だ。

——初めからアルダーヴァルに乗って旅ができたら……ううん、そうでなかったからこそ、できたことも沢山あるし、出会えた人たちもいるんだ。

カミシュカ高原を抜け、ハーラ山脈の手前に広がる草原地帯に入った。遊牧民が家畜を引きつれ、移動していくのが見える。山脈の山肌には森林が生い茂り、野生のヤギたちが灰色の断崖《だんがい》を昇り降りしている。

「もうそろそろカルジャスタンだよね？」

「ああ、お前が夢にまで見た故郷だ」

ハーラ山脈から遠ざかると森林はまばらになり、とうとうカルジャスタンのサマル地方に入った。

——そういえば、サマル地方が不穏だと聞いていたけど、大丈夫なのだろうか？

スズダリ妃の故郷でもあり、叔父《おじ》ジャハン・ナーウェが王の代理で統治している地域。だが旅の途中で、この地方の道々の情勢が落ち着かず検問が厳しくなっていること、通貨の改悪が起こっていることなどを聞いた。

ルスランはそれらを思い出し、かすかな胸騒ぎを感じていた。

サマル地方からまっすぐ交易路の上を飛び、途中のオアシス都市を次々と越えていく。あと少しで、ドルジュ・カジャールの直轄地に入れるはずだ。

「ん？　あれは何だ？」

アルダーヴァルが地平線の方を見やって眉《まゆ》を寄せた。

「ルス、何か様子がおかしいぜ」

彼の言葉に応《こた》えてルスランが目を凝らすと、遠くに防衛用の城塞《じょうさい》が見えた。

「アル、もう少し低く飛んでくれないか？」

瑠璃竜《るり》は「ああ」と素直に命令を聞き、高度を下げた。

交易路沿いの城塞は壁に囲まれ、のろし台と兵舎が附属している。周囲に人家はない。

「あっ……！」

ルスランとアルダーヴァルは同時に声を上げた。城塞の中庭や、のろし台を取り巻く階段の上に、兵士が数人倒れている。

ルスランが命じる前に、瑠璃竜は急降下した。

「わっ！」

ルスランは姿勢を崩しかけたが、何とか振り落とされずに済んだ。着陸したアルダーヴァルの背から飛び降り、倒れている兵士に駆け寄った。彼は鎧《よろい》をつけて剣を握っているが、すでに息をしていない。

「死んでいる……」

思わず後ずさったが、はっとして中庭にある他の兵士の身体も見て回り、いずれも事切れていることを確認した。

――何だ？　何が起こったんだ？

ルスランは自分の心臓が早鐘を打っているのが分かった。

「おい、こっちの人間はまだ息があるぞ」

顔を上げると、人型に変わって兵士を抱き起こしたアルダーヴァルが、のろし台の階段から見下ろしている。ルスランは階段を駆け上がり、二人の傍らに片膝《かたひざ》をついた。

兵士はうっすら目を開けて、ルスランを見上げた。

「怖がらなくていい、僕たちは敵じゃない。ルスラン王子と神獣アルダーヴァルだ」

兵士ははっと驚いた様子で、ルスランの腕を摑《つか》んだ。

「ルスラン王子さま？……私たちは、突然襲われたのです。今日の……夜明け前でした。戦ったのですが、多勢に無勢で……」

「一体誰に？　そいつらはどこから……！」

兵士は西の方角を指さして何かを言おうとしたが、大量の血を吐いてしまった。

「西？　サマル地方からか？」

――サマル地方は後から服属した地域。まさか？

「反乱か？　襲ったのはサマル人か？」

だが兵士は首を横に振り、最後に何かを言いかけたが、そこまでだった。

「……さま」

兵士の手が、ずるりと落ちる。ルスランは瞑目《めいもく》して天を仰いだ。アルダーヴァルは兵士を抱き上げて階段を下り、兵舎の中の床に横たえた。

「こいつらには悪いが、先を急ぐからな」

「そうだね。ひとまず遺体をみな兵舎に収容して、ドルジュ・カジャールに着いたら王宮から人を派遣してもらおう」

アルダーヴァルは厳しい顔つきで、兵士の遺体を見下ろした。

「その王宮が俺たちを信じてくれりゃいいが。嫌な予感がどんどん大きくなっていく」

再びアルダーヴァルの背に乗って空を行き、ついに懐かしいドルジュ・カジャールの西の城門が見えてきたが、ルスランにはもはや感慨にふける余裕はなかった。

「アル、このまま王宮に行くのか？　都の門の手前で降りないと目立つんじゃないか？」

「俺たちは追放された身だ。空から王宮に降りたら目立って面倒なことになるが、紳士的に門から歩いて訪ねても、きっと入れてくれねえ。結局は王宮に入るときは空中から強行突破する羽目になる。だから、このまま行くぞ」

荒っぽい手段は取りたくなかったが、ここは相棒の言う通りだった。城門の上で、衛兵が槍《やり》を振り回しながら何かを叫んでいる。

「気づかれた！　急がなきゃ」

だが、街に入って見えて来たものに、ルスランは拍子抜けした。

意外にも都は城塞の惨状から予想された危機は見られず、そこはまさにお祭り騒ぎといった様子である。主要な建物、門、道々に至るまで飾り付けられ、盛装した人々が街に繰り出していた。臨時の屋台が出て、音楽がそこかしこで奏でられ、踊りの輪がいつにもまして沢山出来ている。

「あれ？　今日は何かあるのかな？　こんなに賑《にぎ》やかだなんて」

あちらこちらで人々が杯をかかげ、笑い声が絶えない。

「ハジャール・マジャールさま万歳！」

「王さまの即位二十周年を祝って！」

――父上の即位二十周年？　そうか、それでお祭りになっていたのか。

ルスランは、廃帝の庭で見た幻影を思い出した。大広間で衆人のなか、口から血を流している父王と、傍らに転がる杯。きっと、王宮では祝宴が行われているに違いない。

――ああ、間に合ってくれ！

「アル、王宮で一番大きな中庭へ！　大広間にはそこから入れる！」

「中庭か！」

街のそこかしこから、兵士たちがばらばらと王宮めがけて集まってきているのが見える。おそらく、自分たちを追ってきたのだろう。

ついに王宮の門が見えた。しかし、宮門の上からは、射手たちがこちらをめがけて次々と矢を放った。

「敵襲――！」

――敵だって？　僕たちが？

「アル、気を付けて！　弓矢が……」

「ルス、頭を低くしろ！」

ルスランはとっさに身を伏せたが、右肩を矢がかすった。

門を突破し、半ば墜落同然に中庭に舞い降りる。密集した兵士たちが槍を手に向かってきた。神獣も三頭ほど身構えている。ルスランは彼らを見据え、大声を出した。

「止まれ！　そなたたちは従神者と神獣に刃《やいば》を向けるのか！」

兵士たちはびくりとし、動きが止まる。

「我はルスラン・アジール・カルジャーニー！　委細を話す暇はない、通るぞ！」

「王子……」

「ルスラン王子さま……」

兵士たちの間に動揺が広がっていくのが手に取るように分かった。

「あなたは追放された身だ！　従神者とはいえ禁を破るなど許されませんぞ！」

隊長らしき男が、三日月刀を振り回しながら叫んだ。

「狼藉《ろうぜき》者を捕らえよ、逃がすな！」

ルスランは人型に戻ったアルダーヴァルと一緒に回廊を走り、大広間の扉に行きついた。中からは、ウードやハープの華麗な楽の音《ね》とともに、人々のざわめきが漏れてくる。

アルダーヴァルが衛兵たちを弾《はじ》き飛ばしたその隙に、ルスランは大広間に駆け込んだ。

高い天井の下、音楽がぷつりと途切れて話し声もやむ。群舞を披露していた踊り子たちも戸惑いとともに動きを止める。壇上の玉座に座すハジャール・マジャール王や、二つの杯の置かれた小卓を隔てて隣に座るスズダリ王妃とカイラーン王子。一段下がった場所にいる王弟ジャハン・ナーウェなどの王族。その背後に控えるオルラルネ以下人型の神獣たち。壇の下に陣取る多数の廷臣。彼らは揃って闖入者《ちんにゅう》たちを凝視していた。

——父上。良かった、生きておいでだ。僕たちは間に合ったのか？

「おお、王子さまだ……」

「……ルスラン王子？」

「帰ってきたのか？　なぜ？」

人々が騒ぎ出すなかで、ルスランは「兄上？」という呟《つぶや》きを耳に拾った。スズダリ妃の隣のカイラーン王子が、驚きと喜びを顔に表していた。

椅子から立ち上がったジャハン・ナーウェは「ルスラン、生きていたとは……」と呟き、宰相ジャルデスティーニは、手にした杯を取り落としそうになっている。

ルスランは、アルダーヴァルとともに王の御前に進み出て、ともに跪《ひざまず》いた。

人々の動揺をよそに、父王ハジャール・マジャールはいつもの厳《いか》めしい顔つきと、平静な態度を崩さない。ルスランは深呼吸をして、父の視線を真正面から受け止めた。

「私は追放処分を受けた身ではありますが、王にどうしてもお伝えしたいことがあって、アルダーヴァルとともに帰ってまいりました」

そう一息に言うと、深々と頭を下げた。傲岸不遜《ごうがんふそん》なアルダーヴァルも、ここはルスランに倣って敬礼する。

「王よ、どうか私の話をお聞きください。もしお聞きいただければ、再びアルダーヴァルとともに追放されようともかまいません」

そこへ割って入ったジャルデスティーニが、ルスランたちを指さして叫んだ。

「ルスラン・アジール・カルジャーニーは、王命によって王子の称号を剝奪《はくだつ》、追放の処分とされたのに、災いを呼ぶ瑠璃《るり》竜を連れて舞い戻り、今さら何の話があろうというのか！　王命に背くのであれば、再度の追放などでは済まされぬ！」

ルスランは反駁《はんばく》しようと立ち上がったが、それより先に声を上げたのはアルダーヴァルだった。

「おいおい、そこのカラスみたいな黒ずくめのおっさん。お前は王さまじゃねえよな？　何で出しゃばっているんだ？　今はルスランと親父さんが話す時だぜ？」

「黙れ！　災いを呼ぶ瑠璃竜が何を抜かす！」

アルダーヴァルは嘲笑《ちょうしょう》を浮かべた。

「俺の名前は災いを呼ぶ瑠璃竜じゃなくて、アルダーヴァルっていうんだ。意味は『稲妻を従える者』だ、強そうでいい名前だろ？　いい加減覚えてくれよ」

「こ、この……！　そうか、分かったぞ」

ジャルデスティーニは、ルスランに攻撃の矛先を戻した。

「あなたが禁を犯して戻ってきたのは、まさかこの瑠璃竜と共謀して王位を狙っているからでは？」

「そんな……違います！　まずはどうか私たちの話をお聞きください。そうすれば、理由はお分かりいただけるはず」

ルスランは懸命に声を張り上げ、ジャルデスティーニは反駁しようと口を開く。

「皆の者、黙れ！」

突如、玉座の王から大音声が発せられた。一同は雷に打たれたようにびくりとし、揃って跪いて恭順の意を示す。

「ルスランとアルダーヴァルを拘束せよ」

四

「そんな、お待ちください王よ……！」

「おい、正気か？　親父さん。俺たち、お前らを救うために来てやったんだぞ！」

冷酷な王命にルスランは愕然《がくぜん》とし、アルダーヴァルは紅《くれない》の瞳《ひとみ》を怒りに燃え上がらせた。

「落ち着け、余の命令に背いたのは事実ゆえ、まず拘束を受けよ。話を聞くのはそれからだ」

王は峻厳《しゅんげん》さを両眼にたたえて、再度命令を発した。

ルスランとアルダーヴァルは荷袋を奪われ、縄で後ろ手に縛られた屈辱的な姿勢で、玉座の前に立たされた。ジャルデスティーニは王に何ごとかを囁《ささや》いている。

――あいつ、父上に僕たちを信用するなとか何とか、勝手なことを吹き込んでいるな。

「ルスラン、申せ」

父王に命じられて、「はい」と答えた息子は、緊張のあまり唇を舐《な》めた。

——どうか、父上や皆が僕たちを信じてくれますように。

「では、王に申し上げます。まずは、王の在位二十周年を息子として心よりお祝いいたしますが、一方で、不穏な動きもあります」

「不穏な動きだと……？」

「このめでたい席に、不吉なことを」

大広間の空気が揺れ、人々が顔をしかめながらひそひそと私語を交わしている。

「私と神獣アルダーヴァルはここに来る途中、都からさほど遠くない城塞《じょうさい》で兵士たちが殺されているのを目にしました。その城塞に関する報告は都に入っていますか？」

「殺されていただと！　一体何者にだ」

「何ということだ！　隣国からの侵略だとしたら、とんでもないことだぞ！」

列席者たちが口々に叫び出す一方、王は動揺こそ見せなかったが、玉座のひじ掛けを握りしめていた。ジャルデスティーニはルスランを睨《にら》みつけた。

「平然と報告しておきながら、その実あなた方の仕業ということもあり得ますな？」

「宰相、疑う気持ちは分かるが、私たちには兵を殺す理由がない」

「だが、もしあなた方が謀反人であるならば、理由はある。立派な理由が」

「謀反」というただならぬ言葉の響きに、大広間は動揺を一層激しくする。

「では果たして私たちの仕業か、話を聞き終えてから判断するがいい」

――彼の挑発に乗っては駄目だ。

ルスランは気持ちを静めるため右の拳《こぶし》を握りしめ、呼吸を整えた。

「さて、ここに参集する皆さんが知っての通り、私は災厄を招くとされる瑠璃竜を召喚したために、王子の称号を剝奪のうえ追放されました。ですが当てもない旅のなかで、そもそも瑠璃竜がなぜそう呼ばれているのか、それはカルジャスタンだけのことなのかが気になり、調べることにしました」

ルスランは、息を継いだ。

「私たちはリーン帝国の書楼で、『カルジャスタン年代記』をはじめとする記録を調べました。カルジャスタンでは、瑠璃竜は災いを呼ぶとされているがゆえに記録も残らず、神獣舎の王名表にも載っていない。ですが、リーンでは『カルジャスタン年代記』の違う記述が残っていました。瑠璃竜の代に三度、いずれも国が滅びに瀕《ひん》したと」

「聞いたか、やはり瑠璃竜は災いを招く存在ではないか！　それをわざわざ言いにカルジャスタンに戻って来られたのか？」

ジャルデスティーニは嘴《くちばし》を挟んできたが、アルダーヴァルが威嚇しようとする前に、王に睨まれて黙り込んだ。

「そして西の『学び舎《や》』では、賢者たちの伝承してきたより古い『カルジャスタン年代記』から以下の事実を得ました。すなわち、歴代の瑠璃竜が強い予知の力を持っていたが、時の王や宮廷がそれに耳を傾けず悪政を敷いたため、国が傾いたと」

大広間は、またもざわめきに包まれた。

「その記録は、本物なのか？」

「王子の話が正しいとすれば、悪いのは当時の王や廷臣たちということになってしまう」

ここで、ハジャール・マジャール王が口を開いた。

「そなたの説明を裏付ける証拠は持っているか？　あるならば示してみよ」

ルスランは、少し離れたところに立っている自分の荷を持つ兵士に顔を向けた。

「私の荷袋の中に、リーンの書楼と学び舎で書き取った写しがあります」

兵士が荷袋を検《あらた》め、中から紙の束を取り出して王に差し出した。王は真剣な眼差《まなざ》しで一枚ずつ目を通していく。

「確かにそなたの字だが、この記録が正しいものだという証拠もないな？」

「ええ。私は神に誓って偽造してはいませんが、疑われても潔白を証明できない」

ルスランがあっさりと認めたので、父王は片眉《かたまゆ》を上げた。

「では、なぜこの不完全な証拠をもってカルジャスタンに戻ってきた？」

「それは――」

ルスランは、傍らのアルダーヴァルを見つめた。その時間がやや長かったので、「何だよ？」と相棒は鼻に皺《しわ》を寄せた。

「――それは、これから言うことを伝えたかったからです。我が国に伝わる瑠璃竜の伝説は真実ではありません。なぜならば、アルダーヴァルは何度も私を助けてくれたからです。堕落した従神者の手から、黒い嵐から、そして廃帝の怒りの稲妻から。私は旅の途中で、従神者と神獣の絆《きずな》を断ち切り、召喚される神獣の選び直しをする手段を得ました。そうすれば、王子として大手を振って帰れると考えたからです。でも、それを使うことはしなかった。彼は決して災厄をもたらす神獣ではなく、私は自分の思い上がりと間違いを知るとともに、彼が真心と誠実さを持つ者であると分かったからです」

アルダーヴァルは、黙って紅玉《ルビー》色の瞳を揺らめかせている。

「そのうえ、彼はカルジャスタンに危険が迫っていると予知し、私に警告してくれました。だから、戻ってきたのです」

「それも、何も明白な証拠はないな?」

「はい。それも証明するものは、ただ私の良心と、アルダーヴァルの誠実さだけです」

「おやおや、それを言うためだけに戻って来られたのか！　ルスラン王子の申し立てなど、何一つ信じられるものはない！」

ジャルデスティーニの言葉に、アルダーヴァルはいきり立った。

「てめぇ、このカラス野郎、黙ってりゃ言いたい放題言いやがって……」

彼の唸《うな》り声にまぎれて、廷臣や王族たちの声が、ルスランの耳にも届いてくる。

「そなた、どう思う？」

「いや、いまいち信じられないな。王子の言っていることは……」

「やはり確たる証拠がないのでは……」

——予想していたとはいえ、反応は良くないな。

人々の言葉は自分たちへの懐疑に満ちていたが、ルスランはこれ以上、皆を説得する材料も説明も見いだせなかった。あと自分の手に残されたものは——。

「私が持つのは、真実の心のみ。もし将来の王位かアルダーヴァルかを選ばなくてはならないなら、自分は迷わず彼を選び、追放や処刑を受け入れます」

ルスランは言い切り、辺りをぐるりと見回した。

「アルダーヴァルは神獣でありながら、神に祈ったりその御名《みな》を称《とな》えたりはしませんが、神に背くことは何一つしていない。神を称《たた》えたその口で嘘偽りを言い、神への捧《ささ》げものを持つその手で悪事を働く輩《やから》より、よほど神に近しい者《の》だ」

彼の言葉に大広間はしんとなり、その静かな気迫に呑まれたのか、ジャルデスティーニも「む……」と言葉を詰まらせた。

「兄上、どうなさいます？」

ジャハン・ナーウェの問いかけにも答えず、王は苦々しい表情で銀の酒杯をあおった。

その瞬間、アルダーヴァルの眼が赤く光った。

「おい、それを飲むな……！」

彼は言いざま、手を縛られたままで壇上に跳躍し、閃光《せんこう》のような素早さで王の右手に回し蹴《げ》りを喰《く》らわせた。

「なっ……」

さすがの王も叫び声を上げ、とっさに蹴られた右手首を左手で押さえた。酒杯が吹っ飛んで床に転がる。ちょうど物陰から一匹のネズミが現れ、それに近づいていった。

「何をする！」

「王への乱暴狼藉《ろうぜき》だ！」

アルダーヴァルは王の背後にいた白銀竜オルラルネに飛びかかられ、共に倒れ込んだ。

「アル！」

叫んだルスランも、兵士たちに取り押さえられた。

「宮廷に対する度重なる侮辱ばかりか、王への乱暴狼藉！　これは王子といえども言い逃れは出来ませぬぞ！　二人を牢《ろう》に……」

青筋を立てて言い募るジャルデスティーニの背後で、「ゴボッ」という異音が聞こえた。彼が眉をひそめて振り返ると、王の口の端から一筋の鮮血が流れている。その身体が床に崩れ落ちると同時に、床に落ちた銀の杯に首を突っ込んでいたネズミが、痙攣《けいれん》を起こしてひっくり返った。

――父上！

五

「王――！」

「王さま！　ハジャール・マジャールさま！」

「毒だ！　王さまの酒杯に毒が……」

大広間は恐怖と怒号に満ち、大混乱に陥った。卓を挟んで王の反対側に座っていたスズダリとカイラーンが倒れた王に駆け寄る。

——アルダーヴァルの予知の通りになってしまった、しかし誰が杯に毒を？

「父上！　父上！」

父王は生きてはいたが肩で息をするばかりで、カイラーンの呼びかけにも答えない。

「早く医者を！　毒を吐かせてくれ！」

叫んだルスランの喉元《のどもと》に、何かが突きつけられた。鋭い鋼の刃《やいば》。彼が刃を柄《つか》に向かって目で追うと、ジャハン・ナーウェの勝ち誇った顔がそこにあった。

「お、叔父《おじ》上……？」

叔父の持つ長剣の先が、ほんのわずか首に食い込んだ。

「皆の者動くな！　王はお倒れになった、よって今からは王弟の俺の意に従え！」

大音声で命じたジャハン・ナーウェは、ルスランの耳元に自分の口を寄せた。

「ルスラン、久しぶりだ。まさか生きているとはな。取り逃がした後、行方不明になって野垂れ死んだかと思っていたが」

「取り逃がした……？」

ルスランは血の気が引いた。

「まさか、東の神殿で神官たちに僕を襲わせたのは叔父上？」

「ああ、そうだ。もとから東の神殿の連中は金で抱き込んで手なずけていたが、先回りして神殿まで飛んで知らせ、お前を襲わせた。あいつら、表面上は半独立勢力の顔をしていたが、王に近い西の神殿に取って代わろうと狙っていたからな、それを餌に釣ったわけだ」

――そういえば、神殿に向かう途中で、移動する大きな鳥の影を見たが、あれは巨鳥タウリスと叔父だったのか。

ジャハン・ナーウェは愕然《がくぜん》とするルスランに刃を突きつけたまま、抱きかかえるようにして壇上に引っ張り上げた。

「王弟さまは、ルスラン王子に何を……」

「これからは彼が命令を出すとは、一体どういうことだ？」

まさかの王弟の狼藉により、大広間は動揺と混迷の一途をたどっている。

「お、叔父上……なぜ僕を殺そうと？　父上からの信頼も厚い方がなぜこんなことを」

ジャハン・ナーウェは今や快活で温厚な王族の仮面を脱ぎ捨て、ぎらぎらした眼をルスランに向けた。

「まるで信じられないといった顔つきだな？　では、上手《うま》くお前たちを騙《だま》せていたというわけだ。誰にも悟られぬよう、密《ひそ》かに今日まで準備していた甲斐《かい》があったというもの」

「準備？　何の準備を」

「決まっている、君主のすげ替えだ！　すなわちハジャール・マジャール王『崩御』ののち、カイラーン王子を新王に推戴《すいたい》し、かつ余、ジャハン・ナーウェが摂政に当たる！」

「な、何を仰《おっしゃ》っているのです！」

「おい、俺の従神者に何しやがる！　とっととその物騒な刃物をしまえ！　でないと、俺が八つ裂きにしてやる！」

オルラルネに取り押さえられたまま、アルダーヴァルはジャハン・ナーウェに吼《ほ》えたが、相手に鼻であしらわれた。

「どうせじきに医者も、この首の細い甥《おい》っ子も、その騒音をまき散らす駄竜も、全てが不要となる。この国の次の支配者は、俺だ」

そして一同をぐるりと見回して、命令を発した。

「出《い》でよ我が同志たち！　速やかにこの場を制圧し、王族ならびに宰相ジャルデスティーニら廷臣たちを拘束せよ！　抵抗する者は殺してもかまわん！」

その瞬間、扉という扉、窓という窓が全て開かれ、ジャハン・ナーウェの神獣タウリスおよび飼っている豹《ひょう》や虎、私兵などがなだれ込んできた。それに呼応して一部の廷臣も加勢し、大広間は乱戦の渦に巻き込まれた。

ルスランは視界の端に、わめくジャルデスティーニが兵士に縛られるのを捉《とら》えたが、自身も剣を突きつけられたままで身動きが取れない。一方、アルダーヴァルを取り押さえていたオルラルネは事情を理解したのか、相手の手首の縄を自分の短剣で切った。

「ルスラン。お前も俺にとってかわいい甥っ子だったよ。だが、俺の邪魔をするなら容赦はせん。兄上ももうすぐ死ぬだろうが、息子のお前も仲良く後を追わせてやる」

喉元の刃がだんだん食い込んで来て、血が一筋流れ落ちた。

――叔父上を何とかしないと、一体どうすれば……！

だが、その剣がいきなり消えた。アルダーヴァルが離れたところから、ジャハン・ナーウェの手首をめがけて王の銀の杯を投げつけたのだ。長剣は吹っ飛んで床に転がり、自由になったルスランは後ろ手に縛られた状態で身を翻した。

「この野郎！」

駆けつけたアルダーヴァルはジャハン・ナーウェに飛びかかったが、相手は失った長剣の代わりに短剣を振りかざして攻撃を払い、すばやく退いた。だが、アルダーヴァルは深追いせず、ルスランのもとに駆け寄って手首の縄を切った。

「大丈夫か、ルス」

「ありがとう、でもこの状況をどうしたら……」

父王はスズダリやカイラーンに取り囲まれながら、駆けつけた侍医たちの手当を受けているが、呼びかけにやっと反応するほどの容態である。

――父上があのような状況ならば、命令を発するどころでは……。

その時、凛《りん》とした声がルスランの背後から上がった。声の主は、オルラルネだった。

「ルスラン王子、そなたが命令するがいい！　この場を収拾するために。王が命令を下せない今はそなたしかおらぬ、ジャハン・ナーウェに主導権を握らせるな」

「オルラルネ……！」

ルスランは驚くとともに、光明を感じた。高慢で人を人とも思わぬオルラルネだが、どうやら自分を信じてくれたらしい。彼はジャハン・ナーウェの剣を拾い上げ、壇上から大広間をぐるりと見渡した。

――どうか、皆が僕を信じてくれるように！

「衛兵と神獣たちよ、王に代わって我、ルスラン・アジール・カルジャーニーが命じる！　王弟ジャハン・ナーウェは謀反人だ、彼の手勢と戦え！　また、王は別室にお移し申し上げよ！　廷臣たちは安全を確保しつつ、この場から速やかに退避せよ」

「我、白銀竜オルラルネはルスランの命令に従う！　皆も従うがいい」

ルスランの真剣さと気迫に加え、オルラルネの後押しも効いたのか、最初は戸惑っていた人々も彼の命令に応じて動き始めた。

ジャハン・ナーウェ側に制圧されかかっていた大広間に、外から衛兵や神獣たちがなだれ込んできて一層の混戦となる。

逃げ惑う廷臣たち、王宮側の衛兵と戦うジャハン・ナーウェの猛獣や私兵たちが広間に溢《あふ》れる。白銀竜に変身したオルラルネが、四頭の豹と戦いを繰り広げていた。

混乱を縫って、侍医たちが王の身体を持ち上げ運んでいき、スズダリとカイラーンもそれに続く。

アルダーヴァルは、王にとどめを刺そうと壇上を駆け上がってきた私兵に飛び蹴《げ》りを喰《く》らわせ、その勢いで瑠璃《るり》竜に変身した。

「ルス、来い！」

彼はルスランの袖口《そでぐち》を咥《くわ》えて混戦から引っ張り出した。戦いの場の中心は大広間から中庭に移りつつあり、二人もそちらに向かって走り出た。

アルダーヴァルはルスランを背に乗せて舞い上がると、豹や兵士を蹴散らしながら、逃げるジャハン・ナーウェに迫った。だが、彼の神獣であるタウリスが飛来して行く手を塞《ふさ》ぐ。

「この野郎……！」

アルダーヴァルの肩に、巨鳥の鋭い爪が食い込んだ。

「アル！」

ルスランの悲鳴に気づいたオルラルネが加勢に加わり、巨鳥とジャハン・ナーウェの後ろを取った。二頭の神獣がじりじりと巨鳥とジャハン・ナーウェを追い詰めていく。

段々と辺りが静まり、反乱の結末が近づいて来た。床に倒れたり負傷で呻吟《しんぎん》したりしている私兵や近衛兵、数々の猛獣。腰が抜けたようになっている廷臣たち。ルスランは息絶えた虎を見て、唇を噛《か》んだ。

——大切にしていると思っていたのに。叔父にとっては、彼らも単なる捨て駒か。

「叔父上……もう一度訊《き》きます。なぜ反乱を起こそうとなさった？」

短剣を構えたままのジャハン・ナーウェに対し、ルスランは冷静な口調で問いかけた。

「なぜ？　ふっ……狩りを趣味とする者としては、やはり王者の特権である獅子《しし》狩りをしてみたい、そう言っておこうか」

「この期に及んでご冗談はおやめください！」

ルスランは叱責しながらも、叔父の言葉には一片の本音が含まれているのではないか、と密《ひそ》かに疑った。彼は、腰の革袋から光るものを出して手のひらに載せた。

「叔父《おじ》上の統治するサマル地方の銀貨です。旅の途中で手に入れました。最近改鋳されたようで質が落ちていますが、これはもしや、質を落として得られる利益を反乱の準備金に充てたのですか？」

「反乱は金がかかるんだ」

そっけなくジャハン・ナーウェは答えた。

「サマル地方で頻繁《ひんぱん》に狩りをなさっていたのも、軍事訓練と謀議のためだったのですね」

「いい狩場《かりば》だ、あそこは。猛獣だけでなく得られるものも大きい」

「旅の途中、サマル地方は検問が厳しくなり、治安も悪化していると聞きました。それに城塞《じょうさい》での見張り兵たちの殺害も、あちらから手勢を呼び寄せるためだったのですね？」

ルスランは、怒りと悲しみをたたえた眼差《まなざ》しで、叔父を見つめた。

「父上や僕、カイラーンはあなたを信じていました。でもあなたは反乱の準備を進め、ついに父王に毒を盛って反乱を……」

「おっと、訂正させてもらおうか。兄上に毒を盛ったのは、俺じゃない。犯人は……」

追い詰められたはずのジャハン・ナーウェは、余裕の笑顔を見せた。

「薬草園の魔女、もといスズダリだ」

「義母上《ははうえ》が……？」

ルスランは耳を疑ったが、かつて叔父はスズダリが毒を使う噂があると言っていた。

「お黙り！　謀反人のくせに、妾《わらわ》まで巻き込むつもりか？」

呆然《ぼうぜん》とするルスランの背後で、鋭い声が上がった。いつの間にか、スズダリがカイラーンを連れて戻ってきていた。だが、彼女はいつもの無表情をかなぐり捨て、怒りに顔を紅潮させている。

「ジャハン・ナーウェ！　毒を盛ったのはお前だろう！　そやつの申すことは嘘じゃ」

ルスランはどちらの言い分も信じられなかったが、もう一つだけ叔父に聞きたいことがあった。彼は、スズダリの腕の中にいる泣き顔の異母弟を見やった。

「僕以上に、カイラーンは叔父上に懐いていました。こんなことをしたら、あの子がどんなに傷つくか……大切に思っていなかったのですか？」

「思っていたさ。だから反乱を起こしたんだ、あいつを新王にするためにな。前から機会を窺《うかが》っていたが、運良くお前が瑠璃竜を引き当てて追放されたので、天啓を感じて準備を本格化させた。兄上は頑健だから、死ぬまで何十年も待たされただろうし」

「なっ……！　父上は叔父上を信頼し、兄弟として大事に思っていたからこそ、サマル地方をお任せになったはず。それを何という恥知らずな！」

ルスランは思わず冷静さを失って声を荒らげたが、相手には全く通じていなかった。

「だが結局、お前は俺に幸運だけでなく、誤算ももたらしてくれたな。よりによって決行の日に舞い戻って来るとは」

そして、ジャハン・ナーウェはスズダリ妃を見やって、にやりと嗤《わら》った。

「スズダリ。お前こそ嘘をついているだろう？　お前がその胸に抱いている赤毛と碧眼《へきがん》の息子は誰との子だ？　兄上か？　いや、違う」

カイラーンは目を丸くしてジャハン・ナーウェを凝視している。

「俺だ、カイラーンはお前と俺の子だ」

――嘘だ。だって、義母上と叔父上は犬猿の仲のはず。そんなことあり得ない……。

スズダリの絶叫が響き渡る。その腕のなかでカイラーンの頭がふらりと前に垂れた。

「ジャハン・ナーウェ！」

「カイラーン！」

スズダリとルスランの声が重なる。

「お前の弟は気持ちが混乱しすぎて気を失っただけだろう、大丈夫だ」

アルダーヴァルがルスランに囁《ささや》き、ジャハン・ナーウェに向かって唸《うな》り声を上げた。

「いい加減観念したらどうだ？　お前の躾《しつけ》の悪い鳥に引っかかれたお礼をしなけりゃな。俺は、やっぱり鳥の連中とは相性が悪い」

「ふん、騒ぎが王宮だけで起こっていると思ったか？　今頃は、この城下でも、サマル地方から連れて来た兵たちやあちこちに潜ませた伏兵が暗躍を始めているだろう」

ルスランは厳しい視線を叔父に向けた。

「そうはさせません。どのような策略をもってしても、父上を倒すことはできません」

「半人前のくせに偉そうなことを……お手並み拝見だな。とにかく、俺は兄上に毒を盛ってはいない」

ジャハン・ナーウェは言い捨てると一瞬の隙をついて包囲をかいくぐり、飛び上がったタウリスの脚に両手で摑《つか》まってぶら下がる。

「いつかまたここに帰ってきてやる。射落とせるものなら、射落としてみろ！」

巨鳥は射かけられる矢をものともせず、高く舞い上がった。

「全ての従神者と神獣および兵を動員せよ、謀反人を逃がすな！」

ルスランは二度目の命令を発すると、束縛から解放されたジャルデスティーニを発見し、つかつかと近づいた。

「宰相ジャルデスティーニ、頼みがある」

「何ですか、王子？」

きつく縛られて縄の跡が残る手首をさすりながら、宰相は睨《にら》んできた。

「僕は毒に倒れた王に代わって命令を下した。王の神獣オルラルネの後押しがあってのこととはいえ、追放が解けていない僕のしたことに、そなたも言い分があるだろう。だが、今は協力してくれないか？　この謀反騒ぎを収拾するには、僕一人の手には余る」

「……私は何をすればよろしいので？」

「聞いての通り、叔父上は城下に伏兵を仕込み、地方からも兵を送って来たと告白した。事実ならば厄介だ、掃討に時間がかかるだろう。王が快復なさるまでの間、掃討と混乱した宮廷の立て直しに尽力してほしい」

「命令を下したあなたがおやりになればいいのでは？」

ジャルデスティーニは陰険な目を向けて来た。

「宰相、分かっているはずだ。僕は王子の称号を剝奪《はくだつ》され、追放されたままなんだ」

その時、しわがれて途切れ途切れの声が割って入った。

「……ジャルデスティーニ、ルスランの言う通りにせよ」

ルスランが振り返ると、担架に寝かされたハジャール・マジャール王が中庭に運び込まれてくるところだった。侍医の長がうやうやしく一礼して皆を見回す。

「皆さま方、王のご容態ですが、命の危険は去りましたぞ。どうしてもここでお話ししたいと仰せで……」

「父上は助かるのだな……良かった！」

その場には安堵《あんど》のざわめきが起き、ルスランも大きく息をついた。廷臣や兵士たちは王の担架を囲んで跪《ひざまず》き、また立ち上がった。アルダーヴァルやオルラルネたち神獣も人型に戻り、かしこまる姿勢を取った。

「余は、以下を皆に命じる。心して聞け」

王の声は、普段の重厚さとは程遠くかすれて小さかったが、一同の耳には届いた。

「このたびの混乱は、余の不徳の致すところ。だが、ルスランとアルダーヴァルが駆けつけてくれ、また皆の働きによってひとまず収拾することができた。したがって、余は我が息子の追放を解き、王子の称号も回復するとともに、世継ぎと定める。それに伴い、瑠璃《るり》竜アルダーヴァルをルスランの神獣と認める」

——父上！　ついに僕たちを信じ、認めてくださったのか。

ルスランの胸に喜びが満ちる。追放されてからの長い旅、その終着点にやっとたどり着いたのだ。傍らのアルダーヴァルを見やると、彼も口元にふっと笑みを浮かべて見返してきたが、「良かったな」と言ってくれているように思えた。

「謀反人ジャハン・ナーウェはくまなく行方を捜し、私のもとに連れてくるように。奴に味方した一派についても捜査して洗い出せ。ジャルデスティーニ、この任に当たれ。いや、能吏のそなたならば確実に仕事を成し遂げるだろう。良いな？」

ジャルデスティーニはルスランの言葉通りになったのがいかにも面白くなさそうだったが、王の命令で、しかも言外に反乱を防げなかった宰相の責任を問うているとあっては、従わざるを得ない。

「私は宰相という重職にありながら、今回は大きな失態を犯しました。この重罪は、王命を忠実に遂行することで償わせていただきます」

王は頷《うなず》き、顔をひきつらせたスズダリをちらりと見たが、無表情のまま視線を戻した。

「一方、彼《か》の者が申したスズダリ妃の関与については問わぬものとする。カイラーンはまさしく我が子なれば、ジャハン・ナーウェの妖言《ようげん》に惑わされてはならぬ。以上だ」

「王の仰せ、つつしんで従いまする」

ルスランを含めた一同は跪き、深々と頭を下げた。

六

三日後。後宮にある王の寝室には、飾り窓を通じて朝の光が満ちている。

「お加減はいかがですか？　父上」

半身を起こしたハジャール・マジャールは、ルスランの問いかけに頷いた。三日間、息子は父親の看病に当たり、同じ部屋に寝泊まりしていた。

「……悪くない。身体の痺《しび》れがなくなってきた」

「そうですか、順調な回復ぶりで何よりです」

ルスランは、枕頭《ちんとう》に置かれた銀の水差しから白瑠璃の碗《わん》に水を注いだ。その様子を父は見守り、口元をほころばせた。

「どうなさいました？」

父がそのような柔らかな表情を見せることは滅多になかったので、ルスランは嬉《うれ》しさよりも戸惑いが先に立った。

「……いや、そなたはやはりアルマに似ているな」

「皆からはそう言われてきましたが……父上には似ておりませんか？」

ルスランは微笑んで碗を父に渡したが、父が自分の前で母の名を出したことに、内心驚いた。今まで、母のことはおろかその名前さえも、父が口にしたことはない。

「──ルスラン。心を鬼にしてそなたを追放した私だが、そなたのことを考えない夜はなかった。無事でいるか、飢えたり荒《すさ》んだりしてはいないかと。そもそも、そなたに厳しく接しすぎていたのではないかと」

息子は首を横に振った。

「それは違います。やはり跡継ぎとして僕が頼りなかったからで、父上が歯がゆく思われていたのも無理からぬことです」

父王はルスランの右手を取った。

「……旅では、苦労したのだな。こんなにも手が荒れてしまって」

「思ってもみない経験を色々しました。今では、それを神と父上に感謝しています」

「……そうか」

きっぱりと言い切った息子を父は温かな目で見つめると、身を倒して枕に頭をつけ、しばらく天井を無言で眺めていた。

「それにしても、兄弟というのは、難しいな。ジャハン・ナーウェが謀反を企《たくら》んでいたとは……。今まで王弟として重んじ、サマル地方の監督も任せたのだが」

未《いま》だジャハン・ナーウェの行方は知れず、ルスランも内心やきもきしていたが、それ以上に、信頼していた弟に裏切られた父の気持ちを考えると、心が痛んでならなかった。自分にも異母弟がいて、しかも今回の事件で彼は自分以上に衝撃を受けている――。

「……カイラーンは、兄として僕が守ります。何があっても」

「ふふ、頼もしいな。そうしてやってくれ」

ハジャール・マジャールはふうっと息をついた。

「父上、お願いがあります」

「何だ？」

「身辺が落ち着いたら、瑠璃竜の再調査をしたいと思います。僕の書き留めた記録とも併せ、経過も含めた記録を残しておきたいのです。お許しくださいますか？」

「ああ、それがいいだろう。王名表の削除された部分も、復活させる必要があるかもしれぬ。王家と宮廷にとっては不名誉な事実も含んではいるが、瑠璃竜の名誉を回復するためには必要なことだ」

聞き届けられたルスランは「ありがとうございます」と答え、安堵の色を顔に浮かべた。

「侍医の診察まではまだ時間があります、このままお休みください。僕はカイラーンの見舞いに行ってきます」

父と子は、同じ部屋で寝起きする間、ぽつりぽつりと会話するようになっていた。それはルスランの旅の話、今後のことだけでなく、天気や城下の様子など、たわいない内容も含まれていた。だが、こうして父と緊張せずに話が出来ることが、今のルスランには嬉しかった。

ただ。

――「あのこと」については、父上は何も仰《おっしゃ》らないな。

ジャハン・ナーウェは、スズダリを毒殺未遂の犯人と名指しし、併せてカイラーンが自分の子であるとも告白して逃走した。そのとき、ハジャール・マジャール王は毒に冒されながらも、弟の言を取り上げぬことを宣言し、宮廷の混乱をひとまず抑えた。だが、父の本心は息子の自分にも窺《うかが》い知れない。

スズダリとジャハン・ナーウェの不仲は周知の事実で、その二人がまさか情を通じていたとは考えにくいのだが、カイラーンの出生に疑念を抱く者たちも現れ始めている。

ルスランは王のもとを辞すと、八角形の建物近くの小部屋を訪れた。天蓋《てんがい》付きの寝台が置かれ、孔雀《くじゃく》色の敷布の上に、カイラーン王子が横たわっていた。傍らの小卓には朝食のナンや甜瓜《メロン》が載っているが、手をつけられていない。

弟は、薄目を開けて兄を見上げた。

「どうだ？　具合は。父上は元気を取り戻しつつあるよ」

カイラーンの両眼に涙が盛り上がった。

「兄上……」

身を起こしてすがりついてくる弟を、ルスランはぎゅっと抱きしめて頰を寄せた。

「どうして、ジャハン・ナーウェ叔父上は、あんなことを……僕は本当に叔父上の子どもなんでしょうか？」

二人の涙が混じり合って、敷布の上に滴り落ちる。ルスランは頰を離し、カイラーンの目元を指で拭《ぬぐ》ってやった。

「カイラーンは、間違いなく父上と義母上《ははうえ》の子だよ。それに、僕がお前を必ず守る……だから、心配せずに朝食を取れ、いいな？」

ルスランはカイラーンが食事を済ませ、再び横になるのを見守ってから辞去した。それから八角形の建物に入る手前で薬草園に臨み、ふと立ち止まった。

――薬草園に「魔女」がいる。

だが、どこか庭の様子が変だ。

「私ルスランが、スズダリ妃さまへご挨拶《あいさつ》に伺いました」

園門に佇《たたず》む王妃に近づき、一礼する。侍女の姿は見えず彼女一人きりであるが、ルスランが慄然《りつぜん》としたのは、園内の草木が全て刈られ、切り倒されているその光景にだった。

「どうなさったのですか？　薬草園は」

スズダリはルスランを見据えながら、ゆっくりと口を開いた。

「もの言わぬ草花にも飽いたので、園は閉じたのです。それより、立太子式を目前に控え、多忙なあなたがわざわざ来てくれるとは、カイラーンも喜んでいることでしょう」

静かな声に隠しきれない棘《とげ》を感じて、ルスランはひやりとする。

「今日はあの子の見舞いのほか、義母上《ははうえ》にお伺いしたいことがありまして」

「何です？」

「我が父の毒殺未遂についてです。幸い、父は命を取りとめましたが、ジャハン・ナーウェ叔父上は、あなたが毒を盛ったと告発しました」

スズダリは微笑した。

「その件は、既に王が妾《わらわ》を不問にするとはっきり仰ったではありませんか。ルスラン王子、あなたは謀反人の言い分のほうを信じるつもりですか？」

ルスランは「いいえ」とかぶりを振った。「廃帝の庭」で、彼が見た幻影は二つ。一つはアルダーヴァルと見たもので、毒を盛られた父王。そして、もう一つは自分だけが見たもの。

──王の座る玉座と、王妃の座る宝座。その間に置かれた小卓。上には、銀の杯が二つ。宴《うたげ》の途中で、スズダリは自分の杯に何かを入れ、素早く夫の杯とすり替えた──。

この二つめの幻影が事実を映したものならば、叔父の話が正しいことになる。だが、それを証拠立てるものがないので、ここでスズダリに幻影のことを告げても、自分を陥れるつもりかと逆に告発されるだけだ。

「それにしても、なぜ父上に毒を？」

「ただ、私は夢を見ただけです。義母上」

「夢」と聞いて、スズダリは片眉《かたまゆ》をぴくりとさせた。

「それは夢見が悪かったのですね。いらっしゃい、よく眠れるお茶でも出しましょう」

「初めてですね、義母上が私にそのようなお心遣いをくださるとは。親子として長くご一緒に暮らしてきましたが」

「たまにはいいでしょう？　少しは母親らしいことをさせてくださいな」

——僕は、いま試されている。

義母の挑戦的な目つきにも動じず、ルスランは「ご馳走《ちそう》になります」と答えた。

先に立って歩き出したスズダリに、彼は背後から声をかけた。

「義母上……なぜ、叔父上を嫌ってらしたのですか？」

スズダリは立ち止まったが、こちらを振り返ることはなく、ただ低い声で呟《つぶや》いた。

「いいでしょう、教えて差し上げます。あなたの父上と叔父上は、我が愛《いと》しき故郷を軍馬で征服しました。略奪と破壊が起き、妾は何も分からぬままあなたの父上に嫁がされた。特にジャハン・ナーウェ……彼奴《きゃつ》は我らの大地を蹂躙《じゅうりん》し、数多《あまた》の動物を殺し、貴重な鉱物を奪い取った」

義母のほっそりした背中に、憎悪の炎が立ちのぼった。

「そればかりか、彼奴は兄嫁である妾に迫って関係を強いたのです。これで憎まずにはいられようか？」

スズダリはここで振り返って、絶句するルスランの表情を愉快げに眺めた。

「叔父上と義母上が？　まさか、父上は知って……」

「あなたの父上は知らぬことです。ジャハン・ナーウェは、表向きは妾のことを悪しざまに言い、妾たちの関係を隠した」

「……では、カイラーンは結局誰の子ですか？」

「ご心配には及びません、あの子はまぎれもなく王の子です」

――ああ、反乱騒ぎのとき、義母上は父上に付き添っていたのに、わざわざカイラーンを連れて中庭に戻ってきていた。まさか叔父上がどうなるかを見届けるつもりで？

「毒は、ジャハン・ナーウェに強要されて用意させられました。王を亡き者としてカイラーンを王子に立て、自分が摂政になると。もし従わなければ、サマル地方からの搾取をさらに強め、妾を排除するために何でもしてやると脅して」

「義母上、いまお話しになったことは全部本当のことだと、神に誓って言えますか？」

スズダリはくすくすと笑い出した。

「妾の申したことを王に告げてもかまいませんよ。ただ、あなたはきっとそうはなさらない。なぜなら、あなたがご自分で見たものを証拠とできないように、私もいまの話の証拠はないからです。あなたが私を完全に信じられないように、私も完全にあなたを信じられない。だから、将棋《チヤトランガ》はここで互いに手詰まりです」

――その通りだ。僕自身、カイラーンは父上の子だと信じ、義母上もそう仰ったが、真相は分からない。

ルスランがスズダリの部屋に招じ入れられると、侍女が湯沸かしと茶器を持ってきた。宝座の背後にあった色鮮やかな鉱物類も、全て取り払われていた。

――失われた薬草園の植物や棚の鉱物。中には毒に使えるものも含まれていたはず。

向かい合わせに座り、義母が茶を入れる様子を見守りながら、ルスランは口を開いた。

「僕は……ただ、父上の名誉尊厳が守られ、カイラーンの将来の幸福を願うだけです。それを侵すものは、誰でも容赦しないつもりです。義母上もご承知おきを」

スズダリは目を細め、優雅な手つきで湯気立つ茶碗《ちゃわん》を差し出した。

「頼もしくなられたこと、ルスラン王子。妾も心しておきましょう。今夜は良き夢を見られますように」

ルスランは眼を伏せ、茶碗をゆっくり取り上げると縁《ふち》に唇をつけた。

七

そして、ついに来るべき日がやってきた。

早朝に身を清めたルスランは、感涙にむせぶタスマンに白い絹の軍服を着せてもらい、腰には翠玉《エメラルド》の宝剣を挿した。アルマ妃の細密画は無事に壁の定位置に戻り、変わらぬ微笑で息子を見守っている。

——母上、とうとうこの日が来ました。立太子礼の日が。

朝陽に照らされた大テラスには、快復したハジャール・マジャール王の臨御のもと、無表情のスズダリ妃、カイラーン王子といった王族一同、オルラルネやアルダーヴァルらの神獣、廷臣たちが居並ぶが、ジャハン・ナーウェが欠けていることだけが、ルスランの晴れがましい心に影を落とした。

神官団の唱える祝詞《のりと》に導かれ、ルスランは父王の玉座の前に進み出るとうやうやしく跪《ひざまず》く。王は立ち上がり、印章の押された羊皮紙を広げた。

ルスランは自分の瑠璃《るり》竜と目が合った。相手はにやり、と笑ってみせる。

「カルジャスタンの王ハジャール・マジャールは、ミスレル神のご意思に従い、第一王子のルスラン・アジール・カルジャーニーを世継ぎとなす！」

ルスランは一礼すると父から王太子の認証状を受け取り、立ち上がって階下の群臣と向かい合った。宝剣を抜き、虚空に掲げる。

「我、王太子として王を補佐し、身命を賭《と》してカルジャスタンに尽くさん！　神と王国に栄光あれ！」

王太子礼とそれに付随する煩雑な儀式からやっと解放され、ルスランは久しぶりにお忍びでドルジュ・カジャールの城下に出かけた。以前のように市場《バザール》に立ち寄り、店を見て歩く。

——ああ、この賑《にぎ》やかさ。懐かしいな。

アーモンドの種が大鍋《おおなべ》で炒《い》られ、香ばしい匂いを立てている。

「甜瓜《メロン》が安いよ！」

「スモモはいらんかね、みずみずしくて甘いスモモだよ！」

ルスランは両手に余るほどのスモモを買ったところで、召喚式前に街で踊った人々とまた行き合った。

「あら、坊ちゃんお久しぶりだね？　どこに行っていたんだい？」

「ちょっと旅にね。皆も元気？」

「もちろんだよ、さあこっちに来て」

葡萄《ぶどう》棚も以前のままで、ルスランはその場の人たちにスモモを分け、茶を出してもらい、やがて輪になって歌い踊り始めた。

　ルスタン・ベーの葡萄売りの娘
　あの麗しい葡萄売りの娘
　白い頬に赤い唇　黒い瞳《ひとみ》に黄金の額
　くるりくるりと踊るよ　くすりくすりと笑うよ

あの時と同じ踊り、同じ歌。だがルスランは、全てが同じではないと思った。

——やっぱりそうだ。でも、追放される前は気が付かなかった。

互いに繋《つな》ぎあった手。彼らの手は労働で荒れ、節くれだっている。一方、ルスランの手は宮廷生活に馴染《なじ》むに従い、荒れも治まっていくだろう。

——でも、僕はこの荒れた手を忘れないようにしよう。王太子として、いや、人としてもっと成長し、皆の安寧と国の平和を守りたい。

ルスランの手に力がこもる。互いに位置を替えながら、踊る人々の笑う声が街にこだました。


夕刻近く、街を取り巻く城壁の上に、二つの人影がうずくまるようにして座っていた。

夕陽が西の地平線に近づき、ゆるやかな風が上着の裾《すそ》を翻す。

「……それでお前、スズダリに出された茶を飲んじまったのか？　全部？」

「うん、だって彼女が僕にこの段階で毒を盛る理由がないからね。それに飲まなかったら、疑っているとはっきり言っているようなものじゃないか」

「そりゃそうかもしれないが、万一のことを考えろよ、ルス」

アルダーヴァルは呆《あき》れた様子で、ルスランが差し出したスモモを受け取った。

「親父さんが快復してお前がめでたく王太子になっても、まだ宮廷にはすったもんだの種が残っているんだろ？　まったく、少しは成長したと思ったらまだ甘ちゃんなんだな」

謎めいて油断できないスズダリ、カイラーンの出生を巡る宮廷の疑念。瑠璃竜に関する再調査。胸に一物《いちもつ》ありそうな宰相ジャルデスティーニ。確かに、宮廷にはまだ陰謀や騒動の起こる余地が残されている。

「大丈夫だよ、父上をお支えして、きちんと一つ一つ解決していくつもりだから。でも正直言って、瑠璃竜さまは王太子のお守りはこりごり？」

上目遣いで反応を窺《うかが》うルスランに、アルダーヴァルは肩をそびやかす。

「まあな。だが、ここは三食昼寝つきだし、しばらくは一緒にいてやっても……」

「しばらくって、いつまで？　一年？　十年？　それとも自分の命を終えるときまで？」

「はっきり言わねえと分からんのか？　お互いに飽きるまでだな。で、飽きたら『廃帝の庭』に逆戻りだ」

ルスランは「廃帝の庭か……」と呟き、両膝《りょうひざ》を抱えてアラバス山脈を眺めた。

「アル、父上には瑠璃竜についての再調査を願い出たよ。今すぐとはいかないけどね、伝承ではなくきちんと事実を記録として残すんだ」

「そりゃ、どうも」

アルダーヴァルはまんざらでもない顔つきで、二つめのスモモに齧《かじ》りついた。

「瑠璃竜の件だけじゃない。廃帝は本当に神に背いた罪人だったのか、神は廃帝の庭をどうして残されたのか、ああいうものは他にもあるのか。果たして従神者と神獣は存在すべきなのか。知りたいことは山ほどあるし、世界を旅して確かめたい。でも……」

「でも？」

「僕は、カルジャスタンのことすらよく知らないんだ。今回旅してそれが分かったよ。まずは、自分の足元をしっかり固めないとね」

ルスランは抱えていた膝を降ろし、自分のざらざらした手のひらを撫《な》でた。

「王太子になりゃ、どっちの機会も増えるだろ。国内を巡察したり、国外に遣いに出たり」

「まあね。……で、一つ大事なことを思い出したんだけど」

「何だよ」

ルスランの悪戯《いたずら》っぽい表情に、アルダーヴァルは警戒の色を見せた。

「そういえば、召喚式での儀式が中途半端になっていたよね」

「え？　俺の背中に乗る儀式までちゃんとやっただろ、砂漠の中で」

「違う、それは最後から一つ手前の。最後の儀式は、互いが互いに誓いを立てるんだよ。今ここで済まさないか？」

「……今さら必要か？　それ」

嫌そうな顔をしたアルダーヴァルに対し、ルスランの目はからかいを帯びた。

「儀式が完結していないのはまずいよ。ああそうか、誓いの言葉には神の名が含まれているからな。さてはお前は神獣でありながら、神の名を口にするのが嫌なんだ」

「ふん、神の名くらい。俺が嫌なのは、お前の思い通りになるのが……」

「拒否するなら父上に申し上げて式を途中からやり直し、皆の前で誓ってもらうけど？　いや、真面目な話、ちゃんと自分でお前に誓いたいんだ」

「……分かった、分かりましたよ」

観念したアルダーヴァルは、城壁から外側の人気《ひとけ》のない砂地に飛び降り、ルスランを見上げた。

「そら、来いよ」

城壁を伝い降りてきた相棒に、アルダーヴァルは真剣な表情を見せ、優雅な動きで跪いた。瑠璃色がかった黒髪が揺れ、半眼となった真紅の瞳に睫毛《まつげ》が長い影を作る。

「我、神獣アルダーヴァルは従神者ルスラン・アジール・カルジャーニーに忠誠を誓う。神を奉じて正義を行い民を守り、身は滅びても魂は永遠に神と従神者に捧《ささ》げん」

そして、照れ隠しのためか瑠璃竜に変身して、ルスランをじっと見つめた。

「さあ、お前の番だ」

促されてルスランは剣を抜き、自分の眼前に垂直になるよう構えた。麦わら色の髪が強さを増してきた夕風に躍り、琥珀色《こはくいろ》の瞳が相手の瑠璃の翼を映して煌《きら》めいている。

「我、ルスラン・アジール・カルジャーニーは、従神者として神獣アルダーヴァルから奉じられる忠誠と正義に、命をかけて応《こた》えることを誓う。神よ、我らと国を守り給え」

アルダーヴァルはふっと微笑んで、翼を広げた。

「これで満足か？　乗れよ。そろそろお前は王宮に戻らないと、夕べの祈禱《きとう》に遅れる」

「歩いても帰れるよ、アル」

「まあ、乗れよ。遅刻したら親父さんの不興を買うだろ？　夕食抜きにされるかもしれねえぞ。そしたら俺も巻き添えを食ってメシを食えなくなる。そんなのはごめんだ」

「ああ、それもそうか」

ルスランはにっと笑うと、相棒の背中に飛び乗る。瑠璃《るり》竜は朱色に染まる空へと舞い上がった。

参考文献

赤地経夫『ペルシア シルクロードの曠野にて』山と溪谷社（山溪フォト・ライブラリー）、一九七七年
神坂智子『夢はるか楼蘭王国 智子流自遊旅2』潮出版社、一九九三年
三浦徹『イスラームの都市世界』山川出版社（世界史リブレット一六）、一九九七年
山本由美子『マニ教とゾロアスター教』山川出版社（世界史リブレット四）、一九九八年
佐藤次高『イスラームの生活と技術』山川出版社（世界史リブレット一七）、一九九九年
荒川正晴『オアシス国家とキャラヴァン交易』山川出版社（世界史リブレット六二）、二〇〇三年
本村凌二・蔀勇造・吉田豊・鶴間和幸・渡辺道治・影山悦子・森部豊・藤澤明寛『NHKスペシャル 文明の道 3海と陸のシルクロード』日本放送出版協会、二〇〇三年
平山郁夫シルクロード美術館・古代オリエント博物館編『栄光のペルシア』山川出版社、二〇一〇年
森安孝夫『シルクロード世界史』講談社（講談社選書メチエ七三三）、二〇二〇年
天理大学附属天理参考館・天理大学附属天理図書館編『天理大学附属天理参考館・天理図書館創立九〇周年特別展 大航海時代へ ―マルコ・ポーロが開いた世界―』（図録）天理大学出版部、二〇二〇年
千本真生・津本英利編『西アジアのいきもの』（図録）古代オリエント博物館、二〇二三年

本書は書き下ろしです。
この作品はフィクションであり、実在の人物・
地名・団体等とは一切関係ありません。

琥珀《こはく》の瞳《ひとみ》は瑠璃《るり》を映《うつ》す

カルジャスタン従神記《じゅうしんき》

結城《ゆうき》かおる

令和5年 11月25日　初版発行

発行者●山下直久

発行●株式会社KADOKAWA
〒102-8177　東京都千代田区富士見2-13-3
電話　0570-002-301（ナビダイヤル）

角川文庫 23903

印刷所●株式会社暁印刷
製本所●本間製本株式会社

表紙画●和田三造

●お問い合わせ
https://www.kadokawa.co.jp/（「お問い合わせ」へお進みください）
※内容によっては、お答えできない場合があります。
※サポートは日本国内のみとさせていただきます。
※Japanese text only

ISBN 978-4-04-114218-9　C0193

角川文庫発刊に際して

角川源義

第二次世界大戦の敗北は、軍事力の敗北であった以上に、私たちの若い文化力の敗退であった。私たちの文化が戦争に対して如何に無力であり、単なるあだ花に過ぎなかったかを、私たちは身を以て体験し痛感した。西洋近代文化の摂取にとって、明治以後八十年の歳月は決して短かすぎたとは言えない。にもかかわらず、近代文化の伝統を確立し、自由な批判と柔軟な良識に富む文化層として自らを形成することに私たちは失敗して来た。そしてこれは、各層への文化の普及滲透を任務とする出版人の責任でもあった。

一九四五年以来、私たちは再び振出しに戻り、第一歩から踏み出すことを余儀なくされた。これは大きな不幸ではあるが、反面、これまでの混沌・未熟・歪曲の中にあった我が国の文化に秩序と確たる基礎を齎らすためには絶好の機会でもある。角川書店は、このような祖国の文化的危機にあたり、微力をも顧みず再建の礎石たるべき抱負と決意とをもって出発したが、ここに創立以来の念願を果すべく角川文庫を発刊する。これまで刊行されたあらゆる全集叢書文庫類の長所と短所とを検討し、古今東西の不朽の典籍を、良心的編集のもとに、廉価に、そして書架にふさわしい美本として、多くのひとびとに提供しようとする。しかし私たちは徒らに百科全書的な知識のジレッタントを作ることを目的とせず、あくまで祖国の文化に秩序と再建への道を示し、この文庫を角川書店の栄ある事業として、今後永久に継続発展せしめ、学芸と教養との殿堂として大成せんことを期したい。多くの読書子の愛情ある忠言と支持とによって、この希望と抱負とを完遂せしめられんことを願う。

一九四九年五月三日